新潮文庫

積木の箱

上巻

三浦綾子著

新潮社版

3283

積木の箱

上巻

坂道

Sの字に曲った長い坂だ。かたわらの熊笹《くまざさ》が、風にさやさやと鳴った。五月の朝の陽に、笹の葉がひとところ刃物のようにきらりと光る。

杉浦悠二《すぎうらゆうじ》は、まだ足に馴れない靴を気にしながら、乾いた坂道をのぼって行った。まだ七時半で、人通りはまばらである。オバQがパンを食べている絵のついた、水色のパン屋の自動車が、悠二とすれちがって、たちまち坂下に遠くなって行った。

なだらかな丘の上に、ぽっかりと白い雲が浮んでいる。この丘は、旧陸軍の演習場で、春光台と呼ばれている。約六百ヘクタールの広い丘だ。ここには、きょうから杉浦悠二が勤める私立北栄中学をはじめ、五つほどの学校が遠く近くに点在し、アパート団地や住宅が増えつつあった。

坂をのぼりきった右手に、大きな石の鳥居があった。境内の深い木立は、黄や緑の新芽が、あけぶるように芽吹き、五分咲きの桜が何本か初々しかった。片隅の小さなほこらの朱が、あざやかに悠二の目を射た。

鳥居の向い側に、「お休み所」と書いた小さな店がある。その隣にたばこの赤い看板が出

ている、小ぎれいな二階建の店があった。悠二は、たばこが切れているのに気づいて店に入った。

間口四間《けん》、奥行き三間ほどの清潔な店だ。アイスキャンデーの白いボックスが二つ、朝の陽を反射しており、牛乳ビンがたくさん大きなショー冷蔵庫の中に、ずらりと並んでいる。アンパンやミルクパンが、山のようにショーケースの上に置かれたまま、人影はない。

「ごめんください」

奥に向って、悠二は大きな声で呼んだ。すると、冷蔵庫のかげから、

「まあ、どなた。大きな声ね」

歯切れよく答えながら、ひょいと顔を出したのは、切れ長の黒い目が明るく笑っている二十三、四の女性だった。

「あら、ごめんなさい。いつもの生徒たちかと思ったものですから……」

グリーンのブラウスに、紺の半てんをひっかけたその女性は、ちょっと首をすくめた。感じはいいが、どこか勝ち気な人だと悠二は思った。

「でも、やっぱり少し大きな声ですね。いい声ですけれど……」

そう言った時、ひとりの少年が、のっそりと店に入って来た。

「一郎さん、けさもごはんが間に合わなかったの」

若い女性は明るく声をかけたが、少年は黙ってパンと牛乳をとり、金を置いて出て行った。眉の濃い賢こそうな、しかし暗い感じの少年だと思いながら、悠二はハイライトをひとつ買

った。

「あれが朝飯ですか」

パンと牛乳をかかえた少年のうしろ姿を見おくりながら、杉浦悠二はたばこに火をつけた。

「ええ……」

何かいおうとしたが、若い女は思いなおしたように口をつぐんだ。

「いらっしゃいませ」

店と居間の境の玉のれんをかきわけるようにして、白いかっぽう着を着た、和服姿の女が出て来た。落ちついた涼やかなまなざしと、しっとりとした肌が印象的である。半てん姿より五つも年上だろうかと思いながら、悠二は店を出た。

悠二は、毎朝この店でたばこを買おうと思った。すると、新しい学校に、学期なかばで転任したおっくうさがなくなったような気がした。若い女の少しきかん気の顔立ちも、涼しい瞳《ひとみ》の女も、それぞれに美しいと、悠二は旭川《あさひかわ》の街を眺めた。この丘の下から、かなり遠くまで旭川の街が広がっている。上川盆地を囲む山の起伏が紫にかすんでいた。

「八時半に新任式がはじまりますから……」

といった昨夜の磯部《いそべ》校長の言葉を思い出しながら、悠二は神社の境内に入って行った。赤いほこらの前に腰をおろして、先ほどの少年がパンを食べていた。悠二は立ちどまって少年を見た。

(中学三年か、それとも高校生かな)

少年はうつむいたまま、黙々としてパンをかじっている。それは食べざかりの少年の食べ方ではない。まるで木片でもかじっているような、味気ない、いくぶん投げやりな食べ方であった。悠二は、少年の方にぶらぶら歩いて行った。楢《なら》の木の根もとの苔《こけ》が、朝の光の中にビロードのようにつややかである。近寄る悠二の姿に、少年はふっと警戒するような表情をみせたが、すぐに無関心な顔になった。

「君、ここはなかなかいい所だね」

「…………」

悠二は少年のえりもとに目をやった。悠二が勤める北栄中学三年のマークがついている。

「君は、いつもここでパンを食べるの？」

悠二は親しみをこめてたずねたが、少年はちょっと口をとがらせて横を向いてしまった。

「やあ、失敬したね」

片手をあげて、悠二は少年の前を去った。悠二の受持は三年のはずであった。

古ぼけた本殿の前に、雀が四、五羽餌《えさ》をあさっている。悠二の足音に雀はパッと飛びたった。

(人間も雀も、どうやらおれを歓迎してはいないようだ)

悠二は苦笑した。

雑木林の中へゆるくカーブしている細い坂道があった。木々が影を落しているその美しさに誘われて、悠二はその細道を下りて行った。

「ようし、今度こそ取ってみせるぞ」

幼い男の子の、よくとおる声がした。

悠二は、白樺《しらかば》やヤチタモの根方をびっしりと敷きつめている熊笹のつややかな緑を眺めながら、のんきに細い道を下って行った。どこかで三光鳥が「ツキ、ヒ、ホシ」と啼《な》いている。

「ようし、こんどこそ取ってみせるぞ」

先ほどの幼い男の子の声である。何だろうと、悠二があたりを見まわすと、ひとまたぎできるような澄んだ小さな流れに、六つくらいの男の子がどじょうでも追っているらしい。男の子は、悠二が見ていることに気づかない。色の白い、御所《ごしょ》人形のような愛らしい子供である。小さな赤い唇をきりっと結んで、流れに足をいれ、前こごみになって、じっと水面を見ているのが、学芸会に出ているような真剣さだ。一、二歩進んで、日本手拭いを水の中にくぐらしたが何も取れない。

再び男の子は水面をじっとにらみつけている。いや、男の子は水面ではなく水中を見ているのかも知れなかった。

「ようし、こんどこそ取ってみせるぞ」

三度、寸分たがわぬ言葉を男の子がハッキリとくり返した時、その真剣さに悠二は思わず微笑した。

「ようし、こんどこそ取ってみせるぞ」

悠二が大声でいうと、男の子はびっくりしてふりむいた。ふりむいたその目が、また真剣

であった。悠二は流れをまたいで、男の子の手拭いをとった。

「つめたくないのか、坊主」

「うん、つめたいよ」

ソバの根のように赤くなった自分の足を見ながら、男の子はニコッと笑った。何とも人なつっこい笑顔である。

悠二は手拭いをひろげて、水の中へさっと入れた。たちまち手拭いの中にどじょうが二匹入った。

「ワアッ！　うまいんだなあ、おじさん」

男の子は、小さな手を叩いた。

「うん、お前の弟子ぐらいにはなれるだろうな」

悠二は男の子を片手で水の中から抱きあげた。男の子はあらためて悠二を見あげた。背の高いヒゲ剃《そ》り跡の青々とした見なれない男である。

「おじさん。案外ハンサムだね」

「ハンサムって知ってるのかい？」

「知ってるよ。敬子先生がね、テレビを見てる時、あの人ハンサムだねっていうもん」

「敬子先生？」

「うん、敬子先生は、ぼくのうちにずうっとせんにから、とまっているの」

「ふうん、君は何ていう名前だ？」

「ぼく？　ぼくは川上カズオ。カズは平和の和なんだって」

「平和の和か、なかなかいい名前だね。君のママが教えてくれたの？」

「ぼくにはママがいないの、おかあさんしかいないの」

「ママも、おかあさんも同じだよ」

「ふうん、ほんと？　ママとおかあさんが同じだなんて、ぼくつまんない」

男の子はがっかりしたようにいった。

澄んだ小川の底に、朝の陽がゆらめいている。いま和夫が、

「おかあさんとママが同じなら、つまんない」

といった言葉が、妙に悠二の心に残った。ふとみると、傍《そば》の川柳の下に黒いランドセルが置かれている。

「和夫君は一年生か」

「うん、ぼく一年生だよ」

和夫はタンポポの花群に足を投げ出して、赤いソックスをはきながらいった。

「学校にいく前に、いつもどじょうをすくうのか」

「そう、帰りもすくうんだよ」

「道草をくってはいけないって、先生にいわれたろう」

悠二は、自分もここで道草をくっていると、苦笑しながらいった。

「いわれるよ。だからぼく、道の草は取ったことはないよ」

和夫はあどけなく答えた。

「あのなあ、和夫君、道草をくうというのは、途中で魚をすくったり、遊んだりすることをいうんだよ」

「ふうん。そしたら魚をすくっても道草なの？ 困ったなあぼく」

和夫はあわててランドセルをひきよせた。とめがねがはずれていたのか、逆さになったランドセルの中から、本やノートや画用紙が、タンポポの上に散らばった。

「どれ、その絵を見せてごらん」

悠二の手に、和夫は素直に画用紙を渡した。

「ほう、なかなかおもしろい絵だね。何の絵だろう」

赤や青や黄などの、とりどりの色が太く細く、もつれた糸のように書かれていて、何かにぎやかな、そしてどこかものがなしいような感じがある。

「ほんと？ おじさん。それおもしろい」

「ああ、おもしろいとも、だけどこれは何の絵なの？」

「お祭りの絵なの」

「お祭りの？ なるほどねえ」

いわれてみると、悠二が感じたにぎやかさや、ものがなしさはお祭りのふんいきであった。

「ピンクは綿アメ、茶色はツブ焼きの匂い。この黄土色はサーカスのにおい。それから紫はサーカスの楽隊の音。灰色はオートバイの曲芸の音なの」

和夫は教師に対するようなまじめな顔で、すらすらと答えた。

「ほう、なかなかおもしろいじゃないか」

「でもねおじさん、先生はね、お祭りの絵だから人や店やいろいろかきなさいっていうの。困った絵だねえっていうの」

「ふうん」

「友だちも、はんかくさい絵だな。お前、はんかくさいなっていうんだよ」

小首をかしげたその顔が、少し悲しげにくもっていた。

「和夫君がはんかくさいって？　そんなことないよ。なかなかおりこうだよ」

ハッキリと断言した悠二を見あげて、和夫は思わずニコッと笑った。

「ほんと？　おじさん。ぼくはんかくさくない？」

「絶対におりこうだよ」

時計をみると、もう八時十分を過ぎている。悠二は和夫の手をひいて小川に沿って歩き出した。どこかで三光鳥の声が聞えた。

「あの鳥は、何て啼いているか知っているか」

「ううん、知らない」

「あのね、月、日、星って啼いてるんだよ」

和夫は濃い眉を寄せて、鳥の声を聞こうとした。

「ほんとだ。ほんとだねおじさん」

喜んで和夫は、その声を真似た。

「ねえおじさん」

「何だい」

「ううん、何でもない」

少し行って再び和夫が呼んだ。

「何だい」

「おじさんはもしかしたら、ぼくのおとうさんじゃないの」

「君の？　君におとうさんはいないのか」

「うん。ずうっとせんに死んだんだって」

「ほう、それは大変だな」

悠二は和夫の御所人形のような顔を眺めて、その小さな手を強く握ってやった。

「おじさんはねえ、きのう札幌《さっぽろ》から来たばかりなんだよ。おじさんにはお嫁さんも子供もいないんだ」

「札幌から？」

ふいに和夫の顔が輝いた。

「札幌といったら……ええと旭川、近文《ちかぶみ》、伊納《いのう》、神居古潭《かむいこたん》、納内《おさむない》……」

立てつづけに、和夫は少しのよどみもなく札幌までの駅名をいって、

「そうかい。おじさんは札幌から来たの」

と、ニッコリした。思わず立ちどまった悠二は、呆然として和夫の顔をまじまじと見た。母とママが同一であることも知らないこの幼子が、旭川から札幌までの二十幾つもの駅名を暗記していることは、尋常ではなかった。悠二が何かいおうとした時和夫が言った。

「おじさん、坂の上にいくの？　ぼくの学校ずうっと向うの方なんだ。バイバイ」

小さな手が悠二から離れた。

「バイバイ、気をつけていくんだよ」

悠二はまた時計をみた。あと十分ほどある。大丈夫新任式には間にあうと、さっきのぼって行った坂道を再び歩いて行った。

「オーイおじさん」

ややしばらくして、うしろの方から和夫の声がした。

「オーイ」

悠二がふり返ると、百五十メートルほど向うの方で、和夫がピョンピョンと二度ほど飛んでみせた。だが次の瞬間、和夫が崩れるようにその場にしゃがみこんでしまうのが見えた。

ふいにしゃがみこんだ和夫に、悠二は、

「オーイ、どうしたんだ」

と叫んだ。和夫はちょっと顔をあげたが、立上がろうとしない。悠二は時計を見た。このまま真っすぐ学校に行けば、新任式に間にあうはずだ。だが和夫の所まで行っていては、何

としても遅刻してしまう。杉浦悠二はあたりを見まわした。誰か通りかかる者がいれば、和夫のことを頼めると思った。

「オーイ、どうしたんだ」

再び大声で叫んだが、和夫は立ちあがろうともしない。腹痛か、それとも足でも痛めたのか、遠くからではさっぱりわからない。普通の日ならともかく、きょうは悠二の初出勤で、新任式の日である。

「新任式は八時半からですよ」

念を押した昨夜の磯部校長の顔が目に浮び、整列して自分を待っている全校生徒の様子が悠二の胸をよぎった。だが、思いきって悠二は和夫を目がけて走り出した。自分が遅刻したとしても、誰の命に別条あるわけでもない。しかし、あの幼い和夫が、今あるいは激しい腹痛に襲われているのかも知れなかった。一瞬でもためらった自分の中のエゴイズムに恥じながら、悠二は一心に走った。足に合わない靴のせいか、ひどくおそいような気がした。

「どうしたんだ和夫君！」

やっと和夫のそばに来ると、和夫は眉をしかめてベソをかいている。

「あのね、おじさん、足が痛いの」

「足が？　どれ、見せてごらん」

見たところ、悠二の目には何の変化もないように見えた。

「どれ、立ってごらん」

両手を持って立たせようとしたが、和夫はたちまちしゃがみこんでしまった。

「どうしたんだろう」

もう悠二は、新任式に遅刻することは致し方がないと腹を決めていた。見ると、和夫の足もとにこぶしほどの石があったらしい跡が、穴になってへこんでいる。

「和夫君、この穴に足を突っこんだんじゃないか？」

「うん、いまおじさんに、サヨナラっていおうと思ったら、足が痛くなったの」

「そうか、今ピョンピョン飛んだ時、この穴に落ちたのかな。それは悪かったなあ」

悠二は和夫を背負った。

「かわいそうになあ、痛いだろう。君のうちはどっちだ？」

もしかしたら、足の裏の関節が脱臼《だっきゅう》しているのではないかと思った。捻挫《ねんざ》なら一週間も休めばいいが、脱臼では大変だと悠二は思った。

「こっち」

悠二の背にほおを押しつけたまま、和夫が指さした方に歩いて行った。

「ああ、おじさん、こっちじゃないよ、あっちだよ。ぼくのうち坂の上の店屋なんだ」

二、三町も歩いてから、和夫は背に押しあてていた顔をあげて、驚いたように言った。

和夫を背負って、無駄に二、三町も歩いてから、方向がちがうといわれて杉浦悠二はいささかがっかりした。

「坂の上の店屋って、あのたばこやパンを売っている店かい」

「そうだよ」

「あの神社の向いの店なんだね」

悠二は念を押さずにはいられなかった。また間違って歩いていけば、一時間も遅刻してしまわなければならない。

「うん、神社の向いだよ」

いわれて悠二は、ひとゆすり和夫をゆすりあげると大股《おおまた》に坂の方に取って返した。

(では、この子はあのきれいな肌の、おだやかな人の子供なのか)

悠二は、あらためて和夫の顔と、のれんをかきわけて出て来た時の女の顔を思い浮べてみた。

色の白い所が母親似かも知れないが、顔立ちは少しちがっている。

(この子は父親が、ずっと以前に死んだといっていたっけ。するとあの人は、未亡人というわけか)

何となく悠二の胸の中を、甘くゆするものがあった。

坂にかかると、軽いと思っていた和夫が急に重くなって来た。和夫は足が痛いのか、悠二の背にほおをピタリとつけたまま何もいわない。

「和夫君、足が痛いのか」

「うん、少し」

和夫はそのまままたおとなしくなった。和夫の体温が悠二に伝わった。

「おじさんは、もしかしたらぼくのおとうさんじゃない？」

といった和夫の言葉を悠二は思った。

先ほどたばこを買った店の前に立って、あらためて看板を見あげた。細目のクリーム色の看板には、パン、たばこ、手芸用品、文房具と小さく横書きしてあった。中央に「川上商店」と筆太に書かれてある。

悠二が入っていくと、あの和服姿の女性が、二十ぐらいの男の店員を相手に、ダンボールの荷箱を開いているところであった。

「いらっしゃいませ」

と、立上がって、悠二の背をみてハッとしたように顔色が変った。

「あら、和夫が……」

「いや、ちょっと足をけがしたらしいんで、連れて来ました」

思わずかけよって、悠二の背から和夫を抱きとろうとしたその女性の腕が、軽く悠二の手にふれ、かすかな香料の匂いがした。清潔な匂いである。

「まあ、ほんとうにご親切に恐れ入ります」

そばでみると、いっそうしっとりした肌の、何か匂やかな女性である。手短に和夫との出会いを話して、きょうからそこの北栄中学に勤務する者であることを告げた。

「まあ、それでは……」

という言葉を後に、悠二はもう店を出ていた。

正門

校庭には、古い樹は一本もなかった。五年前に、この北栄中学が開校した日に植えられた、ひ弱い白樺《しらかば》が、白茶けた粘土地の運動場のぐるりに、心細げに立っている。コの字型に立った、クリーム色の鉄筋コンクリートの三階建の校舎が、新緑の木立をバックに、病院のような印象を与えていた。

黒い大きなのら犬が一匹、正門からのっそりと入って来て、窓の開いている校舎を見あげてあくびをした。正面の窓ガラスには、春の陽ざしが照り輝いていて、丘を吹く風は肌に快い。芽をふいている白樺の一本に、のら犬が片足をあげた。そこにも春の陽がきらめいた。

そののら犬がどこへともなく去ったころ、悠二はやっと校門にたどり着いた。どこからかピアノの音が聞え、校舎のざわめきが既に万事遅かったことを、あらためて悠二に思い知らせた。もし講堂で新任式を行うべく自分を待っているのなら、このざわめきはないはずである。それはとうに、各教室で授業が始まっていることを意味していた。時計は既に八時四十五分、十五分の遅刻である。

悠二はかけ足で正面玄関に入って行った。水を打った三和土《たたき》の上に悠二の靴音が大きく響いた。悠二はちょっと深呼吸をした。玄関の真正面に「理即道也」と顔真卿《がんしんけい》流に太々と書か

れた額が掲げられている。その額の下に、ふた抱えもあるような大きな神居古潭石が、がっしりと黒かった。右手の受付の窓が、コトリと音を立てて、中からオカッパ頭の少女が顔を出した。悠二は自分の名前を告げ、校長に会いたいというと、少女はニヤニヤと笑ってうなずいた。

その少女が再び現れるまで、悠二は三和土の上に立ったまま、転任早々聞かなければならない校長の叱言《こごと》を覚悟していた。悠二の僅か八年の過去の経験からいっても、新任式に遅れたなどという教師は一人もなかった。さしずめ前任校の校長なら、

「いや、弁解はきかんよ。弁解というのは往々にして、うそのことが多いからね」

と、一言の申開きも聞かずに、かなり辛辣《しんらつ》に叱るところである。更にその前に勤めていた公立中学の校長なら、物わかりのよさそうな笑顔で応対しながら、その後いつまでもひとつの過去にこだわって、何かの時にはいくども、

「あの時の君はどうも……」

ということになるはずだった。ここの校長は、どんな文句をいうことかと思いながら、とにかく遅れたことは自分の責任なのだからと、素直にあやまる気持で悠二はそこに立っていた。

受付の少女が現れて、悠二を校長室に案内した。ノックすると中から、

「おう、どうしたんだね」

とドアが開いた。昨夜和服姿だった磯部校長が、グレイの背広姿で現れると、悠二には別

人のように思われた。

何とも大きな校長室である。校長室というより、どこかの大会社の社長室のように豪華なふんいきであった。天井には百合《ゆり》の花が群生しているようなシャンデリアが下がり、校長の席のうしろの飾り棚には、海の色を思わせる壺と、獅子舞《ししまい》の人形が飾られてあった。

「まあ、かけ給え」

さし示されたソファには、色とりどりのクッションが置かれ、同じ長いソファが五つぐるりと並んでいる。

「新任早々遅刻いたしまして、何とも申しわけございません」

悠二は立ったまま、丁寧にわびをいった。

「いやいや、人間の生活だ。いくら新任式の日でも、頭痛もすれば腹痛も起きる。いまの世の中のことだ。途中で交通事故に遭うということもあるわけだからね」

叱責《しっせき》を予期していた悠二は、驚いて顔をあげた。昨夜、家で会った磯部校長は酒を飲んでいて機嫌がよかったが、それは酒のせいだと思っていた。

「わたしはあまり物わかりのいい方じゃないがね。しかしそう理くつに合わんことは、いわんつもりだよ。理は道なり、という言葉が好きでねえ」

そんなことを言った昨夜の磯部校長の言葉を、悠二は思い出した。

「いや、実はわたしが出勤の途中、時間があると思ってぶらぶらしたのが悪かったのです」

と、悠二はありのままに事の次第を告げた。

「そりゃあ君、一番悪いのは、道路が悪いということだよ。道路さえ舗装されていたら、その子だって、とびあがったくらいで足を痛めるわけはないからね。したがって、君も遅刻しないですんだというわけだよ」

校長は大声で笑った。悠二は温かいものにふれた思いがした。

「それよりも君、何が起ろうと新任式には遅刻できないと思って、その子を置き去りにしてくるような教師なら、こりゃあ考えものだがね。まあとにかく、一時間目は君の受持のクラスのホームルームに取ってある。いま、一時間目が始まったばかりだ。すぐに教室に行こうじゃないか。いや待てよ。急いで来たろうから、のどが乾いたろう」

校長は机の上のインターホンのボタンを押して、

「つめたいお茶がいいな。ひとつ急いで持って来てくれ給え」

と、いいつけた。ハキハキした若い女の返事が聞えた。

ノックして入って来たのは、鮮やかなブルーのスーツを着た若い女教師である。

「あら」

一礼して頭を上げた女教師が小さく叫んだ。

「どうしたんだね、寺西先生」

「だってこの方、今朝早くたばこを買いにお見えになったんですもの」

あの紺の半てんの似合う、若い女性が笑っていた。

ミルクコーヒーの色をしたピータイルの所々に、明るいグリーンが入っている長い廊下だ。磯部校長の後に従いながら、悠二は校長の言葉に感動していた。はじめての学校に遅刻したということは、何か幸先《さいさき》の悪いような、そんな縁起めいたものを感じさせる。ちょうど元旦早々しくじりをしたようにいやな感じだ。

そんな人間の心理を、磯部校長は先に思いやって、悠二を待っていてくれたのだ。そう思うと、悠二は何だかこの北栄中学での生活が、生きがいのあるものに思われて来た。無論いいことばかり待っているとは思わない。だが、少なくともこの校長は、自分のすることの要所要所を見落さずに見ていてくれる人だと思った。別段校長のために働くわけではない。しかし、どんな職場で、どんな仲間と働くかということは、決して小さいことではない。廊下の窓越しに、遠く鷹栖《たかす》村の山がかすんでいた。

悠二の受持の教室、三年A組は、二階の南側に面していた。校長が先に立って教室に入っていくと、ざわついていた生徒たちが、ピンと張りつめた視線で二人を迎えた。校長は、

「ここにおいでになる方が杉浦先生です。きょうは途中でけが人の面倒をみて遅刻なさったが、決して寝坊したわけではありません。きょうの一時間目は先生の施政方針演説を聞いてください」

と、冗談を交えながら簡単に紹介して出て行った。

「ぼくの名前は杉浦悠二といいます」

悠二は黒板に自分の名を大きく書いた。

「悠二の悠は、悠々の悠だが、先生がきょう遅刻をしたのは、別段悠々と寝坊したわけではないので、どうか許して欲しい」

　そう言って頭を下げると、生徒たちは笑い声と共に気持のよい拍手をもって迎えてくれた。

「ありがとう。名前というものは、ふしぎなことに、その人の名に不をつけると、よく合うものだそうだ。先生も悠々たる人間にはなりたいが、はなはだ気の小さなところもあるので、よろしく頼む」

　生徒たちは声をあげて笑った。

「正という人間は、上に不をつけると不正となる。良子という人は、上に不をつけると不良子となる。この不をつけた方が似合う人間にはならない方がいいと思うね。ためしに君たちの名前に不をつけてみてほしい。どうだろう」

　すると、一番前の細い女の子の手が上がった。

「先生、わたしの名は、不をつけた方がいいんです」

「君は何というの」

「小林乱子。乱は乱れるという字です」

「なるほど。一心不乱の不乱か」

　悠二は気の毒な名前だと思った。小林乱子は蘭《らん》を乱と祖父が誤って届けたのだと言い添えた。

「ところで、きょうは君たちに将来何になりたいか、何をしたいか、聞いておきたいと思う

んだが……」

その志を聞くことによって、自分のこれから受持つ生徒たちを、少しでも理解する手がかりになるのではないかと、悠二は考えた。生徒たちはためらうような表情をみせた。が、一人だけすばやく手をあげた者がいる。

「答える前に名前もいってほしい」

中腰になって手を上げている男生徒が立上がった。

「大川松夫、ぼくはボリショイサーカスの団長になりたいと思います」

体の大きい、ふとった大川松夫はニコニコして答えた。

「ほう、ボリショイの団長か。理由は？」

「だって先生、手品の種あかしがわかるでしょう。それに美人をいつも近くでみることができるでしょ？」

大川松夫は、まじめな顔で答えた。男生徒たちはうれしそうに声をあげて笑ったが、女生徒たちはちょっと眉をひそめるようにしてささやきあった。

「なるほどね。美人をそばでみるのは先生も悪くないと思うな」

サーカスの団長が、美人にみとれていては勤まるまいと思いながら、悠二は大川松夫という生徒の、ものおじしない明るい性格を感じ取った。大川松夫の答えに気持がほぐれたのか、つづいて何人かの手が上がった。悠二は一番前の女生徒を指さした。

「ハイ、佐々木隆子です。わたしは整肢学園の教師になりたいと思います」

「ほう、なぜだね」

佐々木隆子は、立上がると小学校四年生ぐらいの背丈しかなかった。だが表情が豊かで、口もとに愛敬があり、ハキハキしている。

「ハイ、わたしは背が低いので、多分お嫁さんに、もらってくれる人がないと思います。整肢学園の体の不自由な人たちなら、わたしがいくら背が低くても、きっとバカにしないと思います。だから一生整肢学園の教師になって働きたいんです」

「もらい手はいるぞ」

誰かが半畳をいれた。生徒たちがどっと笑った。佐々木隆子は声のした方をふり返って、

「どうもありがとう」

と、すましていった。

「そうだね。まだ育ち盛りの佐々木さんが、お嫁さんのもらい手がないなどと、きめるのは早すぎるよ。高校に入ってからぐんぐん大きくなる人がよくいるからね」

悠二は佐々木隆子が、背の低いことに、どれほど悩んで来たかよくわかった。同時に、その悩みに負けない性格であることも知ることができた。

「ハイ、山田健一」

指されないうちに、坊主頭の生徒が元気よく立上がった。

「ぼくはシュバイツアーのように、未開の土地に行って、未開人の友だちになります」

「先生、おれもシュバイツアーのようになりたい」

色の黒い生徒が、口を尖《とが》らせるようにしていった。中学三年生にしては、幼い物のいい方である。

「ほう、君もか。なかなかいいね。ところで君の名前は？」

「ハイ、沖勇です。おれも山田君のように未開の国にいきたいんです」

沖勇は、山田健一のすぐうしろの席である。多分沖勇は、山田健一に心服しているのだろうと思われた。山田健一はうしろをふり向いて、ニヤッと笑った。その時、少しかん高い声で手をあげたのは、青白い顔をした少年である。その生徒は、いかにも人を小馬鹿にしたような表情で立上がった。

「大垣吉樹、ぼくは何になろうとも思いません。だって山田君や大川君たちのように、ボリショイサーカスの団長だの、シュバイツアーだの、現実離れのした幼稚なことをいったって、しようがありません。山田君たちだって、実は本気でそんなことを考えているとは思えません。そんなことを考えるより、この世は、そう自分の思ったとおりになれないものだということを、知っていたほうがりこうだと思います」

大垣吉樹が腰をおろさぬうちに、バラバラと手があがった。悠二は一番うしろの女生徒を指した。

「ハイ、津島百合です」

色は浅黒いが、彫りのふかい、ちょっとフランス人形のような感じの少女が立上がった。

「わたしは、大垣君の気持もわかりますが、中学三年生としては、少し元気のない考え方だ

と思います」

　よく透る声に、教室の中がしんと静まり返った。

「今の世の中はたしかに、志望どおりの学校に入って、望みどおりの会社に入ることさえ、むずかしいことかも知れません。でも、中学生のうちから、何になりたいとも思わないなどというのは、わたしは不賛成です。わたしたちは自分なりに夢を持って生きていい年ごろだと思います」

　大垣吉樹が立上がった、相変らず小生意気な微笑を浮べていた。

「しかしね、津島さん。夢を持ったって、その夢がかなうかどうか、わかりゃしないよ。そんな、かなうかどうかもわからない夢を持つなんて、ぼくは損だと思うな」

「そうかしら、わたしは夢がかなうかどうかというよりも、夢を持ちつつ生きることが尊いと思うわ」

　津島百合は激しい語調になった。その時、その百合の隣の生徒に目をやった悠二はハッとした。

（あの子だ！）

　今朝、あの神社の赤いほこらの前で、つまらなそうにパンをかじっていた少年だった。その生徒はうつむいたまま、あのほこらの前にいた時と同じ暗い表情で、誰の言葉も聞いていないふうであった。

（そうか。あの子がおれのクラスだったのか）

杉浦悠二は、朝飯をほこらの前で、毎朝食べているらしい少年を、さり気なく眺めながら生徒たちにいった。

「いまの大垣君と津島さんの話を、先生はおもしろく聞いた。みんなも、いまの二人の考え方に、いろいろ意見があることだろうね。大垣君の考え方と、津島さんの考え方では、その生き方はずいぶん内容の違ったものになるはずだと思うが、これからいまのことについて、近くの席の友だちと、少しの間話し合ってみてほしい」

生徒たちは待ちかねたように、すぐにガヤガヤと話しはじめた。その中で、今朝のあの少年だけが黙ってほお杖《づえ》をついている。津島百合が何か話しかけたが、少年は百合の方を見向きもしない。聞えないことはないはずだと、悠二は何気ない顔で、ゆっくりと机の間を歩きはじめた。

その少年は、悠二がそばに来ても相変らず黙っている。今朝がた神社の境内でパンを食べていた、あの暗い何か投げやりな感じが、教室の中にいる今もあった。

「おや、君はこのクラスだったの」

悠二はさも今気づいたかのような驚いた声でいった。少年はちらっと悠二を見あげたが、暗いまなざしに変りはなかった。

「君の名は何というの」

悠二は親しみをこめて少年をみた。

「佐々林一郎」

やっと口を開いたが、ぶっきらぼうである。この年ごろにありがちな態度だと、悠二は微笑してうなずいた。

「佐々林って、あの佐々林豪一さんの?」

少年はうなずかなかったが、否定もしなかった。

佐々林豪一は、札幌の北栄中学にも北栄高校にもかなりの寄付をしている実業家であった。旭川の佐々林豪一といえば、北海道の外まで聞えた木材業であり、洞爺《とうや》、阿寒《あかん》、札幌などに大きなホテルを持つ観光業者でもあった。

「君は将来、何になりたい? 何かしたいことがあるだろう」

悠二の質問に、佐々林一郎は顔をそむけた。

「お父さんの跡をつぐのか」

悠二は微笑を浮べたままいった。あの佐々林豪一の息子が、なぜ毎朝あの神社の境内でパンを食べるのか、見当がつかなかった。一郎の眉がぴくりと動いた。

「おやじのあとなんか……」

一郎は唇をかんだ。

「君は実業家より、何か芸術的なことに向きそうだね」

かすかに佐々林一郎の片ほおが笑った。いや、それは笑ったのではなく、けいれんしていたのかもしれない。

鍵《かぎ》

この幾日か、六月のような暖かい日がつづく。佐々林一郎は校舎を出ると、丘づたいの道をぶらぶら歩いて行った。どこかでコツコツと啄木鳥《きつつき》が木をつついている。

一郎は暗い目を、乾き切った白い地面に向けたまま歩いている。歩きながら一郎は、一週間前に転任して来た教師杉浦悠二の顔を思っていた。

(あいつめ！)

新任の日以来、絶えず温かい目を自分に注いでいる悠二が、一郎には不快でならなかった。何か自分の心の奥の奥まで、知られているような感じがしてならなかった。

一郎は思いっきり道の小石をけった。石は斜めに飛んで、まだ柔らかいいたどりの葉がゆれた。もう一度一郎は小石をけった。石は真っすぐに他の石にあたってそれた。

鷹栖村へ行く定期バスが埃《ほこり》をあげて近づいて来た。紺の制服を着たバスガールが、一郎を見て意味もなく笑いかけた。一郎は唇をゆがめてバスガールをにらみつけた。

(女なんか大きらいだ)

一郎はペッとつばを吐いた。

赤や青のカラートタンの家が、道にそって何軒か立ち並んでいる。庭先に花模様の布団や、

白い洗濯物が干され、静かな丘のひるさがりである。

　整肢学園の前まで来て、一郎は立ちどまった。らせん型のすべり台やブランコのある庭で、七、八人の子供たちが松葉杖にすがったり、車椅子に乗ったりしたまま、それでも楽しそうに遊んでいる。

（この子たちと、おれと、どっちが不幸なんだろう！）

　いま一郎には自分の方が不幸に思われてならなかった。うなだれたまま、一郎は再び歩き出した。

　少し行くと、建物の一軒もないぼうぼうたる原に出た。熊笹《くまざさ》が風に絶え間なくひかり、あちこちに楢《なら》の大樹がすっくと立っているばかりである。この人けのない道や笹原が、一郎には一番慰められる場所なのだ。一郎は革カバンをほうり投げるように、よもぎのひとむらに置くと、自分もまたよもぎの上に仰向《あおむ》けに倒れた。五月のさわやかな風が、一郎のほおをなでていく。柔らかい青い空が、手を伸ばせばすぐそこにあるような感じだった。

　一郎はいやでも父の豪一のたくましい体や、エネルギッシュな顔をまたしても思わずにはいられなかった。ついこの間まで、一郎は決してこんな陰気な少年ではなかった。底ぬけに明るい性格ではなかったにせよ、中学三年生にふさわしい平凡な毎日を送っている少年であった。

（女なんて、女なんて……）

　姉だとばかり思っていた奈美恵の白い顔が、父の豪一の顔にダブッて浮んでくる。一郎は

かたわらのよもぎをちぎって口にかんだ。よもぎの苦味が舌の上にひろがった。一郎は口をゆがめた。

国道を行く自動車の音が、たまに聞えてくるだけの静かな丘の上である。草原にねころんだまま、一郎は、

「佐々林豪一」

と、他人を呼ぶように言ってみた。

北海道一といわれる木材業の父、いくつかの温泉に大きなホテルを経営し、北海道の観光王と呼ばれる父、道内高額所得番付の屈指の中にある父、数えきれないほど多くの会社に名を連ねている父、そして一郎が学んでいる私立北栄中学にも、姉のみどりが通っている北栄高校にも、毎年多額の寄付をしている父、それはついこの間まで一郎の誇りにしていた父の姿であった。

だが、今はちがう。一郎にとって父は、いまではこの世で最も嫌悪すべき、侮べつすべき人間のように思われてならなかった。

(まるで、けだものだ)

一郎は、寝返ってよもぎの中に腹ばいになった。よもぎのよいかおりが、なぜか一郎を一そうやりきれない思いにさせた。

(あの家は、魔窟《まくつ》のようだ!)

佐々林家は、街の真ん中の常盤《ときわ》公園の裏にあった。公園の中を突っ切っていくと、高いポ

プラ並木がある。並木に沿って、小川のように長い「白鳥の池」があった。その池にかかった小さな木橋を渡ると、すぐに、新町と呼ばれる住宅街がある。この新町の一画に、千坪程の佐々林家の屋敷があった。

低いブロックの塀越《へいご》しに、ゴルフ場のような青い芝生が見え、その向うに、白樺や、桜の木に囲まれた、どっしりとした二階建の洋館があった。グレイの壁の色が、周囲の木の緑に落ちついた調和を見せていた。窓々には、細い指では持ちあげることのできないような、黄金色の重いカーテンが垂れこめ、それがいかにも外界とその家とを隔絶しているような印象を与えた。

赤い厚いじゅうたんを敷いた広い廊下、そして、ひとつひとつの部屋は鍵のついたドアで閉ざされ、家の中はいつもホテルのようにひっそりとしている。

いま、草むらにねころびながら、佐々林一郎は自分の家を目に浮べ、そこに住む一人一人の顔に向って毒づいていた。

(佐々林豪一はけだものだ)

再び一郎はそう思う。

(母だって、婦人会だとか、委員会だとかいって、外にばかり出てるじゃないか)

(みどりねえさんだって、いつもギターをかき鳴らしているか、自分だけのことを考えているか、どっちかなんだ)

(奈美恵! あんな奴を、おれは姉だと思ってきたんだ。いつも昼まで寝ていて、何ひとつ

仕事をしたことなんかない奴だ)

人間より犬と話をしている時間の多いお手伝いの涼子も、別棟に住んでいて、年中ペコペコと父の豪一の顔色ばかりみている中年の運転手夫婦も、誰も彼もが一郎には、無性に腹立たしかった。

綿のような白い雲に、ぽつりと黒い一点が見えた。と、その一点がつぶてのように地上に落ちてきた。仰向けにねころんでいた一郎はハッとして体を起しかけた。つぶてと見えたのはヒバリだった。地上近くでついと向きを変えたヒバリは、たちまち草の中に見えなくなった。空のどこかでまたヒバリが啼《な》いていた。

(おれはいったい、どうしたらいいんだ)

家族の一人一人に、いま毒づいてみても心は晴れなかった。とりわけ奈美恵の白い顔をどうしても一郎は胸から消すことができなかった。朝も昼も、学校にいる時も、一郎の頭に奈美恵の顔や姿がこびりついて離れない。

一郎は、幼いころから奈美恵が好きだった。母のトキや、姉のみどりよりも好きだった。奈美恵が、一郎より十四も年上で、みどりのように年が近くないせいもある。外へ出て歩くことの好きな母とちがって、いつも家の中にいたせいもある。

奈美恵は色白で、肉づきのよい、どこか眠っているような感じの姉だった。いや、姉だと思っていた。よく幼いころ、奈美恵に抱かれて風呂に入ったり、ごはんを食べさせてもらった記憶がある。

「一郎さん、いい子だから、ごほうびをあげるわ」

などと、いまも奈美恵は一郎をあやすように話しかけてくる。

(あいつが……畜生!)

草はらにねころんだまま、一郎はまたつばを吐いた。雲の上でさえずるヒバリの声がのどかだった。

(畜生!)

一郎は、一カ月ほど前の、土曜日の午後のことが思い出されてならなかった。その日一郎は学校から二時ごろ帰った。どの部屋にも鍵のある個室からなっている家の中は、いつものように静かだった。

一郎は玄関に入ると、左手の廊下を曲って、階段を上がって行った。廊下も階段も厚いじゅうたんが敷いてあって、足音も響かない。自分の部屋にカバンを置いた一郎は、姉のみどりが帰ってきているかと、隣の部屋をノックしたが返事はない。別にみどりに用事があるわけではなかったが、これは毎日の習慣であった。

その日はまだ昼食をとっていなかったので、一郎は食堂におりて行った。食堂は片づいていて何もない。一郎は食堂の斜め向いのお手伝いの部屋に行ってみた。部屋のドアは開けっぱなしになっていたが誰もいない。買物にでも出ているようである。

仕方なしに一郎は、食堂の冷蔵庫を開けて食べ物をさがしはじめた。チーズとリンゴとハ

ムサンドがあった。食べ終ると一郎は、母の部屋をノックしてみた。返事はなかった。土曜日の午後にはたいてい留守ときまっている。一郎は、ひとつ置いて隣の奈美恵の部屋に行った。ドアが小さく開いていたが、やはり奈美恵もいない。こう誰も彼も家の中にいないというのは珍しかった。仕方なく部屋にひき返そうと思った時、母と奈美恵の部屋の真ん中にある父の部屋から、低く女の声が洩れた。

いま聞えた声が、奈美恵のそれのように思われて、一郎は父の部屋の前に立った。かすかに笑う女の声がドアの中にした。

「奈美恵ねえさん、ここにいるの?」

一郎はノックした。

ふいに中の声が消え、何の返事もない。一郎は再びノックした。だが、やはり応答はなかった。取っ手に手をかけてみたが、ドアは開かない。

「奈美恵ねえさん、あけてよ」

依然として、部屋の中からは物音ひとつしない。

(変だな、いまたしかに女の人の笑う声がしたはずなのに……)

誰もいない部屋から、若い女の笑い声が聞えたのかと思うと、一郎はにわかに背筋が寒くなった。

一郎は生来憶病で、いまでも怪談を聞くのさえ恐ろしい方であった。

「奈美恵ねえさん、奈美恵ねえさん。誰もいないの?」

一郎は激しくノックした。やはり何の返事もない。奈美恵が中にいるのなら、返事をしないはずはなかった。

（さっきの女の声は、いったい何だろう？）

一郎は不気味な思いに耐えられなくなって、急いで父の部屋の前を離れた。舌が上あごにひっついたように、口の中がからからだった。

台所に行って、水道の栓をひねろうとすると、目の前に自分自身の青い顔が映っている。その自分の顔にさえ一郎は脅《おび》えた。自分のうしろに誰かがいて、その顔も映っているのではないかと、一郎は鏡の中の自分のうしろをそっとうかがった。

真昼だというのに、広いわが家の中が異様にうす気味悪かった。一郎は水道の栓をひねった。水が音をたててステンレスの流しに飛び散った。

水を飲むと、からからに乾いたのどがうるおい、少し気が落ちついた。

公園の方から、子供たちの声がかすかに聞えて来た。どんよりとくもった四月の空は低かったが、それでも子供たちの声が聞えたことで、一郎は人心地がついた。

（やっぱり、あれは奈美恵ねえさんの声だ）

この真っ昼間に、まさか幽霊などというものが、わが家に現れるはずもないと、一郎は思いなおした。

（奈美恵ねえさんは、ぼくを驚かそうとして、わざと返事をしなかったのだ）

そう思うと、何だかあの部屋の中に奈美恵がかくれているような気がして、もう一度行っ

て確かめる気持になった。

（それにしても、どうしておやじの部屋になんか鍵をかけて入っているのだろう）

ふと、ふしぎに思ったが、今度は自分が奈美恵を驚かしてやろうと、父の部屋の前に立った。声をかけようと思ったが、ふと思いついて体をこごめ、そっと鍵穴をのぞいてみた。次の瞬間一郎はハッと息をのんだ。

一郎はみてしまったのだ。鍵の穴は小さいのに、意外に広い部分がハッキリと目に入った。奈美恵の白い肌と、父の紅潮した顔がそこにあった。大きなベッドの上に、ふたつの体がからみあって息づいていた。

一郎は、父と奈美恵が何をしているのかを、ハッキリと知った。しかし、自分の見たものが何かの幻ではないかとさえ思った。白昼夢という言葉が胸に浮んだ。

（おとうさんと、奈美恵ねえさんが……）

どうやって自分の部屋まで帰って来たか、一郎にはわからなかった。自分のベッドの上に寝ころんだまま、一郎は大きく目を見ひらいていた。

いまがいままで一郎は、奈美恵を姉だとばかり信じていた。

（近親相姦）

この言葉を一郎は知っていた。

（まさか！）

いくら何でも、自分の娘にそんなことをするわけはないと思った。

（それでは、奈美恵ねえさんはいったい誰なんだ、何なんだ）

一郎は深い絶望を感じた。

奈美恵は、一郎が物心ついたころから、既に佐々林家の人であった。一郎の小さなころの思い出には、母と共に必ず奈美恵もそばにいた。

（妾！　めかけか）

頭を一撃されたような思いで、一郎は目をつむった。

国道を通る自動車が、ひときわ高くクラクションを鳴らした。一郎はあの日の自分から、五月の野に寝ころんでいる自分に、再びひきもどされた。

あの日一郎は、夕食を食べる気がしなかった。

佐々林家には、いつのころからか、一家団欒《だんらん》という慣習が失われていた。六年前、旭川にくるまでは、それでも夕食だけは一家そろって食べることが、週に一度や二度はあった。だが札幌からこの旭川に移って以来、パッタリとそんなことさえなくなった。父は月のうち半分を札幌やそのほかホテルのある土地に出かけていたし、母のトキも婦人会や、その他の用事でよく出歩いた。

奈美恵はめったに外には出なかったが、自分の部屋で食事をするのが普通だった。だから一家そろって夕食に顔をあわせるというのは、二カ月か三カ月に一度もあるかないかであった。それは、鍵のある個室を銘々が持つことによって、もたらされたもののように思われた。

あの日以来、一郎は家で夕食をとることはもちろん、朝食もとらなくなってしまった。子

供たちの登校前に起きることのない母には、その一郎の変化もわからなかった。みどりだけが、

「反抗期になったわね」

と、おもしろがっていうだけだった。

毎朝、川上久代の店でパンを買い、ひとりほこらの前で食べるようになったのは、それ以来のことであった。

奈美恵は一郎にとって、やさしい姉であった。姉だと思いこんでいたからこそ、自分もまた素直に甘えて来たのにと思うと、一郎は何ともいえない辱《はずか》しめを受けたような感じがした。

（どうして、あんな女を家に置いておくのだろう？）

母もそのことを知っていて、奈美恵と同居しているのだろうかと、それが一郎にはふしぎだった。そんなはずはないと、一郎は少年らしい単純さで思った。もし知っていて、自分たちに姉と呼ばせていたのだとしたら、自分を欺いて来た父や母を決して許すことはできないと、一郎は唇をかんだ。

もし、母が何も知らずにあの女と共に住んでいるのだとしたら、父は何という野ばんな、冷酷な人間かと思わずにはいられなかった。

あの日一郎が、父と奈美恵の忌まわしい姿を見たことを知ってか知らずか、二人の態度は以前と少しも変らなかった。だが一郎は、目からうろこが落ちたように、奈美恵の動きがハ

ッキリとよくわかるようになった。奈美恵が「パパ」といって、かすかな笑みを含んだ目で呼ぶ時、それが何を語っているのか、一郎はよくわかるようになった。

「パパ、おみやげに指輪が欲しいわ」

奈美恵が玄関で、父を見送りながらいう言葉を、一郎はいままでただ「甘えっ子の奈美恵ねえさん」とだけ思っていたことも、いまいましかった。

そんな時、母のトキがにこやかに微笑を浮べていたことを思うと、大人たち三人の姿が、異様に醜悪に思われてくるのだった。

いつも夢を食べて生きているバクのようなみどりは、まだ何も気づいていないようである。お手伝いの涼子や、運転手夫妻は、既に真相を知っているのかどうか、一郎は気がかりでならなかった。

(世間の人はみな、知っているのではないか。佐々林豪一は、妻と妾《めかけ》をひとつ屋根の下に住まわせていると、人々はみんな笑っているのではないだろうか)

いままで、余り人の目を考えたこともなかった一郎だった。それがいまでは、学校に行くことも妙にうしろめたい思いがした。

(畜生!)

一郎は父を見る度にそう思い、奈美恵を見る度に心の中で罵《ののし》った。

だが一郎は、自分の心の中に、奈美恵を罵り切れない何かがあるのを、感じないではいられなかった。奈美恵を思う時、いやでもあの日の父とからみあっていた白い肌を思い出す。

夜寝ていても、勉強している時でも、あの奈美恵の姿を思い出すと、一郎は何もかも手につかなくなった。そして、いつの間にか想像の中で、一郎は奈美恵を犯していた。

（あんな奴なんか！）

そう心の中で罵りながら、罵る度に、奈美恵は一郎の胸の中に住みついて行くようであった。

いつしか雲は、あかね色に変っている。さっきまで吹いていたそよ風もパッタリと落ちていた。

一郎は目をあげて、そよともしない笹原を眺めていた。

「静かだなあ」

一郎は丘の果の、落葉松《からまつ》林に目を移した。もう陽が沈むころだ。そう思って立上がった一郎は、思わず声を上げるところであった。一郎から十メートルと離れていない所に、同じクラスの津島百合《ゆり》が、夕陽を眺めて立っていた。じっと夕陽に向って、何かを祈っているような津島百合の姿は、一郎をろうばいさせた。余りにもいまの自分と違う世界に住む人間の姿に思われた。

百合は、緑橋ビルの中に店舗を持つ洋品店の娘で、彫りの深い個性的な美しさを持っていた。成績もきわだってよく、一郎は中学に入った時から、百合に少年らしい憧《あこが》れに似た好意を抱いていた。

突然百合が振返った。それは、あらかじめ一郎がそこにいることを知っていたような振返り方であった。一郎と百合の視線が一瞬かち合って離れた。

百合は黙って、一歩一歩踏みしめるように、一郎のそばに近づいて来た。一郎はふいに動《どう》悸《き》した。

「佐々林さん。あんた、こんな所でいつも何をしているの？」

百合は微笑していた。だが、こわばった微笑であった。一郎は答えることができなかった。

「わたし、いらないおせっかいかも知れないけれど、このごろの佐々林さん、変だと思うの。正直にいって、あんたいまのようではぐんぐん成績がさがるばかりじゃない。あんたが、だまりこくって誰とも話したがらないのは、学校に何か不満があるからなの？」

一郎は「ちがう」といおうとして、やはりそのまま答えなかった。もし、学校には不満がないといえば、この津島百合は、自分のほんとうの悩みを、嗅《か》ぎ出してしまうに違いないと思われた。

「佐々林さん、どうして答えてくれないの。中学三年の時って、大事な時よ。少しぐらいおもしろくないことは、生きている以上誰にだってあるわ。男のくせにあなたはいくじなしよ」

百合の言葉は次第に鋭くなって行った。

「クラスの人だって言ってるわ。あんなお金持の家に生れて、立派なおとうさんおかあさんがいて、何がおもしろくないんだろうって。ぜいたくよ、あんたって」

（ふん、おれのおやじもおふくろも大した立派だよ）

そう思いながらも、案外世間は父と奈美恵のことを知らないのかも知れないと、いくぶんホッとする思いであった。

一郎は、足もとのカバンを拾うと、津島百合に背を向けた。

「逃げるの？　弱虫ね」

カバンを持った一郎をみて、津島百合が言った。

「別に逃げやしないよ。だけど、もう夕方だろう。だから……」

「やっと口をきいたのね。わたしも一緒に帰るわ」

津島百合は、ものおじのしない明るい口調だった。

「だけど……」

一郎は、百合と二人で歩くのが、何となく気づまりだった。

「わたしね。佐々林さんときょうはゆっくり話をしたいと思って来たのよ」

返事をしない一郎に、かまわずに言葉をつづけた。

「たしか、ひと月になるわね。あなたが憂鬱病にとりつかれたのは。いったいどうしたっていうの。反抗期なの？」

「かも知れないな。だけど、ぼくのことは放っておいてくれよ」

「そうはいかないわよ。佐々林さんはわたしの隣の席じゃないの。毎日陰気な顔を見せられては、はた迷惑よ」

百合はわざと邪慳《じゃけん》に言ってから笑った。

「それに、人は誰だっておもしろくないことはあると思うの。わたしだって、みただけで胸の悪くなるような、きらいな先生がいるわ。それだってずいぶん憂鬱よ」

（君のきらいなのは、先生で結構だよ。おれは自分のおやじの顔をみるのもいやなんだ）

「うちにいたっておもしろいことばかりじゃないわ。うちの母なんか、てんから、わたしを中学三年生とは認めていないのよ。毎朝、百合ちゃん、ハンカチは？　チリ紙は？　先生のいうことをきくのよ。ああそれから、おトイレには行ったんでしょうねなんて……。これ、みんな幼稚園に行く時と同じ文句じゃないの。ねえ、失礼しちゃうでしょ」

一郎は思わず苦笑した。少女の百合がトイレに行ったかと尋ねられることよりも、そのことを平気で告げる無邪気さに驚いた。

（おれのおふくろは、おれが学校に行く前に起きていたことなんかありゃしない）

「ねえ、親って不可解ね。わたしがもうこんなに大人の体になっているのに、ちっとも大人だとわかっちゃいないんだから」

どきりとして、一郎はそっと津島百合を見た。百合が何気なく言った「大人の体になっているのに」という言葉に、一郎は顔を赤らめた。自分もまた既に秘密の多い大人の体になっていることを思った。

「とにかく中学三年の時は、二度とこないのよ。もっと楽しく過ごさない？　佐々林さん」

二人の影がひとつに重なって、野原に長く映っているのを、一郎は横を向いて眺めながら

歩いていた。時々百合の頭だけが、前に出たり、自分の足が一歩うしろになったりする影に、一郎は複雑な思いになって歩いていた。

大垣夫人

朝からの小雨が、夕方になってあがった。杉浦悠二は夕食後、下宿の二階の窓から、下の通りを眺めおろしていた。ぬれた仲通りの舗道に、向いのバー「タイガー」の青いネオンサインが、ついたり消えたりして映っている。

悠二の下宿は、旭川の歓楽街のどまん中にあった。世話をしてくれたのは、公立中学に勤めている大学時代の先輩であった。

「おれが静かないい所をさがしておいたから、安心していけよ」

先輩はそういって、その友人の家を紹介してくれた。静かな所と聞いてきたが、右も左も裏も向いも、ぎっしりとバーや飲み屋やすし屋などが並んでいるのには、悠二もいささか驚いた。

すぐに他をさがそうと思ったが、先輩は悠二を学生時代からかわいがってくれた男である。必ずしも、いたずらっ気やからかいだけで、この下宿を紹介してくれたとも思えない。

「なあ杉浦、お前は学校の先生だからといって、何も家に帰ってまで本を読んだり、調べも

のをしたりすることはないんだ。たまにキャバレーや飲み屋をのぞいてみるもんだ。人間なんだからな」

そんなことをいっては、時おり誘いの電話をかけてよこすことがあった。だが悠二には、ゆっくり遊ぶ時間のゆとりもなかったので、つい断ることが重なった。そんなことがあって、先輩は単純に、悠二をまじめな人間と思っていたようだった。

悠二の下宿先は、地下が喫茶店、一階が薬局、二階が美容室になっていた。その家主である下宿先の石田家は、一階と二階の一部を自宅に使っていた。石田は三十を過ぎた会社員で、笑うと子供のような無邪気な顔になったが、非常な博識で、どの部屋にもズラリと本が並んでいた。こんな歓楽街のまん中でも、これだけの本を読めるのかと思うと、悠二はこの家にしばらく落着いてもいいと思った。そこには四つの男の子がひとりいた。

バー「タイガー」の入口に、白いひだのあるドレスを着たホステスがぼんやりと立っている。まだ灯がついたばかりの宵の口で、目ぼしい客が見あたらないのか、それとも全く商売っ気がないのか、ホステスは道行く人をただ眺めていた。

その隣の果物屋から、三つぐらいの女の子が走って来た。女の子は立ちどまってホステスの顔を見あげ、その白いドレスのひだにふれた。ホステスは腰をかがめて女の子の頭をなでた。女の子はポケットからちり紙をさし出してホステスに何か言った。ホステスは大きくうなずいてそのちり紙を受けとり、リボンを作った。自分の頭に手をやってピンを抜きとると、その小さな女の子の頭にリボンを飾ってやった。女の子はうれしそうに、夏みかんの並んで

いる店先にかけこんで行った。

そのあと、またホステスはぼんやりと空を見あげている。どこにでもいる丸顔の平凡な顔だった。

（あのホステスは、いくつぐらいだろう？）

悠二は、そのホステスも六、七年前には、いま自分が受持っている中学三年生の生徒たちと、同じ年頃だったにちがいないと思った。

ホステスの前に、ラーメンの出前を持った若い男の自転車がとまった。男は細いズボンの片足を地につけて、

「レイちゃんがさ、まだ熱が下がらないんだってよ。何だか金も無さそうだったぜ」

と言った。声が大きいから、二階の悠二にもハッキリときこえた。ホステスはうなずいてうしろを向くと、スカートをちょっとめくって札を出した。靴下のどこかに挾《はさ》んでおいた金だろうかと、悠二は思いながらみていた。

「レイちゃん喜ぶぜ。あとで見舞に行ってやってくれよな」

男は鋭い口笛をピュッと鳴らして、自転車のペダルを踏んで過ぎ去った。多分同じホステス仲間の「レイちゃん」の所に、金をことづけたのだろうと思いながら、悠二もまたやさしい思いになっていた。

ふと女の顔が悠二の方を見た。二人の視線が合った。悠二はちょっと照れたが、隣近所の人にあいさつをするように頭を下げた。女は思いがけなく恥じらった表情を見せて礼を返し

た。悠二は見ていたことが悪かったような気がして、窓を閉めようとした時、階段の下から、来客を告げる声が聞えた。

階段をかけおりて、玄関に出てみると、四十近い見知らぬ婦人が、風呂敷包みを胸にかかえて立っていた。

「あの、杉浦先生でいらっしゃいますか。わたくしは、先生におせわになっている、大垣吉樹の母でございます。ちょっとご相談がございまして……」

どこか険をふくんだまなざしの、細おもての顔が大垣吉樹によく似ていた。

「先生、ずいぶんおにぎやかな所に下宿なさいましたのね。このお宅はご親戚《しんせき》でもいらっしゃいますか」

一応のあいさつがすむと、大垣の母は窓越しに見える青や赤のネオンサインを眺めながら言った。先輩に紹介された下宿だと告げると、

「まあ、こんな所では、先生もご迷惑ですわね。実はわたくし、先生のご住所を学校に問い合わせました時に、ここと伺って、何とものの好きなと、失礼ながら少々驚いたのでございますよ。いま先生がご自分でさがされた下宿でないと伺って、ホッといたしましたわ」

立て板に水という形容を悠二は思い出した。

「転任なさいますと、下宿のことから、学校のことまで、何かとお馴れにならず大変でございましょう。先生は新任式の日に遅刻なさいましたそうですわね。講堂に整列して、いくらお待ちしてもお見えにならないので、うちの吉樹はずいぶんやきもきしたそうでございます

わ」

自分のいいたいことを、何の思慮もなく言っているようであった。

「全く、申しわけありませんでした。新任早々遅刻などいたしまして」

頭を下げた悠二に、大垣夫人は重ねて言った。

「まあ、わたくしなどに、そんなことをおっしゃいませんでもよろしゅうございますけれど、あのクラスのおかあさま方は、ちょっと口がうるそうございましてね。この間もある父兄の方が、どんな事情があったにしろ、新任式をすっぽかすようなズボラな先生では心配だ、なんておっしゃっておられましたわ。今後はどうぞお気をつけ下さいませ」

それは好意で言っている言葉かどうか、呑気《のんき》な悠二にもすぐにわかるような言い方である。

「いろいろどうも」

「それはそうと、あのクラスはどうもわたしは好きじゃありませんの。ほら、津島百合さんて、ちょっときかないお嬢さんがいらっしゃいましょう？　あの津島さんと吉樹とは、いつもことごとく意見が対立しますのよ」

「はあ」

悠二は、この夫人が何を言いたいのか、わかるような気がした。一応は何でも黙って聞いてやることが、生徒の場合にも父兄の場合にも、教師としての第一の態度でなければならぬと彼は思ってうなずいた。

「先生もお気づきでございましょう。先生がおいでになった日に、将来何になりたいかとお

尋ねになったそうでございますわね。あの日吉樹が学校から帰って申しましたのよ、おかあさん、ぼく北栄中学をやめようかなんて」

「ほう、それはまたどうしてですか」

「わたくし、びっくりいたしましてね。北栄中学は成績のいい生徒が集まっておりますし、公立中学より設備も整っておりますから、そんなバカなことを、と申したんでございますよ。でも、吉樹が申しますのに、将来何になりたいかと尋ねられて、ボリショイサーカスの団長になるなんて、幼稚なことをいう奴がいるんだからいやになるなどと申しましてね」

お茶を運んで来た石田の妻には、礼を返すことさえ忘れて、大垣夫人は自分の言葉に夢中になっていた。

「しかも美人をそばに見れるからとか、奇術の種明かしがわかるからと、その生徒は言っていたそうですけれど……」

そこで夫人は悠二の顔をとがめるようにみた。

「その時、先生は、美人をそばでみるのは悪くはないなと、おっしゃったそうでございますわね。その言葉を聞いて、わたくしほんとうに驚きましたわ。仮にも教師である方が、中学三年の生徒の前でそんなことをおっしゃってよろしいものでしょうか」

「いやこれはどうも」

悠二は頭をかきながら、吹き出しそうになっていた。

「この下宿なら、なるほど美人をいつもそばで見ることができるわけでございますわね」

悠二はもはや観念した。二、三日前、川上久代の店に煙草を買いに寄った朝、寺西敬子と一緒に学校へ行った。寺西敬子は、はじめの日紺の半てんを着て、店を手伝っていた女性である。敬子は体操の教師であった。伸び伸びとした肢体と同様に、伸び伸びとした性格の女教師である。一年前から川上久代の家に下宿をしているのだった。

「先生、先生のクラスにはすごいママがいるのよ。こうして二人で歩いている所を見つけたら、多分風紀紊乱《びんらん》だ、教育上悪影響があるなんて、すぐに校長の所にねじこんでくるはずよ」

彼女は愉快そうにくっくっと笑っていた。そのさわれば弾《はじ》けそうな丸い肩を眺めながら、悠二は（まさか）と思ったのだった。

「でも世の中には、自分の考えていることだけが絶対に正しいと信じて疑わない人もいるのよ。無論あれは一種のテロリストみたいな人間だけど、世の中にはそんな人間を利用して、一緒になって騒ぎ回るのもいるらしいわ。一年に二度や三度は、何かしらケッサクな騒ぎが持ちあがるんですって。覚悟していらっしゃい」

そう言った寺西敬子の言葉を、悠二はいま思い出していた。

「まあ先生としては、ご冗談のおつもりだったでしょうが、そんな言葉を冗談と受けとらない子供もおりますからね」

大垣夫人は、そのことが話の本筋ではないらしく、言葉をつづけた。

「中学三年にもなって、自分たちが将来何になれるか、だいたいの見通しがつかないわけは

ないと吉樹は申すのでございますよ。それでそんな子供の夢みたいなことはいわずに、もっと現実を見つめるようにと、提言したそうでございますわね」

そこで夫人はお茶を飲んだ。そして居ずまいをただすと、またつづけた。

「すると、憎らしいじゃありませんか。津島百合さんは、夢をもっている方がいいとか言って、吉樹に反論したそうでございますね。先生がそこで、みんなに話し合いをさせて、ちょうど時間が来たそうでございますけれど、休み時間にクラスのお友だちは、みんな吉樹を若年寄だなんて申したそうでございます。あの津島という女の子は、少しばかり目立つ顔をしておりますでしょ。わたしは別にきれいな子とも思いませんけれど」

悠二はネオンの明るくなった外を見ながら、この夫人と、どのように話をすればよいのかと、困惑を覚えていた。

「わたくしが思いますのに、津島という女の子が少しばかりきれいなものだから、男生徒たちもみんな心憎からず思っているのではないでしょうか。いつでも吉樹とその子との意見の対立がある度、吉樹は誰からも賛成されたことがないのですわ。吉樹が口惜《くや》しがるのは当然じゃございませんか」

「なるほど、そうですか。おかあさんもご心配なさったことでしょう」

それは大変でしたねという悠二の言葉に、大垣夫人はやや表情を和らげた。

「先生、先生は津島百合の意見と、吉樹の意見と、どちらが正しいとお思いですか」

いままで、悠二の口の開くまもないほど話しつづけていた夫人は、やっと悠二にそう尋ね

た。

「そうですねえ。この場合それぞれの意見があって、かまわないのではないでしょうか。大垣君は大垣君の考えどおり歩めばいいわけですし、津島さんは彼女の思うとおりの夢を持って進めば、いいわけですから」

「まあ、そうでございますか。では、中学三年にもなって、ボリショイサーカスの団長になりたいなどという、幼稚な夢でもかまわないのでしょうか」

夫人はまたいきり立つように言った。

「いや、団長になりたいと言った大川松夫というのは、りこうな子でしてね。ユーモラスな明るい子なんですよ。数学などもよくできますが、わたしがいままで感じた範囲では、あの日、サーカスの団長になりたいなどと口火を切ったのは、新任のわたしと、クラス全体の少しかしこまった空気を破ろうという、演出的なものだったという気がしますね」

悠二は、大川松夫について感じたままのことを、率直にのべた。

「まあ、それでは、うちの吉樹がそれを見通すことができなかったというわけでございますか」

夫人の顔が固くなった。自分の考えに少しでも反対の意見を持った者は、決して許すまいとする顔である。

「そういうわけではありません。中学三年生の年頃としては、津島さんの意見に賛成したくなる者が多いまでです。大垣君の意見に賛成する年頃というのも、時期があるわけです。言

ってみれば、大垣君は少し大人だということではないでしょうか」

悠二は、そういうより仕方がなかった。大垣夫人のような性格には、はじめから自分の考えを述べてみても、受けいれられるはずはない。

「先生は、見かけによらず、お話のわかるお方ですわね」

吉樹が大人だといわれたことに、大垣夫人は満足したようである。

「ところでお話は、変りますが、うちの吉樹は、どうも数学が苦手でございましてね。どうにかならないものでございましょうか」

やっと、生徒の母親が教師に対する態度になって、相談する口調に変った。

「そうですねえ、数学が嫌いな生徒は、どこの学校にも多いですね」

「この間、雑誌で読んだのでございますが、数学には、素直な心が必要だと書いてございましたが、それはほんとうでございますか。わたくしにはどうもよく飲みこめないんでございますよ」

外は車の往来も次第ににぎやかになって来たようであった。

数学には、素直さが必要だということは、悠二も学生時代に教授から聞いたことであった。悠二たちの教授は絵をよく描いた。数学をしている姿より、絵を描いている姿の方が印象に残っているほど、よく絵を描いた。教授は、悠二たちにも絵や文学や音楽に親しむことをすすめた。

「君たちねえ、優しいという字をどう考える？　あれは人を憂うると書いて優しいと読むね。

つまり人の悩みや苦しみを、共に憂うる心が優しさなんだ。思いやりと言ってもいいな。その優しいという字と、優秀の優という字、つまり優れているという字とは同じなんだよ。この所をよく考えることだね」

教授はこの話をいく度か繰返し話したものだった。教授にいわせると、

「人の身になって思いやってみることもできないような、つまりやさしさのない人間は、真の意味において優れた人間とはいえない」

というのである。

「優しさもない者が数学ができたって、何ができたって、人間のために役立つような学問はできやしないよ」

そうもいうのだった。そして優しい心を育てるためには、まず対象をしっかりと把握《はあく》する練習をしなければならないと言った。教授が絵を描くのは、対象を把握するための観察眼を養うためらしかった。

優しさの次に教授が強調したのは、素直ということであった。

「素直とはね、人のいうことをハイハイとうなずくことではないんだ。わたしがいうのは、真理に素直であるということだよ。たとえば君たちが、子供として、親に対する態度があるわけだ。親に対する口のきき方というものがあるわけだよ。自分の虫の居所が悪いからといって、親に乱暴な口をきくのは、それは素直ではない。自分の中のわがままと戦い、それを克服して、子供としてのチャンとした口のきき方をするというのが、これが真の素直だ」

　この言葉も、教授はくり返し聞かせてくれた。

　いま、大垣の母から、数学には素直が必要だそうだがといわれた時、悠二は教授の顔や姿を懐しく思い浮べた。

「そうですね。わたしの教わった教授も、数学をする前に、まず優しくなることと、素直になることを強調したものです。これは数学に限らず、生きていく上に大事なことではないでしょうか」

「そうですかしら。では宅の吉樹が数学ができないのは、その優しさと素直さが欠けているからだとおっしゃるのでしょうか」

　どうしたらそのように人の話を解釈できるのかと、悠二はあきれて夫人の顔を見た。違った鍵《かぎ》を、鍵穴にさしこんだような感じであった。大垣夫人は、そのあと悠二の言葉には耳をかさず、

「なんてうるさい所でしょうね。この辺は」

　という言葉を残して帰って行った。

夕　風

　桜の花もすっかり散って、丘の木々が一せいに若葉となった。やがて六月だ。

和夫が、同じ年ごろの女の子と、大きなダンボールの箱に入って店の前で遊んでいる。遠く丘の向うに陽が傾いている。

「和夫ちゃん、この汽車はどこまでいくの」

くりっとした目の女の子である。

「うん、あのね、稚内《わっかない》まで行くよ、マユミちゃん」

「稚内まで汽車賃はおいくらですか」

マユミと呼ばれた女の子は、大人の口調を真似て言った。ちょっとのぞいたミソッ歯が愛らしい。

「ええとね、三十五円です」

「ふうん、和夫ちゃんて、はんかくさいわね。バスに乗って平和通りまでいくのに、二十五円かかるのよ。稚内まで、たった三十五円でいけるはずないでしょ」

きめつけるような女の子の言葉にも、和夫はニコニコ笑いながら答えた。

「そしたらね、百円さ」

「まあ、そんなところでしょうね」

女の子はうなずいてから、

「あのね、和夫ちゃん、シンコン旅行って知ってる?」

「シンコン旅行? ううん、ぼく知らないよ」

「あのね、お嫁さんと、おむこさんが、行って参りますって、汽車に乗って行くのよ。うち

の鮎子《あゆこ》ねえさんは、白いお帽子をかぶって、白い手袋をはいて、赤いお花を持って行ったのよ」

「ふうん」

「ねえ、あたしもシンコン旅行にいきたいわ。和夫ちゃん、あたしのおむこさんになってくれる？」

「なってもいいよ」

和夫は無邪気なものである。

「あのね、結婚って、愛していなければだめなんだって。和夫ちゃん、あたしを愛してる？」

「愛してるって、よくテレビでいうよね。骨まで愛して……」

和夫は、節をつけてうたった。

「そうよ、テレビでいつもいうでしょ。愛してると、キスをするのよね」

「うん、キスをするよ。うちのおかあさんは、ぼくのホッペタに毎日キスをするよ」

「へえ驚いた。キスはおよめさんとおむこさんがするのよ。うちのママは、あたしにキスなんかしないわ」

「へえ驚いた。キスをしてくれないの？」

和夫は目を丸くして、マユミを見た。

「そうよ、一年生にもなって、キスをしてもらうなんて、赤ちゃんねえ」

「ぼく、赤ちゃんじゃないよ。赤ちゃんはものもいえないし、歩くこともできないよ。ぼくなんか、ものもいえるし、歩くこともできるよ」

「わかっちゃいないねえ、和夫ちゃんは」

マユミは、ちょっと口を尖《とが》らせた。

「いまねえ、新婚旅行なのよ」

マユミは、ダンボールの箱を小さくゆすりながら言った。

「ふうん」

和夫は気の乗らない返事をした。

「あのね、うちの鮎子ねえさんは、およめさんの時、カツラをかぶったのよ。およめさんって、きれいだわ」

マユミは、北栄中学の少し向うにある、団地の子供だった。両親ときょうだい二人の家庭である。鮎子というのは、そこに同居していた従姉《いとこ》のことなのだ。

「うちのおかあさんの、およめさんの写真も鮎子ねえさんより、もっともっときれいよ。和夫ちゃんのおかあさんのおよめさんの写真はきれい？」

「ぼくのおかあさんの？」

和夫は考えるような顔になった。

「ぼくのおかあさんも、およめさんだったの？」

「バカね。誰でもみんなおよめさんになるのよ。結婚する時は」

こましゃくれた言い方である。

「ふうん、結婚ってなあに?」

「和夫ちゃんて、どうしてはんかくさいの。およめさんになるのが結婚よ。そして白いお帽子かぶって新婚旅行にいくのよ」

マユミはよほどその白い帽子が印象に残っているようであった。

マユミが帰ったあとも、和夫はひとりダンボールの箱の中で遊んでいた。

「アサヒカワー、シンアサヒカワー、ナガヤマー、ピップー、ランルー……」

稚内行きの駅名を、和夫は次々と楽しそうに呼びあげながら、自分のすわっているダンボールの箱をゆすっていた。

「こんちは、和夫君」

ふり返ると、杉浦悠二が大きな風呂敷包みをぶらさげて立っている。

「あっ、おじさん」

和夫は立上がって、箱の外に出た。

「ほう、きょうはもう全然足が痛まないようだね。きのうより歩き方がいいじゃないか」

「うん、もう痛くないの」

和夫は悠二の手にぶらさがって、キュッと両足をちぢめた。

「おじさん、またハイライト?」

「うん、ハイライトだ」

和夫は悠二の手を放して、先に店の中にかけこんだ。

「おかあさん、おじさんがハイライトだと」

たばこのショーケースに、和夫は手が届かない。奥に向って叫ぶと、久代がいつものようにまっ白いかっぽう着をつけた和服姿で顔を出した。

「いらっしゃいませ」

毎日悠二は、川上久代の店でたばこを買う。いつ来ても、にこやかな態度だと悠二は思った。

「すっかりよくなったようですね」

悠二は和夫の足を見ながら言った。

「おかげさまで、もうきょうはすっかり普通になりましたわ」

ハイライトをショーケースからとって、悠二に手渡そうとすると、和夫が甘えた声でいった。

「いやだ。おかあさん、ぼくがおじさんにあげるんだ」

久代の手からハイライトを取って、和夫は杉浦悠二に手渡した。

「ありがとうございます」

かわいい声で、和夫がすましていうと、久代と悠二は顔を見合わせて微笑した。外にバイクの音がして、御用籠《ごようかご》を荷台につけた、久代の甥《おい》の功《いさお》が帰って来た。十九歳の功は、久代の長姉の子で、一昨年姉が子宮ガンで死んで以来、久代の家に来るようになった。功の父もま

た病身で、病院生活をしていたからである。

「いらっしゃいませ」

店に入って来た功は、悠二をみると好意に満ちた微笑で挨拶した。無口だが久代に似て折目の正しい青年である。

「やあ、ごくろうさんだね」

手帳を開いて、早速注文の品をそろえはじめた功を、悠二はねぎらった。

「あら、杉浦先生いらっしゃってたの」

そこに、寺西敬子が帰って来た。

「やあ、ぼくが一番しんがりかと思ったら、まだ学校に残っていたんですか」

「ええ、プールの修理に人が来たり、バレー部のコーチがあったり、シーズンでなかなか帰れないんですもの」

「ご苦労さまね、敬子さん。もう夕食はできていますわ」

姉のような久代の態度だった。

「わあ、うれしい。おなかがペコペコなのよ」

悠二の顔をみて、くすっと肩をすくめて見せた。

「じゃ」

手をあげて悠二が帰ろうとすると、

「あ、杉浦先生、きょう一時間目に、校長室に呼ばれましたわね。わたし気になってたの

よ」

敬子が、ちょっと心配そうにいった。

「ああ、つまらないことですよ」

悠二は頭をかいて笑った。

「でもね。わたしの所に、少しばかり妙な情報が入っているのよ」

「敬子さん、先生にお上がりになっていただいたら？　ちょうどお食事の用意もできていますから」

「いや、食事なんてそんな……」

「先生いいのよ、ねえ久代さん。久代さんてこうおしとやかに見えるけど、気が大きいのよ。いつ人が来てもいいように、お夕食は余分に作る人なんだから」

敬子にすすめられると、悠二も何となくこの二人と共に、食事をしたいような気がした。

「おじさん、おじさんも一緒にごはんたべるの。うれしいな」

和夫が、悠二にふたたびしがみついた。

窓から入る夕風が少し冷たかった。悠二が部屋に入ると、久代は手早く窓を閉め、あらたまって畳の上にすわり、礼をいった。

「ほんとうに、あの節は和夫がご厄介になりまして、ありがとうございました」

毎日、一度は顔をあわせ、既にいく度も述べた礼を、あらたまって言った。

十畳のリビング・キッチンで、流しのある三畳ほどの所だけが板の間になっている。いか

にも掃き清められ、拭きこまれたというような感じが、部屋の隅々まで溢《あふ》れ、茶ダンスの上に置いてあるビタミン剤のビンまでが、飾られているように置かれてあった。薄いピンクの壁が、子供のほおを連想させ、健康で清潔なふんいきである。

「相変らず大きな風呂敷包みをぶらさげていらっしゃるのね」

いつの間にか、赤と黒のチェックのブラウスに着替えて、二階からおりて来た敬子がいった。

「あのね、久代さん。この風呂敷包みの中には、何が入っているかご存じ」

「さあ、多分何か調べ物でも?」

「そうなのよ。杉浦先生は、受持の四十人の生徒の記録を克明につけていらっしゃるのよ」

「まあ、ずいぶんご熱心なのね」

テーブルの上には、野菜サラダが大皿に豊かに盛られ、皿に敷いたレタスの緑が新鮮だった。馬鈴薯《ばれいしょ》のカラ揚げが、程よい狐色《きつねいろ》に揚げられている。

「やあ、どうも——とびこみですみませんねえ。ぼくはこのゴショイモのカラ揚げが大好物なんです」

「あら、先生もゴショイモっておっしゃるの? わたしの兄もおんなじだわ」

和夫は、テーブルの前にすわるが早いか、

「いただきまあす」

と、早速食べはじめた。

「ところで先生。校長さんは例の大垣夫人のことを何かおっしゃったんじゃない？」

敬子は話をすぐに本題に移した。

「へえ、どうしてそんなことが寺西先生にわかるんですか」

悠二は驚いて箸《はし》をとめた。

「そりゃあ、勘がいいんですもの」

ちょっと笑ってから、

「だって、土曜日の夕方、あの夫人が先生の所を尋ねたでしょう。昨日の日曜日、平和通りで、ほかのおかあさんからそのことを聞いたのよ。あの夫人は、事を起すのが好きなのよ。危ないなと思っていたら、案の定きょうの一時間目、先生が校長室に入っていらっしゃったでしょう」

悠二は苦笑した。

「ねえ、校長さん何かおっしゃったんでしょう。転任早々ガタガタうるさくてガッカリねえ」

そういう敬子を、久代がみて微笑した。

きょうの一時間目は、悠二の授業がなかった。呼ばれて校長室にいくと、磯部校長は、いつものように温かいまなざしで悠二を迎えた。

「きょうで十日ぐらいになりましたね。どうです、少しは馴れましたか」

広い校長室は、何となく人の心をほぐすような伸びやかさがある。しかしそれは単に広さ

のせいではなく、校長の人柄のせいかも知れない。

「ところで受持の生徒の名前は、まだ全部覚えられないでしょう」

悠二は、生徒の名前を覚えることは、人より何倍も早い。座席表に名前を書きこんで、それをまず全部暗記してしまう。そして、顔と名前を一致させるために、授業時間にいく度も簡単な質問をしては覚えてしまう。だから、少なくとも自分の受持の生徒なら、一週間たてばほとんど覚えてしまうのだ。

「いや、大体覚えました」

一人残らず覚えたとはいわなかった。

「ほう、覚えた。それは大したもんですなあ。わたしなど頭が悪くて、週に幾時間かの授業では、なかなか覚えられませんがねえ。小学生ならまあ何とか、十日くらいで覚えられますけれどね。ところで、大垣という子がおりますね」

「はあ、おります」

「あの生徒の母親が、きのうわたしの家に訪ねて来ましてねえ。君の所にも行って来たとか言ってましたよ」

「はあ、参りました」

「あの夫人は、君の下宿が飲み屋街のドまん中にあるのがけしからんとか、生徒に向って美人がどうだとかいうのはけしからんとか、まくしたてて行きましたよ」

磯部校長はおかしそうに笑った。

「大垣というのは君も知ってるだろうが、この学校の理事の一人になっていて、少しばかり寄付などをするものだから、あのおかみさん何か勘ちがいをしているんですねえ。自分は教師の、そのまた教師にでもなっているつもりなのかも知れませんよ」

「はあ……」

悠二は自分の口から、生徒や父兄のことを悪くいったことはない。その自分を時々悠二はいやになることがある。陰口をいわない人間といえば、誠実に聞えるが、人間関係の面倒なこの世界で、なるべく事を荒立てまいとする弱さも、悠二の中にないではなかった。

「杉浦君。まあ女の中には、時々箸の上げおろしまで、口うるさくいう姑《しゅうとめ》根性がかなり根強くありますからねえ。いくら多額の寄付をしても、佐々林豪一やあの奥さんのように、学校のことには無関心なぐらい口を出さない人もいるんですがねえ。これからもちょいちょい、妙な言いがかりをつけられるかも知れませんよ。しかしまあ、適当にあしらって気にしないことですねえ」

そう言ってから、再び君は名前の覚え方が実に早いと、校長はほめた。

「ここの校長は、実に話のわかる人ですね」

悠二は、詳しいことはいわず、ただそれだけを敬子にいった。

「管理職というのは、あれがほんとうよ。わたしたちが働きやすいようにしてくれればいいんですもの」

「しかし、ぼくのいた公立の校長なんかは、かなり神経質でしてねえ。先生や生徒が、外部

から少し何かいわれると、すぐカッとくるんですよ。大した問題でもないことを、校長が深刻に受取って大問題にしてしまうところがありましたよ」

「そんな校長が多いんじゃないかしら。うちの校長は、自分は防波堤だといってるわ。外からの波は自分がかぶるから、とにかく毎日気持よく働けって」

二人の話を聞きながら、久代は静かに箸を動かしていた。夢中になってごはんを食べていた和夫が、何を思ったかふと顔をあげて、

「おかあさん、シンコン旅行って知ってる?」

といった。久代はちょっと驚いたように和夫をみて、

「知ってますよ」

と笑った。その紅をつけたかつけないか、わからないような唇の色を、悠二は今更のように美しいと思った。

「そしたらね、おかあさんもシンコン旅行にいったの」

かすかなろうばいの色が久代の顔をよぎった。悠二も敬子もそれに気づいた。

「あら、和夫ちゃん、マンガの時間よ」

さりげなく敬子が話題をそらそうとした。久代が目を伏せた。その横顔にかすかな苦渋のかげを悠二はみた。

「フウン。ぼくね、おかあさんのおよめさんの写真をみたいんだ。あとで見せてね」

和夫は、マユミの母の花嫁姿の写真の話を思い出していたのだ。そのまま和夫はテレビの

前にすわって、チャンネルを回した。

「寺西先生、一度お尋ねしたいと思っていたんですが……」

食事を終った悠二が、たばこに火をつけながらいった。

「あの佐々林って子は、いまも毎朝パンを買いにきますか」

あの朝以来、この店で一郎と会ったことがなかったので、悠二は敬子に尋ねてみた。

「佐々林さんって?」

久代がちょっと不審そうに言いかけた。

「ホラ、一郎君のことよ。あの子反抗期なんじゃない? まだ毎朝パンを買いにくるけど、もともとあんなブスッとした子じゃなかったのよ」

「ほう、いつごろからですか」

「そうねえ、四月の半ばごろからじゃなかったかしら。ねえ久代さん」

「そうね、そうだったかしら」

久代の何か考えているような答えに、悠二は、先ほどの和夫の言葉を思った。

テレビ漫画をみていた和夫が、突然声をあげて笑った。誘われて悠二も敬子も笑ったが、食器を片づけに立った久代の表情はわからなかった。

「あの一郎君はね、走るのが早くて、割に感じのいい子だったのよ。わたしを女の先生だと思って、体操の時間少し図に乗る子もいるけれど、あの子わりかし素直だったのよ。あの大垣君のような生意気なところはなかったわ。そうそう大垣君といえば、妙な情報を聞いたと、

さっき言ったわね。わたしっていつもこうなのよ。すぐ話がとんじゃうの。あの大垣夫人のことを、先生に話したかったのよ」

「だいたいわかりますよ」

悠二は苦笑した。店に客が来て、久代が立って行った。

「おわかりかも知れないけど……何でも先生の下宿が、飲み屋街のドまん中にあるのは、けしからんとかいって、次の参観日には問題にするつもりらしいのよ」

「ここの参観日は、おかあさん方何人ぐらい見えるんですか」

気にもとめぬ口調である。

「そうね、クラスによってちがうけど、十人から十五人が平均じゃないかしら」

「ほう、中学の割に多いですね。札幌の北栄中学は、せいぜい五人ぐらいでしたがねえ」

「同じ北栄中学でも、札幌と旭川では校風もちがうのよ。何せ公立みたいに校長や教師の異動がないから、自然独特の校風がつくられるのよ」

「それはそうでしょうね。北栄は私立といっても、どの宗教とも無関係だし……」

「ここの卒業生はそっくりそのまま高校に行くといっても、あんまり成績の悪いのは、やはりふるい落されるのよ。それに公立進学の子も、クラスの一割や二割はあるから、ママさんたちも熱心にならざるを得ないんじゃないかしら」

「大垣のことは、ぼくは余り心配してないんですがねえ。佐々林がどうも気になるなあ」

悠二はまた一郎のことに話を戻した。そこへ久代が店からもどって来た。テレビにコマー

シャルが流れて、和夫がふたたびチャンネルを回している。

「一郎君のことは、わたしは大した心配はしてないわ。よくある反抗期だと思うのよ。ねえ久代さん」

「一郎さんとばかり呼んでいたので、わたくしあの人の苗字を知らなかったけど……さっき何とかおっしゃったわね」

「佐々林ですよ」

「笹の林ですか」

「いや、佐々木の木が、林になるんです」

「ああ、じゃ、もしかしたらあの有名な……。敬子さんて、生徒のことはあまりおっしゃらないから……」

「そうよ、どの子が誰の子だろうと、そんなこと受持の先生以外には関係のないことですもの」

「しかし、ぼくの目から見て、あの子は少し異様だな。あの子の家庭はどんな家庭なんだろう？」

悠二は、じっと考える表情になった。

「さあ、いわゆるお金持のうちということだけで、大した変ったこともないいんじゃないかしら」

敬子は、あかね雲の空を見あげるように窓をみた。

「父親っていうのは、どんな人間なんだろう？」

「何でも、女の人にもてるとか、二号が札幌にいるとか聞いたことがあるけれど、五十代のちょっといかす紳士よ。おなかなんか突きでてもいないし、あれならスマートだもの、わたしだってちょっとひかれるわ」

敬子は茶目っぽく笑った。

「ぼくも姿だけは札幌でみたことがあるけれど、いわゆる実業家肌という感じはしませんでしたね」

悠二は何の気なしに久代をみた。澄んだ目が、じっと自分を見つめていて、悠二の胸がかすかに波立った。

「奥さんという人は、よく出歩くらしいわね。あちこち婦人会とか、お茶の会とか、謡の会だとかって……」

敬子は、食後のアイスクリームを食べながら言った。

「なるほど。いい環境とはいえないようですねえ」

悠二は再び久代に視線を向けた。久代はその長いまつ毛を伏せていた。

「でもね杉浦先生、一郎君には母親代りの役目をしているおねえさんがいるんですってよ」

「母親代りのおねえさんて、いくつぐらいなんですか」

「何でも二十七、八らしいわ。あまり体が丈夫じゃないので、結婚しないとかって、前の受持の菊池先生はおっしゃってたわ」

「しかし、母親代りと言っても、母親のようにはいきませんからね。やはり、あまりいい環境とはいえませんね」

「そういわれればそうね。両親がそろっていて金があれば、つい環境良好なんて指導要録に書いてしまいたくなるけれど、環境って、ちょっと外からわからないわね」

食べ終ったアイスクリームのからを、敬子は押しつぶしていた。

「そうですよ、環境のよしあしは、共稼《ともかせ》ぎや片親とかいうこととは、それほど関係がないと思いますね。たとえばここのお宅なんか、失礼だけれど、おとうさんがおられなくてもなかなかいい環境ですよ」

久代は口をはさまずに、ただ微笑していた。

「ほんとうね、久代さんと一緒にいたら、わたしのような非行児でも、素直になっちゃうわ」

「そうですね。子供と親の間に、響き合うものがあれば、それはどんな家庭であっても、いい環境といえるんじゃないかな。両親がそろっていても、子供と心がつながっていなければねえ……」

久代はちらりと悠二を見たが、すぐに敬子の方に顔を向けた。

悠二が帰った後、寺西敬子は二階の窓によって、先ほどの、久代の顔のかげりは何だろうと思っていた。夕陽が沈んだあとの木々の若葉が静かだった。

（和夫ちゃんに新婚旅行のことをきかれた時、いつもの久代さんの顔ではなかったわ）

敬子は、単純な性格で、久代を未亡人だとばかりいままで思ってきた。敬子が久代の家に下宿してから一年以上たつ。学校を卒業して、敬子の就職が北栄中学と決った三月のことであった。久代の店で北栄中学のありかを尋ねた。久代は、二、三人の高校生を相手に何か話をしていたが、すぐに店の前まで出て、道をていねいに教えてくれた。そして、

「雪どけで道が悪うございますから、長靴をお貸ししましょうか」

と、靴を貸してくれた。その初対面の、久代の温かさに、敬子は直ちに好感を持った。春の陽ざしのような人だと思いながら、学校までいくうちに、

（あのような人の家に下宿したら、きっと楽しいわ）

と、思った。帰りに靴を返しに寄った時、敬子は持ち前の気軽さで、

「もし、ご迷惑でなかったら、お宅に下宿させていただけませんか。わたし、うちが稚内なものですから」

と、早速頼みこんだ。久代も小さな男の子と、甥《おい》の三人ぐらしだから、にぎやかになってうれしいと、二つ返事で承諾してくれた。

それ以来、敬子の久代に対する好意は変らなかった。久代は自分が美しい肌を持ち、涼やかな瞳《ひとみ》を持っていることを意識していないようであったし、いらぬおしゃべりをしない善意な人柄であった。めったに鏡台に向うこともないのに、いつのまにか仄《ほの》かに口紅をつけているつつましさも好きだった。

はじめて、弁当箱をひらいた時、敬子は思わず胸が熱くなった。弁当箱の上に小さな紙が折文のように形よく置かれてあった。

「敬子さん。おめでとう。あなたが生徒たちの一生の思い出の中に、こよなく懐しく美しい先生となりますように。久代」

達筆なペン字であった。その時の弁当のおかずを、敬子はいまもハッキリと覚えている。鶏肉《とりにく》の唐揚《からあ》げと、ホウレン草の海苔《のり》巻き、そして大福豆のふくめ煮が形よく詰められ、紅生姜《べにしょうが》の赤が美しかった。味と言い、配色と言い、忙しい店の片手間に作られたものとは思えないほど、心がこめられてあった。

その日以来いまに至るまで、久代の作る弁当は一度として、ありあわせのもので間に合わすというような、手を抜いた感じのことはなかった。だから、朝の出勤前、頼まれないのに敬子は店の手伝いをするようになった。

(こんなすばらしい心豊かな久代さんの夫は、どんな人だったろう)

時々、そんなことを思いながら、しかし敬子は、自分から進んで尋ねることはしなかった。だがある時、思い切って敬子は尋ねた。

「ねえ、久代さん。あなたのようなステキな人のご主人って、どんな方だったのかしら」

「ご想像にまかせますわ」

久代は微笑した。

「まあ、そんなことおっしゃってずるいわ。せめて写真だけでもみせてくださらない」

敬子の言葉に、久代はちょっとまじめな顔になった。

「敬子さん、あなたはまだ、人を愛したことがないのでしょう」

ただそれだけだったが、その瞬間敬子はハッとした。それは友人の言葉を思い出したからである。

その友人は、恋人に突然交通事故で死なれてしまった。その後半年ほどぼんやりとしていたが、次第に元気になって、もとの明るい友人にかえった。そして、なぜか恋人のことを口に出さなくなってしまった。ある日敬子が、

「あなた、ちっとも淋しそうじゃないわね。あの人のことは、一度もいわないし……」

と、いくぶん咎《とが》めるようにいうと、友人はじっと敬子の顔を見つめていたが、やがて言った。

「敬子、敬子は人を愛したことがないのね。愛した人のことは、名前を口に出すだけだって、それは苦痛なものよ。まして思い出なんかぺらぺら語れるもんですか」

その言葉を敬子は思い出したのである。

久代が夫のことを語らないということは、それだけ悲しみが深いのだと、敬子は思った。それ以来、つい久代の夫については聞きそびれてきたのである。だが、きょう和夫が、

「おかあさんもシンコン旅行にいったの」

と尋ねた時、かすかではあったが、久代の顔にろうばいの色が走ったのを、敬子はみてしまった。

（もしかしたら、久代さんは結婚をしていないのかも知れない）

そう思うと、敬子はひどく久代が不幸な人に思われてきた。

（もしかしたら、相手の親の反対で、引き離されてしまったのかも知れないわ）

それはいままで、敬子の一度も思ってもみないことであった。考えてみると、久代は夫のことばかりでなく、自分の親きょうだいのことも、ほとんど話したことがない。以前に札幌にいたと聞いたことがある程度だった。

（もし、わたしも人を愛したとしたら、やはりその人のことを、他の人には語りたくないかも知れない）

敬子はそう思いながら、ふと悠二の姿を思い浮べた。杉浦悠二という人間は、初めて会ったあの朝から、何か好感のもてる男性であった。どこがいいのか、取りたてていうことはできない。しかし、何気ない会話のうちにも、こちらの胸に温かく伝わってくるものを持っている。

（でも、わたしがあの人を愛するとは限らないわ）

いつしか思いが、久代の上から悠二に移っていることに気づいて、敬子は窓べを離れた。

暗い部屋

佐々林一郎は、暗くなった二階の自分の部屋で、電灯もつけずベッドに寝ころんでいた。一郎がこの家の中で食事をしなくなってから、もう五十日近い。朝は川上久代の店でパンと牛乳を買い、夕食は町の食堂でラーメンか親子丼《どんぶり》を食べる。ひるの弁当だけが、自分の家で作ったものだった。

この頃一郎は、何となく体がだるかった。どこか体のしんが疲れきっているようである。消耗の激しい成長盛りの一郎にとって、いまの食生活では栄養が不足であった。

暗いベッドの上に横になったまま、一郎は自分の命が短いような気がしていた。

(死んだっていいんだ。いや死んだ方がいいんだ。こんな腐った家に生れたおれには、長生きする資格なんかないんだ)

父どからみあっていた奈美恵の白い体が、どうしても心に焼きついていて離れない。

きょうの数学の時間であった。杉浦悠二が黒板にxという字を書いたとたん、どういうわけかその曲線が、あの奈美恵の体を連想させた。すると、次々に書かれたxという字が、すべて女の白い体のように思われてきた。

「佐々林君」

悠二が自分の名前を呼んだ時、一郎は何を質問されたのか、全く覚えがなかった。一郎はあの四月の午後、鍵穴《かぎあな》から父と奈美恵の姿をのぞきみた時のように、われを忘れていたのである。

一郎は真っ赤になってうつむいた。津島百合が、ちり紙にさっと答えを走り書きにして手

渡してくれたが、それも目に入らなかった。杉浦悠二は、その一郎をちょっと眺めていたが、すぐに他の生徒を指名した。一郎は悠二の目に、自分の心がまたしても見通されたような思いがした。

ひる休みに友だちが校庭で角力《すもう》をとっていた。何気なく眺めていた一郎の目に、再び父と奈美恵の姿が連想された。一郎は芝生に腰をおろしたまま、胸苦しくなってきた。だが、いったん胸に浮んだ男と女の姿態は、一郎をとらえて離さなかった。

（あんなもの、みなければよかった）

一郎は、つくづくとこの世のすべてが呪《のろ》わしいような気がした。以前にも映画やテレビで、女と男の抱き合う姿をいく度もみた。写真や絵でも見たことがある。だが、その姿は一郎にとって、決してみにくい姿ではなかった。それは一郎に、何か甘い夢を誘い、憧《あこが》れを抱かせる美しさがあった。

しかし、父とそして、その時まで姉だとばかり信じこんでいた奈美恵の姿から受けたものは、余りにも強烈で、みにくく、しかも悩ましかった。一郎の持っていた夢は、既に歪《ゆが》められてしまっていた。

一郎はベッドの上で、いままた自分を襲ってくる妄想《もうそう》に、じっと耐えていた。ふと、ドアをノックする音が聞えた。

一郎は思わずベッドの上に身をすくませた。ドアがパッと開かれ、廊下の灯《あか》りが部屋に流れこんだ。

「あら、いるじゃないの」

電灯のスイッチをいれたみどりが、とがめるようにベッドの上の一郎をみた。

「いたら返事をするものよ。電灯もつけないで何をしていたのよ」

ベッドの端に腰をかけて、足をぶらぶらさせながらみどりは言った。そのみどりのさわやかな表情が、一郎には腹立たしかった。

（みどりねえさんは、おやじと奈美恵のことを知ってるのだろうか）

多分何も知らないにちがいないと、一郎は思った。自分だって、あの二人の真の姿を知らなかった時は、みどりのような顔をして生きていたのだと思った。

（大人の姿など、知らない方がいいのだろうか。それとも、どんなに苦しくても、知るべきなのだろうか）

「何よ、そんな深刻な顔をして」

みどりは形のいい鼻に、ちょっとうす笑いを浮べた。

「深刻だっていいじゃないか」

「ダメダメ、中学生の深刻な悩みなんて、せいぜい高校に入れるかどうかとか、ガールフレンドに自分の気持が伝えられない、なんてところじゃないの」

「そんな甘いもんじゃないよ」

「いやねえ。そんな地獄の底にいるような声を出したりして。あんたこの頃、少し変だって涼ちゃんがいってたわ」

みどりは、お手伝いの涼子の名を言った。

「変だっていいよ」

「一郎さんは、朝ごはんも晩ごはんも、おあがりになりませんっていってたわ。いったい、どうしたっていうのよ」

みどりはちょっとまじめな顔になった。

「うちの飯なんか、まずくって食べられないよ」

「あら、涼ちゃんの味つけは天下一品よ。あれがまずければ、この世においしいものなんて、ありはしないわ」

「単純だなあ、みどりねえさんは」

一郎には、みどりがこの家の真相を知っていないように思われた。

「まあ、単純だなんて、生意気ねえ」

「だって単純じゃないか。食事は味さえよければうまいなんてもんじゃないよ」

そういった一郎の顔を、みどりはハッとしたように見返した。

「そりゃそうね。わが家のように、ふんいきも何もありゃしないと、ちょっと淋しくなるかも知れないわねえ。でも、わたしは家族そろって、鼻つき合わせて食事するなんて、考えただけでもゾッとするな。自由でいいじゃないの」

一郎は答えずに、まじまじと姉をみた。あらたまってつくづくと姉の顔をみたことはなかったが、こうして眺めると、少し口は大きいが決して見劣りのする顔ではない。すべすべと

したうす絹のような皮膚の下に、バラ色の血が流れているようである。

　みどりの顔を眺めながら、一郎は思った。

（このたった二人だけが、ほんとうのきょうだいなんだ）

　一郎は、ふいに胸の熱くなるような思いがした。

「一郎さん、あんたはやっぱり末っ子ね。おかあさんや、おねえさんたちと、札幌にいた時のように、一緒にごはんを食べたくなったのね。でも、自分の環境に不満を感ずるって、ひとつの進歩だってよ。ほめてあげる」

　一郎はみどりに背を向けて、窓のそばに立って行った。黄金色の重いカーテンをあけると、目の下に広い芝生が水銀灯に照らされて、童話の世界のようであった。その芝生の向うの塀《へい》越《ご》しに、自動車の行き交う道がみえる。時折ヘッドライトがさっと流れて、道がくっきりと浮び上がる。自動車が過ぎると、道は黒い流れのようにみえる。

（光と闇か）

　この家庭は、自分にとってまっくらな闇だというのに、姉にとっては明るい家なのだろうか。

「みどりねえさん、この佐々林家をどう思う？」

「どう思うって？」

　みどりは机の上の、菓子入れのふたを開けて、玉チョコをひとつつまんだ。

「ねえさんは、この家の娘に生れて、幸福かって聞いているのさ」

「そうね。申し分のない家じゃないの。おとうさんやおかあさんは、外にばかり出ているけれど、別段仲が悪いというわけじゃなし、奈美恵ねえさんはちょっとばかりルーズな所もあるけれど、二十八の未婚の女性としては、ヒステリッ気はないでしょ。あたしだって、パリパリしてるようでも結構根はやさしいし、あんただって非行少年というわけではなし……。それにお金はあちこちにたっぷり寄付するほどあるわけだし、これで文句をいったら、申しわけがないというものよ」

これだけ話す間に、みどりは玉チョコを五つも食べた。

「申しわけがないか」

一郎はヘッドライトの光の中に浮んだ夫婦らしい二人連れが、子供の手をひいているのをみた。

「何だか一郎君には、文句がありそうね」

みどりは、またチョコレートの銀紙をむいていた。

「みどりねえさんはおやじが好きか」

ちょっとためらってから、思い切って一郎は聞いた。かすかに眉根を寄せて、みどりは一郎のうしろ姿をみた。

「わたしはね。大人なんかどうでもいいのよ。大人には大人の世界があるし、あたしたちにはあたしたちの世界があるんだもの。別の世界の人間には、ノータッチよ」

大人には大人の世界があるというみどりの言葉に、一郎は反撥《はんぱつ》を感じた。一郎は左手の向

うに見える公園の辷《すべ》り台を眺めた。淡い電灯の下に照らし出された螺旋《らせん》形の辷り台は、何か生物のようにうごめいてみえる。一郎はあの辷り台で、一晩中思いっきりすべってみたい気がした。

「みどりねえさん、大人と子供は、ほんとうに別々の世界に住んでいるというの？　ぼくはちがうな。同じ世界に住んでいると思うよ」

「あんたは同じ世界に住んでいるつもりでも、あたしはちがうわ。あたしはあたしひとりのステキな世界を持っているの。まっ白な背広を着た青年がね、あたしのステキな世界の主人公なの。そこには大人なんかいれてやらないの」

一郎はふり返ってみどりをみた。みどりはニヤニヤ笑って、

「あたしにはあたしの世界があるわ」

と再びいった。一郎は窓ガラスに額をつけて辷り台をみた。

「ぼくはみどりねえさんのように子供じゃないんだ」

「まあ、またそんな生意気いって」

「とにかく、断じて大人と子供は別の世界に住んでいるとは思わないよ。もし大人と別世界に住んでいるのなら、子供は非行少年になどなるわけがないじゃないか。子供の知ったことじゃないと、よく大人たちはいうけれど、小さな赤ん坊だって、大人の作っている世界に文句をいう権利があるんだ」

一郎は次第に激して言った。

「そんなことわかっているわよ。大人共が戦争をすれば、いや応なしに子供だって死んでしまうんだもの。東京の叔母さんの一家だって、生れたばかりの赤ちゃんまで、空襲で全滅したそうじゃないの。どんな子供でも、よい環境に生きる権利があるわ。あたしだって、そのぐらいは知ってるわ」

「じゃ、どうして大人は大人の世界があるなんていうの」

「自分を守るためよ。守るためには城がいるわ。あたしはあたしの世界にとじこもって、この世の汚れから、自分を守るのよ」

「じゃ、みどりねえさんは、奈美恵ねえさんのことを……」

ちょっとためらって、

「奈美恵ねえさんをどう思う？」

と、一郎は言った。その時ノックと同時に、奈美恵が入ってきた。

一郎は驚いたが、ゆっくりと息をととのえてから、奈美恵の方をふり返った。

「いまね、二人でうちの人たちの採点をしていたのよ、勤務評定よ」

チョコレートで汚した長い指を、なめながらみどりがさりげなく言った。奈美恵はソファに腰をおろしながら、

「まあ、それでわたしのお点は何点ぐらい？」

少しゆっくりした、粘っこいものの言い方であった。

奈美恵は長い髪を、水色のリボンで束ねて、右肩から胸に垂らしていた。うす紫の長いガ

ウンが、奈美恵を丈高くみせている。

「玉チョコ食べる？」

「ひとついただくわ。ところで勤務評定とやらはどうなったの。あたしも評定されたの」

奈美恵は一郎をみて微笑した。一郎は顔をそむけた。何となく奈美恵がまぶしかった。憎しみを抱きながらも、心の中で一郎はいく度か奈美恵を犯してきた。

（何でこの部屋にやって来たのだろう）

奈美恵はこの頃、滅多に一郎の部屋にきたことはなかった。

「そうね、まあ八十点というところじゃない。朝寝坊だから」

「ありがと。ずいぶん甘い点をくださるのね。一郎ちゃんは何点くださる」

奈美恵は再び微笑を向けた。一郎はポケットに両手を突っこんだまま、立っていた。

「百点満点だろう。りっぱなもんだよ」

乾いた声であった。

「ありがと、一郎ちゃん。あたしね、うそでもいいから、百点ってもらってみたかったの。百点なんか一度だってもらったことが、なかったんだもの」

自分の皮肉が、全く通じていないような、奈美恵の素直な言葉に、一郎はとまどいを感じた。

「一郎さんは、小さい時から奈美恵ねえさんびいきだものね」

みどりは、さぐるように一郎の顔をみた。一郎は再び窓のカーテンをもたげた。明るい部

屋が窓に映った。そこに奈美恵が、一郎のうしろ姿をみている影が映っていた。一郎はカーテンをおろした。

「そうそう、一郎さん、きょう学校の帰りに、バスの中であんた方の先生と一緒だったわ。こんど新しく入った先生って、あの背の高い、ちょっといかす先生でしょ」

「いかすかどうか知らないが、背だけは高い方だろうな」

一郎はちらりと奈美恵をみた。奈美恵が上目づかいに一郎をみつめていた。その目の中に、かつて見たことのない妖《あや》しさを一郎は感じた。その視線を避けて、一郎はベッドに腰をおろした。

「あの先生、数学の先生だっていってたわね」

「うん」

「あたし、あの先生に家庭教師をしてもらおうかな」

みどりは、杉浦悠二に好感を持ったようである。

「ちえっ、数学ぐらい自分で考えたらいいじゃないか。どうせ女なんて単純にできているんだ。数学でも考えなきゃ、考えることはないだろう」

「まあ、憎らしいことをいうのね。いつからそんなに女を軽べつすることを知ったのよ。あなたの未来の奥さんは女なのよ」

みどりがあきれたように一郎をみた。

「ぼくは女なんて、どいつもこいつも大きらいだ。ただし、奈美恵ねえさんだけは別だけど

さ」

　かすれた声で一郎は笑った。

「まあひどい！　相当な反抗期ね。そんなの気にしない気にしない」

　みどりは、ステレオのそばに立って行った。奈美恵はまだねっとりとした視線を、一郎に送っていた。

「何を聞きたい？」

　ステレオのふたを開けて、みどりが誰へともなく言った。

「ぼくは勉強があるんだ。レコードを聞きたけりゃ、自分の部屋で聞けよ。だけど、ジャズなんか大きくかけるのはごめんだよ」

　一郎は不機嫌に言った。

「ハイハイ、かしこまりましたわ。大変お邪魔いたしましたわね」

　みどりはステレオのふたをパタンと音を立てて閉めた。

「だけど一郎さん、あんたほんとうにお勉強するんでしょうね」

「するよ」

「それならいいけど、さっきのように真っ暗な部屋で、ぼんやりベッドの上にねころんでいるなんて、少し怠け者よ」

　みどりはそう言って出て行った。奈美恵はまだ、ソファにすわったまま一郎を眺めていた。一郎はいらいらとしながらも、出ていけとは言いかねた。みどりに言った手前、一郎は机の

前にすわって、電気スタンドを点《つ》けた。だが、奈美恵は立とうともしない。かまわずに一郎は英語の本を開いた。文字がちっとも目に入らない。奈美恵がそっと一郎のそばによってきた。一郎は思わず身を固くした。

「一郎ちゃん、一郎ちゃんはほんとうにあたしが好きなのね……」

「…………」

「あたし、ほんとうにうれしいわ」

　奈美恵の手が、一郎の肩にふれた。その瞬間、一郎は電気にふれたような、ふしぎな衝撃が体をつらぬくのを感じた。

「お邪魔したわね。おやすみなさい」

　柔らかい奈美恵の声音だった。思わず一郎はふり返ったが、奈美恵はそのまま部屋を出て行った。

　一郎は、ぼんやりと奈美恵の去ったドアを見つめていたが、立上がって、いままで奈美恵のすわっていたソファに腰をおろした。奈美恵の体のぬくもりが、ソファに残っている。一郎は目をつむったまま、両方の掌をソファのぬくもりにじっと当てた。

　やがて一郎は、ドアの鍵をおろし、部屋の電灯を消した。そして再びソファにねころんで、奈美恵の手のふれた肩に自分の手を置いた。

　隣のみどりの部屋から、ジャズが大きく響いてきた。

くもり日

六月四日、きょうは北海道護国神社の宵宮祭《よいみやまつり》がある。

放課後、悠二は職員室で原紙を切っていた。杉浦悠二たち三年生の担任四人は、入口に近い席であった。悠二のすぐ前には、社会科の玉脇がさっきからぼんやりとたばこをふかしている。

その隣は家庭科の戸沢千代である。彼女は、天平《てんぴょう》時代の女像のように、ふっくらと豊かで目が細い。三十代の既婚教師だった。戸沢千代は熱心に原稿を書いている。彼女は、平和を守る婦人会の道北地区の幹部で、かなり名も知られていた。明日の護国神社祭で開かれる、平和を守る会の原稿を書いているのである。

悠二のすぐ隣の平田は、きょうは宵宮祭だからと、とうに帰ってしまっていた。平田が早く帰るのは、何もきょうに限ったことではない。朝は誰よりも遅くきて、

「遅く来たかわり、早く帰りますよ」

と、一番先に帰ってしまうのだ。平田が職員室で調べ物をしたり、事務を執っている姿を悠二はまだ見たことがない。それでも結構人にうとまれない得な性分であった。

「ね、先生、なかなか毛《もう》主席はいいことを言ってますねえ」

戸沢千代が、原稿を書く手をとめて顔をあげた。

「何と言っている？」

玉脇が半分馬鹿にしたような顔をした。

「毛主席はね、こう言っているの。『吾々《われわれ》は成果をあげてもすぐ自己満足するようなことがあってはならない。自己満足をおさえ、常に自己の欠点を批判すべきである』って。これは、わたしたち教師にとっても大事な言葉だと思うんだけど」

戸沢千代は、玉脇の表情など意に介さない。

「戸沢先生、毛沢東《もうたくとう》の話など、職員室でしない方がいいんじゃないんですか」

玉脇は部屋の隅の席で、本を読んでいる教頭の飯山の顔を、あごでしゃくるように見た。

「かまいませんわ」

戸沢千代は、細い目を、いっそう細めてにこやかに笑った。かどのない女だ。

「あ、たばこが切れた。杉浦先生、一本進上ねがいます」

玉脇は愛想のよい声をかけた。

「ああ、どうぞ」

悠二がここに来てからひと月とたっていない。しかし、玉脇からたばこを無心されたのは数えきれない。一日に一度は無心されているような気がする。しかも玉脇が無心するのは悠二にだけとは決っていない。他の教師たちも、時折無心されているのをよく見かける。英語の平田だけは、

「おれもちょうどきれたところだ」

と、必ずいうとかで、平田に無心をしたのは見かけなかった。

悠二からもらったたばこに火をつけたとたん、戸沢千代がまた言った。

「玉脇先生、毛沢東の注意八項目も、御参考になると思いますわ」

「毛沢東の言葉は、もう沢山ですよ」

玉脇は下手な駄じゃれをとばした。

「そうおっしゃらずに、おききくださいよ。

ひとつ、言葉づかいはおだやかに。

ふたつ、借りたものは返す。

みっつ、婦人をからかわない」

戸沢千代はふたつ目の所に力をいれて言いながらニヤニヤ笑った。そして書きあげた原稿を持って職員室を出て行った。

「どうも困るな、あんな赤い教師は」

玉脇がちょっと照れたように笑った時、玉脇の受持の生徒が職員室に入ってきた。細い体の弱そうな男生徒である。

「なんだ」

玉脇は横柄に生徒をみた。玉脇はいつも必要以上に股《また》を広げて、椅子にすわっている。

「これ、母からです」

そういうなり生徒は、白い封筒を玉脇にさしだして、逃げるように職員室を出て行った。

玉脇は封筒を、太い指でビリッと乱暴に破いた。そして一読するなり、

「ふん、つまらん」

と、くしゃくしゃにまるめて、足もとの屑籠《くずかご》に捨てた。

「あいつのお袋は、いつも泣きごとばかりだ。あいつの体の弱いのは、まるでおれのせいだと思っている。たまにはたばこの十もよこしたって罰が当るまい」

誰へともなくいうその言葉に、悠二は原紙を切る手をとめた。

「玉脇先生、それ、本心ですか」

二年の受持の河部が、率直な口調で言った。就職して三年目だが、どこか少年の面影が残っている河部を、教師たちも、生徒たちも「河ちゃん」と呼んでいる。

「冗談ですよ、河ちゃん」

美術の加藤がニコニコと笑った。加藤は生徒の一人一人に対しても、実に頭が低い、聖人という仇名《あだな》である。

「だけど、玉脇先生は、ぼくにはわかんない先生だなあ」

河部は弁当箱を持って、

「お先に失礼します」

と、大声で挨拶をして出て行った。河部の若いうしろ姿に、何か怒りのようなものを悠二は感じた。

「河ちゃんは、若いからなあ、しかしこのごろの親たちは少し間違ってやしないかと、おれは思うな。どうです杉浦先生」

玉脇は、悠二にもらったたばこを、もみ消しながら言った。

「たとえば、今きた生徒の親にしろ、宿題が多いから体にこたえて熱を出した。少し宿題を少なくしてくれなどというんだよ。文句をつけるのもいいが、どうも仁義を忘れているとおれは思うね」

「はあ、仁義ですか」

仁義とは、やくざのような言い草だと悠二は思った。

「仁義とは仁義ですよ。自分のかわいい子供がせわになっていると思えば、手拭いの一本も持って挨拶にくる。これが仁義じゃないですか。前任校はその点大したものでしたよ。背広や、電気洗濯機までもらったことがありますからね。そりゃあ豪勢なものでしたよ」

玉脇は自慢げに言った。その鼻穴が黒々としている。悠二はあらためて玉脇を眺めた。布地のいい合着の背広を玉脇は着ていた。その袖にのぞく金の腕時計もそう安物ではない。眼鏡にしても、やはり三、四千円のものではなかった。だがふしぎに、玉脇は貧相に見えるのである。

「前の学校では、少なくとも一年間受持つと、金に換算して総計三、四十万円の物をもらった勘定になりましたがね。それがこの学校ときたら、私立のくせに妙にしけてやがる」

声をひそめて玉脇は言った。

「せいぜいワイシャツか、二千円ぐらいの商品券ですからねえ」

玉脇は、問題にならんというように首をふった。悠二は相づちの打ちようもなかった。

「じゃ、帰って宵宮の酒でもごちそうになりますかな」

玉脇は、反応のない悠二に、気勢をそがれたように帰って行った。

原紙を切り終ると、給仕に印刷を頼んで、悠二は非常口から庭に出た。芝生に腰をおろしていると、音楽教室から吹奏楽の音が聞えてくる。妙にむしむしと暑い午後である。

「あら、こんな所で、何を物思いに沈んでいらっしゃるの」

ふり返ると、寺西敬子が首にぶらさげた笛をもてあそびながら笑っていた。

「物思いに沈んでいるように見えますか」

「ええ、何だか失恋でもしたような、妙に淋しそうなうしろ姿よ」

敬子は少し離れた所に、形のよい足を斜めにそろえてすわった。

「残念ながら、失恋する相手さえおりませんよ。日本という国は、何と袖の下の好きな国だろうと、思っていたまでです」

玉脇のことばを、悠二は考えていたのだ。

「袖の下？　ああわかったわ。あの玉脇先生のことを、何か聞いたのじゃない？」

敬子はズバリと言った。答えかねていると、

「あんな人に腹を立てても無駄よ。あの先生は教室で、昨日は君のおかあさんがわざわざ高い品物を届けてくださってありがとう、親が先生を大事にするのは美しいことだなあ、なん

てぬけぬけというんですって。いったいどういう神経なのかしら」

　敬子は、描いたような眉根をひそめた。

「あなたは、職員室に見えませんでしたね。今までコーチですか」

　悠二は話題を変えた。

「杉浦先生って、おりこうね。わたし余り利口な人は好きじゃないわ」

「これは手きびしいですね」

「玉脇先生のような先生って、やっぱり同僚が何か忠告してやるべきだと思うのよ。父兄たちの中にも、あの先生は賤《いや》しいという話が出ていますもの」

「しかし、……忠告というのは、むずかしいものですからねえ。忠告が忠告として意味をなさなきゃあ、何にもなりませんからねえ」

　ひときわ高く吹奏楽が聞えてきた。

「あした雨じゃないかしら。護国神社祭はいつも雨なんですって」

「はあ……」

　悠二はまだ玉脇のことを考えていた。

「あした雨だったら、あの子たちかわいそうですわね」

「え？」

「あら、ご存じなかった？　音楽部の生徒たちは、明日お祭りの音楽行進に参加するのよ」

「ああ、そうでしたね」

「先生も行進を見に行って上げてくださいね」

「今の玉脇先生の話ですけれど……」

「あの先生のお話は、もうやめますわ。不愉快なだけですもの」

寺西敬子は、そう言って肩をすくめてみせた。そんな動作がいかにも身についている。どこか上の窓から、「ヨオーッ」という声が聞えた。二人が顔を上げると、三階の窓から、四、五人の男生徒たちがパッと顔をかくした。

「いやねえ」

敬子が立上がって、今閉った三階の窓を見あげた。

「かまいませんよ。ぼくらだって中学時代は、あんなことをしてみましたからね」

「ええ、それはいいの、でも、何もかくれることはないじゃない。今のあの中に、大垣君がいたような気がするんだけど」

敬子が立ったまま言った。

「大垣が恐ろしいですか」

「恐ろしいより、うるさくて。あの母親は、つまらぬことを問題にするでしょう」

「問題にさせたらいいんです。そしたら正面切って話し合えるわけですからね」

「なるほどね、杉浦先生って、おりこうなところもあるけど、案外骨っぽいのね」

「案外ですか」

芝生の向うのプールのそばを、えんじ色のユニホームを着た生徒たちが一列になって走っ

て行った。マラソンの練習らしい。再び敬子が腰をおろした。

「先生の下宿の近くは、お祭りでにぎやかでしょうね。見せ物小屋が、もう並んでいるでしょう」

「ああ、オートバイの曲乗りなんかも、昨日あたりから、凄《すご》い音をさせていましたね。それはそうと、今ちょっと思い出したんですが、あなたの下宿の久代さんって、ちょっと誰かに似ていますね」

不意に悠二の口から久代の名前が出たとたん、敬子は自分でも思いがけないほど、感情が波立った。

「あの方、きれいだから、テレビに出てくる女優さんにでも似てるのじゃなくて?」

寺西敬子はさりげなく言った。

「ああそうかも知れませんね。テレビでみかけた顔なのかなあ。どこかでみかけた顔だと思っていました」

「美人薄幸というけれど、久代さんも何か事情のある方のようね」

敬子はそう言ってから、自分をいやな女だと思った。

「そりゃあ、人にはそれぞれにいろいろな事情があるもんですよ」

それ以上悠二はふれようとしなかった。

「久代さんはやさしくって、美しくて、もしわたしが男なら、きっとプロポーズすると思うわ。ここの先生方の中にも、久代さんに熱心な方が何人かいらっしゃるようよ」

「ほう」

「あの方、ほんとうにいい方だわ」

余り話に乗ってこない悠二に、敬子はかえって不安になった。

「ところで、佐々林一郎はやっぱりまだ朝飯をあそこで食べているようですねえ」

「ええ、そうよ。あの子この頃、体育の時間も何となく元気がないわ。言おう言おうと思っていたんだけれど」

「以前をよく知らないので、余計心配なんですがねえ。あの子はもとは元気だったんですか」

「そうね、今とは全然違うわ。何だか体力がなくなってきているみたいよ」

敬子がそう言った時、うしろで声がした。

「よう、おむつまじいことで」

芝生におりて来たのは、もうとうに五十を過ぎた国語教師の掛居であった。

「いや、お若い時はいいもんですな。こんな齢《とし》になると、寺西先生のようなピチピチしたお若い方は、もう相手にもしてくれませんがねえ」

薄くなった頭をかきあげるようにして、掛居は敬子のそばに腰をおろした。小柄だが、ひどくエネルギッシュな感じの体である。

「でも、掛居先生は、なかなか生徒に人気がおありじゃありませんか」

敬子はすまして言った。

「いやあ、それほどでもないですがねえ」

掛居はニヤニヤした。敬子がクスリと笑うと、

「わたしの顔に何かついていますかね」

掛居は敬子の肩を、馴れ馴れしく叩いた。とたんに敬子は、はじかれたように身をかわして、

「いいえ、何もついていませんわ」

と笑った。

「わたしたちは、若い生徒たちの中にいるせいか、お互い齢より若く見られますなあ」

掛居は上機嫌である。

「先生はお若いわ。特に精神年齢が」

「いや、ありがとう。ところで杉浦先生、あなたの受持の津島百合は、なかなかいい子ですねえ」

「そうですか」

「うん、あのスラリとした足の形が、何ともいえなくいいですなあ」

「先生、また津島百合さんのおうわさね。わたしこの頃、毎日のように先生から津島さんの名前をききますわよ」

敬子がズバリと言った。

「いやあ、そんなに言っていますか」

掛居は頭をかいた。掛居も敬子も担任のクラスがなく、職員室で席は隣同士である。

「そうよ。杉浦先生、掛居先生はね、毎年かわい子ちゃんができるんですって」

「いやあ、それはひどいよ」

掛居はうれしそうに笑った。

「去年は宮本清美さん。その前の年は佐々林みどりさんだったんですって」

敬子はズケズケと言った。

「いやあ、ひどい。杉浦先生、ぼくはこうして、毎日寺西先生にいじめられているんですよ。この先生と結婚したら、一ぺんに敷かれてしまいますよ」

掛居がおもしろそうに笑った。

「ひどいわ」

敬子があわてて立上がると、さっと身をひるがえすようにして、校舎に入って行った。

「杉浦君、今のようすじゃ、寺西さんはだいぶ君に気があると見えますね」

掛居がぐっと声を落した。

「佐々林みどりって、ぼくのクラスの佐々林の姉ですか」

悠二は聞いた。

「ああそうですよ。みどりというのは、あれはグラマーですよ。バスでよく見かけますが、このごろますますいい子になりましたなあ」

掛居は目を細めた。

「そうですか。しかし、弟の方は何だか顔色がさえないし、勉強にもあまり身が入っていないようで……」

言いかけると、掛居がさえぎった。

「いやあ、それは大したことではありませんよ。あの子はたしかに、国語の時間でも妙にぼんやりとしてますがねえ。あれは思春期のハシカみたいなもんですよ」

「思春期のハシカ?」

悠二はけげんな顔をした。

「ほら、お互いに身に覚えのあることですよ。思春期にはつきものの、あの悪い癖でね。わたしのように、長いこと中学の教師をしていると、毎年クラスに二人や三人、ガタンと成績の落ちる子がいるのを、体験していますからねえ。あの子もそれですよ。心配はありませんよ」

掛居は、事もなげに言った。

「なるほど」

悠二は、近いうちに佐々林家を訪問してみようと思いながらうなずいた。

「それより杉浦君。君こそそろそろもらったらいかがですか。三十過ぎの独身は、どうも不自然でいけませんよ」

掛居は真顔になった。

「はあ。それはどうも」

「それとも、決った人が病気か何かで、待っているんですか。しかし何ですなあ、できたら一生一人でいる方が、男のほんとうの幸福かも知れませんなあ」

甥《おい》の功が、団地にお祭り用品の配達に出て留守だった。近くの実業高校から、ドラムの音がにぎやかに聞える。見馴れない中年の男が久代の店に入って来た。

「この店は、いつ建ったのかね」

久代の手から牛乳を受取った客は、店で飲もうとしたが、その牛乳を手からすべらせてしまった。ビンはコンクリートの床に落ちて割れ、牛乳が白く流れた。客はもう一本牛乳を飲んで、代金をパンケースの上に置いた。

「あの……牛乳は一本二十円でございますが……」

十円玉を二個置いて立ち去ろうとした客に、久代は丁重に言った。

「だから二十円置いたじゃないか。文句はないだろう」

客は威嚇《いかく》するように大声で言った。

「でも……」

一本のビンはこわされ、その中味は流れた。ビン代は一本十円で、中味は二十円である。そのことを言おうとして、しかし久代はやめた。言ったところで、払う客ではないことがわかっている。

「あんたは、なかなか話がわかるよ。天国へ行けるよ」

客はニヤリと笑って出て行った。牛乳一本こわされた損は、八本売らなければ回収はできない。なぜなら、一本につき四円の利益だったから。ビンのかけらを片づけている久代にさっきから黙ってみていた和夫が言った。

「おかあさん、あの人悪い人だね」

「さあ、おかあさんは、ちょっとみただけだから、いい人か悪い人かわからないわ」

「だって、牛乳のお金を二十円しか払って行かなかったよね」

「きっと二十円しか持っていなかったのでしょう」

久代は、ビンのかけらをきれいに掃き取った。

「ふうん、そうかなあ。あの人、おかあさんが天国に行けるって言ったよね。天国ってなあに？」

和夫は、聞くもの見るもの何でも尋ねたがった。

「天国って……」

久代はゴミ箱にビンのカケラを始末してから、

「天の国のことよ」

「天の国って、あの空のこと？」

「空とはちがうけれど、ずっとずっと高い所よ」

「ふうん、高い所って空じゃないの」

「空とはちがうのよ」

「あ、わかった。宇宙のこと?」

「さあ、おかあさんも行ったことがないけど、ずっと高い天にあるお国を、天国っていうんですって」

和夫はすぐにポケットから、小さな手帳を出した。てんごく・てんごく・てんごくと、パンケースの上で和夫は手帳に書いた。

「おかあさん、その天国って、どんな国なの?」

丘には、さっきからカッコウの声が聞えている。

「天国ってね。きれいな野原にお花が咲いて、いろいろな小鳥が飛んでいるの」

「ふうん、じゃ、この春光台みたいな所?」

「ううん、ちがうわ。そこにはね、心のきれいなやさしい人ばかり住んでいるのよ」

久代は、和夫の頭をそっとなでた。

「じゃ、おかあさんみたいな人ばかりいるの」

和夫は目を輝かせた。

「あら、おかあさんはちっともやさしくないわ。おかあさんは悪い心を持っているのよ」

「うそだよ。おかあさんは世界で一番やさしいよ」

和夫はムキになった。

「ありがとう。でもね、天国にはお母さんよりも、ずっとずっとやさしい人ばかりいるのよ」

「ふうん。そしたらね、ぼくのことを、ヤーイ、おとうさんがいないべって、いう人はないの」

「もちろん、いませんよ」

久代は和夫と話しながら、ほんとうにそんな国が、宇宙のどこかにあるような気がしてきた。

「そうしたら、ぼくを算数ができないって、バカにする人はいない？」

「いませんとも。天国の人たちは、みんな自分の方がバカだと思っているから、人のことをバカだとはいわないのよ」

「ふうん、いい所だなあ」

「そうよ。そこでは、ライオンと人間の子供が仲よく遊ぶのよ」

「へえ驚いた。ライオンは子供に噛《か》みつかないの」

「大丈夫よ、ニコニコ笑って、子供を背中に乗せてくれるの」

久代は小さい時に祖母から聞いた天国の話をした。

「ふうん、すごいなあ。だけどその国に王様がいるでしょう」

「王様はその国で誰よりもやさしくて、誰よりも威張らないのよ」

「いいなあ、おかあさん、ぼくを天国に連れてって」

「おかあさんも行きたいけれど、とっても遠い所なの」

「でもさ、駅で天国行きの切符を買えばいいよ」

「駅ではそんな切符を売ってないの。あんまり遠い所だから」

「でもおかあさん、どんなに遠くても、地図をみればわかるよ。おかあさん、天国の地図を見せてよ」

和夫は熱心だった。久代は、天国も地獄も信じてはいない。だが、和夫には天国があると信じて生きて欲しかった。自分のような人生を、和夫には送らせたくなかった。

「ねえ、天国に行く地図を見せてよ」

和夫がねだった。

「杉浦先生に聞いてごらんなさい。先生ならわかるかも知れないわ」

久代は何の気なしにそう言った。


悠二が校門を出ると、かたわらの草の上に、和夫が立っていた。

「おや、和夫君。どうしたんだ」

「うん、あのね、おじさんを迎えにきたの」

和夫はちょっとはにかんで言った。

「ほう、おじさんを迎えに来てくれたのか」

「うん、ずっとぼく待ってたんだよ」

「へえ、そうか。それはどうもありがとう」

自分の出てくるのを待っていたのかと思うと、教え子とはまたちがう愛情を、悠二は感じ

た。

「和夫君、肩車をしてやろうか」

「カタグルマってなあに?」

和夫はふしぎそうな顔をした。

「肩車ってか。こうするのさ」

悠二は道のまん中にしゃがんだ。まだ誰にも肩車などしてもらったことのない和夫は、いわれたとおり恐る恐る悠二の肩に乗った。悠二が立ちあがると、和夫が叫んだ。

「ワア、高い高い」

「どうだ高いだろう。東京まで見えるだろう」

「東京まで?」

和夫は真剣なまなざしになって、あちこち眺めていたが、やがてがっかりしたように言った。

「見えないよ、旭川しか」

「そうか、今日はくもっているから東京まで見えないかも知れないね」

「ちがうよおじさん。東京はね札幌より、小樽《おたる》より、函館《はこだて》より、もっともっと遠いんだよ。函館で船に乗って、青森について、仙台を過ぎて、水戸《みと》を過ぎて、それから幾つもの駅を過ぎて東京なんだよ。おじさん知らなかったの」

「知らなかったなあ、おじさんは」

悠二は、つくづく驚いて言った。

「そうかい、おじさん知らなかったの」

「和夫君、君は旭川から札幌までの駅の名前を知っていたね」

初めて会った日のことを悠二は思い出して言った。

「うん、函館まででも全部いえるよ」

「ふうん、どうして覚えたの?」

「あのね、おかあさんに、旭川の次はなあに?　ってきくの。そしてノートに書くの。それから覚えるの」

「すぐに覚えられるかい」

「くり返し、くり返し言ってたらわかるよ」

「なるほどね」

悠二は、初めて会った日の和夫を、再び思った。和夫は小川の中で、真剣なまなざしで流れを見つめ、

「ようし、こんどこそ取ってみせるぞ」

と、いく度も同じ調子でくり返していた。あの根気がこうした沢山の駅名を覚えさせたのかも知れないと、悠二は和夫に言った。

「和夫君は、ずいぶんおりこうだなあ」

「ううん、ぼくおりこうでないの。学校のお勉強がわからないの」

「学校の勉強がわからないって?」

「うん、ぼくね、数がわからないの。十まで数えるのに、とっても時間がかかるの」

肩車をしてもらいながら、和夫が言った。

「十まで数えられないって? そんなことはないだろう」

「ううん、ほんとうなの。数えようと思えば、数えることができるけれど、時々まちがえるの」

「どうしてだろう」

「あのね、先生が十まで数えなさいっていうでしょう、するとぼく、何を十数えようかと思うの。リンゴにしようか、指にしようかって、考えている間にわかんなくなるの」

「ふうん、なるほどね」

「それからね、ヨーカンを、おかあさんと、敬子先生と、ぼくと、功おじさんと四人でわけて食べるの。そしたら、ひとつだったヨーカンが四つになってしまうの。ぼく、すぐそんなことを思いだしたりして、ひとつ、四つなんていってしまうの」

「うーん、それはおもしろいことだねえ」

「おもしろくなんかないよ。ぼく、みんなにはんかくさいね、バカだねっていわれるもの」

悠二の肩で、和夫の声は淋しそうであった。

「あのね、和夫君。それは君がバカじゃないんだよ。おりこうすぎるんだ」

悠二は、肩に乗せた和夫のふっくらした膝小僧《ひざこぞう》をなでてやった。

「ぼく、おりこうすぎるって。ほんとうだろうか。まだまだわからないことがあるんだよ。『は』に点を打つと、どうして『ば』になるのか、わかんなくなるの。考えていると、何だか変な気がして、『は』に点々は『ば』、『は』に点々は『ば』って、何度もいっているうちに、先生のお話がわからなくなるの」

「いつもそんなこと考えるの」

「ううん、考える時はうんと考えるの。考えないと何でもわかるんだけれど……。どうして考えたらわかんなくなるんだろう」

「いろいろとね、考えればわかんなくなることもあるんだよ」

悠二は、それ以上答えようがなかった。何でもふしぎがる和夫をみていると、悠二はうらやましかった。こういう子供は、小学校時代はひどくおくてに見えることがあっても、かなり大きく成長するものである。和夫とくらべると、悠二は自分が何か常識的な知識だけを身につけているような気がした。独創的な考えがほとんどないことに、いやでも気づかざるを得なかった。

「あのね、おじさん。おじさんは天国へいく地図を見たことがある?」

「何だって? 和夫君」

悠二は和夫を、肩車からおろして、道のかたわらの草の上に置いた。

「天国へいく地図を教えてよ」

和夫のつぶらな目が、悠二を見上げていた。

「さあてなあ」

悠二はチモシーを引きぬいて、その穂先を軽く和夫の耳たぶにふれた。

「おじさん、知らないの？　おかあさんは、おじさんが天国へいく地図を知ってるかも知れないって、いったんだけどな」

和夫の真剣なまなざしに、悠二はとまどった。

「和夫君は天国へいきたいの」

「うん、いきたい」

「どうして？　ああそうか、和夫君のおとうさんが天国にいるからか」

「えっ？　ぼくのおとうさんは天国にいるの？　なあんだ、天国にいたの」

和夫は再び目を輝かせた。

「あのねえ、和夫君、天国というのはね……」

悠二は言葉につまった。天国などないのだということはできなかった。悠二にしても、天国はあるかないかわからぬことである。あるといえばある。ないといえばないのが、天国のような気がした。

「天国というのは、そう簡単にいけない所なんだよ」

「どうして？」

「だってね、天国という所は、きれいなきれいな心の人でないと、いけないんだよ」

「ふうん。でも、うちのおかあさんは、きれいなきれいな心だからいけるでしょう。さっき、

よそのおじさんが牛乳ビンを割ったの。そしておかあさんに、天国へいけるよっていったの」

悠二には何のことかわからなかった。

「そう。おかあさんも和夫君も、きっと天国にいけるよ」

「敬子先生は？」

「そうだね、きっといけるだろう」

「そしたら、おじさんは」

「おじさんはいけないな」

「どうして？　おじさんはきれいなきれいな心じゃないの」

「そうだねえ。きれいな心じゃないねえ」

「困ったね、おじさん。おじさんも天国にいくと、ライオンと遊べるのにね」

和夫は、母の久代から聞いた天国の話を思いながら言った。

「ライオンと？」

「そうだよ。天国のライオンは、子供を背中に乗せてニコニコ笑ってるんだって。ねえおじさん、ぼく早く天国にいきたいなあ」

悠二は、天国という所は、死んでからいく所だと言おうとしてやめた。この幼い和夫が、死んでもいいから天国にいきたいなどと、言い出しかねないような不安を感じた。それに、「笑えば極楽、怒れば地獄」という考え方も世の中にはある。別段死なくても、天国も地

獄も自分たち銘々の心の中にあるような気がした。

「とにかくねえ、天国にいく地図は、誰も知らないんだよ。ずいぶん遠い所か、近い所かもわからないいんだよ」

悠二は、そういうより仕方がなかった。重く垂れこめた雲が、鷹栖《たかす》の山をかくしていた。


公園の裏手にある白鳥の池は、小川のように長い池である。佐々林一郎は、さっきから池のほとりにすわって、じっと奈美恵のことを考えていた。

池の向うの畔《ほとり》には、太いポプラが真っすぐに空に向って立並んでいる。六月の夕風に、ポプラの葉が忙しく葉裏をみせてそよいでいる。そのポプラ並木の下を、小学三年生ぐらいの男の子が二人、肩を組合ってやってくる。二人の青いシャツと白いシャツが、水に映って美しい。と、次第に近づいてきたその男の子たちの影が、首だけになった。首だけが水の中を逆さになって歩いてくる。それは何か不気味で、そのくせこっけいでもあった。

男の子たちは、自分たちの首だけが池に映っていることなど、知るはずもない。何がおかしいのか、二人は声をそろえて、大声で笑って過ぎた。少年たちの去った後を、シェパードが水に映ってかけて行った。

その後しばらくは誰もこない。くもった空が水に映っているだけである。風に乗ってサーカスのジンタの音が聞えた。池の中に黄色い小さな長靴が片方沈んでいる。小さなその靴を見ていると、一郎はふっとやさしい気持になった。自分もあんな小さな長靴を履いて、雪の

中をヨチヨチ歩いたことがあったのだろうか。そのころは何も知らずに幸福であったと、一郎はまたしても心が暗くなった。

百メートルほど向うのポプラの下に、いつの間にかクリーム色のワンピースを着た若い女と、白いワイシャツ姿の若い男が腰をおろしている。一郎は眉をしかめた。

このごろの一郎は、男女の仲よさそうな姿をみると、自分でもわからない不快感に襲われるようになった。公園の裏手に住んでいて、男女のひそやかなアベック姿は見馴れていたはずである。だが、このごろはその見馴れたはずの姿が、一郎には何とも不快なのだ。

一郎は、かたわらの石を拾って、池に投げた。静かだった池の面に波紋がひろがり、その波紋の中に、クリーム色のワンピースと、白いワイシャツが揺れた。

「だめよ、池に石を投げたりしちゃ」

奈美恵の声であった。明るいグリーンのブラウスと、グレイのスカートが、奈美恵によく似合っている。やや長過ぎるほどの肉づきのいい足を、無造作に投げ出して一郎のそばに奈美恵はすわった。一郎はかすかに体をずらせた。

「一郎さん、あたしね、お嫁にいこうかと思って……」

ポツリと言った。その声が余りにも淋しそうに聞えて、一郎は思わず奈美恵の顔をみた。奈美恵はいつもの、あの眠ったようなおだやかな表情で、池を眺めている。

(嫁にでもどこにでも、行きたきゃ行くがいい)

そう言おうとした一郎は、奈美恵の顔をみて、黙ってしまった。

「台湾《たいわん》に行こうと思うの」

「台湾へ？」

一郎は驚いて問い返した。

「そうよ、台湾よ」

奈美恵は淋しそうに微笑した。その微笑に、一郎も急に淋しくなった。なぜか一郎にはわからない。いやな女だと憎んでいたはずなのに、遠い台湾に行ってしまわれるのは淋しかった。幼い時から、姉と思って慕ってきた感情が甦《よみがえ》ったような気がした。

「どうしてそんな所に行くの」

「どうしてっていうことはないけど……パパのお知合いの方が、おせわしてくださるんだって」

奈美恵はぼんやりと空を見上げた。一郎はその奈美恵の横顔をみつめた。何とものやわらかな、憎めない顔だろうと一郎は思った。

「わたし……台湾になんか行きたくないんだけど……」

奈美恵が涙ぐんでいるように、一郎には思われた。

「行きたくなけりゃ、行かなきゃいいじゃないの。どうしてそんな……」

一郎は言いかけてふっと黙った。

（何だ、バカだなおれは。こんな奴がどこへ行こうとかまわないじゃないか）

一郎は笑いたかった。だが言いようもなく淋しかった。みどりが台湾へ行くと言っても、

こんなに淋しいだろうかと思うほど淋しかった。一郎は自分が奈美恵を憎んでばかりいると思っていた。だが、たった今の自分は、決して奈美恵を嫌ってはいなかった。できるなら、

「どこにも行かないで」

と言いたいような気持ですらあった。

「一郎さん、あんた、何だかこのごろあたしを嫌っているようだけれど、もし嫌いになったとしても、お嫁に行くまでは今までどおり仲よくしてちょうだいね」

「仲良くって……」

一郎は言いよどんだ。

「このごろ、あなたはあたしを、奈美恵ねえさんって呼ばなくなったわ。それに何となくあたしをにらんでいるわ。中学三年になったら、急に大人びてしまって、ちっとも甘えてくれないんだもの。奈美恵ねえさんとても淋しいの」

奈美恵は一郎の肩に手を置いた。一郎は思わず肩をぴくりと動かした。また少し奈美恵が嫌いになったような気がした。

「台湾て、とてもいい所なんですって。人情が厚くて、日本人を大事にしてくれるんですって」

奈美恵の手はまだ一郎の肩にあった。ほてった一郎の肩に、奈美恵の少し冷たい手がここちよかった。

「遠いと言っても、羽田から四時間で台湾につくのよ。そう遠い所ではないわねえ」

「遠いよ」

一郎はぶっきら棒に答えた。

「ううん、遠くはないわ。遠くはないと思いこまなければ、奈美恵ねえさんだって、台湾までお嫁に行く勇気はないわ」

奈美恵の声がうるんだ。

「台湾になんか行くんじゃないよ」

一郎はハッキリと言った。

「ほんと?」

奈美恵がのぞきこむように、一郎をみた。

一郎はうなずいて、池の中の黄色い小さな靴を見た。遠くで花火が鳴っている。宵宮祭の花火らしい。

「うれしいわ。ほんとにそう思ってくれるなら」

奈美恵は一郎の肩に置いた手に力をこめた。以前も、奈美恵は度々一郎の肩をひきよせたり、軽く頰ずりしたものである。しかし、今の一郎には、奈美恵の手も声も、そしてかすかに匂う香水のかおりも、以前のように何気なく感ずることはできなくなっていた。

「たくさんのカラスね」

公園の木々の上に、カラスが群がっている。

「うん」

その時、一郎は池の向うに人影を感じて、ふと頭を上げた。そこには杉浦悠二が立ってい
た。ハッとして一郎は立上がった。顔に血がのぼるのを感じた。

「やあ、こんにちは」

悠二は、木の橋を渡って近づいてくる。一郎は逃げだそうかと思った。

(畜生! いやな奴)

奈美恵の手が、自分の肩に置かれているのを、杉浦は見たにちがいないと思うと、言いよ
うのない恥ずかしさを感じた。

「どなた? 一郎さん」

奈美恵はすわったまま、ゆったりした口調で言った。

「誰でもない」

小さく言い捨てると、一郎は悠二に近づいて行った。

「君のうちは、あそこだね」

悠二は、ブロックの塀《へい》に囲まれた佐々林家を指さした。

「何の用ですか」

一郎は、悠二の行く手をはばむように突っ立って言った。

「家庭訪問だよ」

敵意をあらわにした一郎の顔を眺めながら、悠二は微笑した。

「いま、うちには誰もいません」

「そうか、いま君と話をしていたあの人は、おねえさんじゃないのか」

「ちがいます」

「ほう、ちがうのか」

悠二は奈美恵の方をみて、会釈をした。奈美恵が立上がって礼を返した。

「一郎の先生でいらっしゃいますか」

奈美恵が近寄ってきた時、一郎はさっと体をひるがえして家の方に逃げだしてしまった。

「まあ、困った人」

笑って見送りながら、奈美恵は上目づかいに悠二を見た。ネットリとした絡みつくような視線である。

広々とした応接室には、石庭を模した一隅があって、洋間だが和風の趣があった。こんな凝った部屋は、杉浦悠二は嫌いである。待つ間もなく、薄青い木の葉模様の白地の桐生《きりゅう》つむぎに、これもまた手織りつむぎの青と黄の八寸帯をしめた奈美恵が入ってきた。厚手の八重《やえ》咲《ざ》きの白ぼたんを見るような感じである。

「お待たせいたしまして」

まなざしは相変らず、どこか熱っぽい。

「一郎君は、この頃朝ごはんを食べてこないようですが、それがどうも気になりましてね」

最初から悠二は本題に入った。

「あら、そうでしたか。わたくし、寝坊なものですから、ちっとも朝のことは知りません

の」

「はあ」

悠二は驚いて、母親代りだと聞いていた奈美恵の顔をみた。

「では、朝ごはんを食べていないのを、ご存じなかったというわけですか」

「ええ、この家は朝も晩も、みんなそろって食事をするという習慣がございませんの」

奈美恵はニッコリと笑った。

(この人は未婚の娘だろうか)

ふと、悠二はふしぎに思った。娘とは違ったふんいきが、奈美恵にはただよっている。その時、ノックしてお手伝いの涼子が、ビールとつまみ物を運んできた。

「あの、奥さまがただ今お帰りになりました。すぐにごあいさつに参りますからとのことでございます」

体格の良い、笑顔のかわいい二十二、三のお手伝いであった。

涼子と入れちがいに、佐々林トキが入ってきた。

「まあ、先生でいらっしゃいますか。一郎がおせわさまになりまして、ありがとうございます」

笑顔も声も明るく、留守をしたわびを言いながら、トキは手際よくビールをすすめた。

「あの子は、学校でいかがでございましょうか」

一郎とは対照的な明るさに、悠二はかえって不安な感じがした。

「実はいま、おねえさんにもお話し申しあげていたのですが、この頃ずっと朝ごはんを食べずにお宅を出ているようなので……」

悠二が言いかけると、一瞬トキは、かたわらの奈美恵を見たが、

「それで、わたくしも困っておりますのよ。でも、まあ年頃ですから、そっとしておけばそのうちに、元にもどるかと存じておりますの」

「はあ、じゃ、おかあさんはご存じだったわけですか」

「それは、母親ですもの」

トキは黒いお召しの袖をおさえて、悠二のコップにビールを注いだ。奈美恵が、その二人を眺めながら、あいまいに微笑を洩らした。

「奈美恵、わたしは先生と、ちょっとお話がありますから……」

トキが、少し冷たい声で言った。

「一郎君は、このごろどうも勉強にも身が入らないようですが、体でも悪いのではないでしようか」

奈美恵が立ち去ってから、悠二は尋ねた。

「さあ、あの子は小さい時から、病気らしい病気をしたことがございませんの。勉強に身が入らないのは、多分テレビの見過ぎだと思うんでございますよ。それに、反抗期という厄介な年ごろでございましてね」

トキは相変らず、何の苦労もないような笑顔を見せた。何か悠二の心配は、単なる杞憂《きゆう》の

ようにさえ思われてくるほどだった。

「きょうも、ちょっと婦人会で非行児のことが問題になりましてね。いろいろとお話を伺いましたけれど、近ごろのおかあさま方は、少し神経質になり過ぎているらしいんでございますの。年ごろになりますと、親とさえ話したがらないことがよくありますのにねえ。それを非行のはじめのように思っていらっしゃる方が、多いんですのよ」

「はあ」

「あるおかあさまは、うちの子は外で行き会うと、顔をぷいとそむけてしまうなんて、心配していらっしゃいますの。でも先生、あの年ごろは、そんな年ごろでございますわね」

「はあ、まあそうかも知れません。うちへ帰っても、ただいまも言わずに部屋に入ってしまうという頃ですからね。お宅の一郎君はいかがですか」

「ええ、割とあの子は素直でございましてね。わたくしにはいろんなことを話してくれますのよ。よく親と一週間も口をきかないというお子さんがいらっしゃいますけど……」

トキはこの十日ほど一郎の顔をみたことがない。しかし、それをおくびにも出さずに二本目のビールの栓《せん》を抜こうとした。

「いや、もう夕食時ですから、失礼いたします。一郎君がおかあさんに何でも話をすると伺って安心いたしました」

悠二は立って一礼した。

「まあ、およろしいじゃございませんか。きょうは宵宮祭ですもの。どうぞごゆっくりなさ

いまして……」

悠二は辞退して廊下に出た。足の埋まりそうなじゅうたんが、ここにも敷かれてある。玄関で靴をはいていた時、表からみどりが帰ってきた。悠二をみると、みどりは少し赤くなってぺこりと頭を下げた。

「一郎の姉の、みどりでございます」

トキが紹介すると、みどりはあらためて礼をしたが、

「先生、あたしおねがいがあるの。あたしのお勉強見ていただけないかしら」

悠二は面くらった。

「まあ、何ですか、やぶから棒にみどりさん。先生はお忙しくて、あなたのお勉強など、みてくださるお暇はございませんよ」

トキのその言葉に、悠二はオヤと思った。それには悠二を拒否した響きがあった。少なくとも、体裁よく追い払われている感じを受けた。

みどりは、母親のトキの言葉など気にもとめずに言った。

「だっておかあさま、あたしはこの先生に数学をお習いしたいと、この間から思っていたのよ。あたし、数学は苦手だけれど、杉浦先生ならわかるように教えて頂けると、直感で感じていたんですもの」

「まあ、そんな自分勝手なことを申しあげては、ご迷惑ですよ」

「ご迷惑ですか、先生。こう見えても、あたしって案外教えがいのある生徒だと思います。

ちょっとした魅力もあるし、そうおつむも悪くはないし……」

みどりはくすくすと笑って、

「どうも自分のコマーシャルってむずかしいわ。でもとにかく現代は売りこみの時代ですからね。ごめんなさい」

悠二は苦笑した。

「ぼくは、美人の家庭教師はしない方針ですが、まあ少しの間なら見てあげてもよろしいですよ。おかあさまとよくご相談なさって、あらためてお電話でも頂きましょう」

「まあ、うれしい」

玄関を出ると、広い芝生が目に青かった。

「先生」

うしろからみどりが追ってきた。

「あのね。先生。うちの母はすごいみえっぱりなの。自分のうちのボロは、絶対外に出したくない人間なの。わたしはその正反対よ。露出症の気味があるわ。ご参考までにね」

みどりはそうささやくと、さっと悠二を離れて、玄関の方へ戻って行った。

いま僅かの時間に会った佐々林家の人たちを思いながら、悠二は公園に入って行った。母親代りと聞いていた奈美恵は、とらえ所のない軟体動物のような女性で、一郎の朝食のことなど、何も知ってはいない。母親のトキはからからと明るいが、何か油断のならない所がある。あんなに明るい母親と、何でも話し合えるというのであれば、一郎はああまで暗い影を

持つはずはないだろう。みどりも、どこか調子のはずれた哀《かな》しさがある。あるいは、みどりが一番一郎の心の動きを知っているのではないかと、悠二は思った。

（それにしても、あの奈美恵という女性は、いったい何者なのだろう）

白鳥の池のそばで、一郎の肩に手をかけていたあの姿は、姉とはどこか違ったものを持っていた。一郎自身、姉ではないと言った言葉も、悠二の胸にひっかかっていた。

悠二は、一応家庭訪問をしてよかったと思った。悠二としては、教え子の一郎のために、一郎の悩みの実態を知りたかった。もしできるなら、その悩みの原因を取り除いてやりたいと思った。だが、教師という者は、どこまでその生徒の悩みを聞いてやることができるのかと、思いもした。もし教師が、本気でその生徒の悩みを共に悩もうとしても、それが必ずしも親たちの喜ぶこととは限らなかった。それぞれの家庭には、人にふれられたくない恥部があるはずであった。

夜になって雨が降ってきた。一郎は机によりかかって、トタン屋根にあたる雨の音を聞きながら、悠二のことが気になってならなかった。

自分の肩に、奈美恵が手をかけていたのを、杉浦悠二は何と思ってみたかと思うと、恥ずかしさに顔が歪《ゆが》みそうであった。何で奈美恵を姉だと紹介しなかったのか、と悔やまれてならない。自分の心の中に、どろどろと渦巻く汚い物を、悠二に全部見通されたような感じがしてならなかった。

「一郎さん」

入ってきたのは、母親のトキであった。一郎はハッとして、身構えるように母を迎えた。

「きょう、あなたの先生がお見えになりましたよ」

トキは指の先で、テーブルの上をすっと拭いた。掃除を点検する教師のような仕ぐさである。先ほど悠二に会った時の、あの明るさはどこにもない。

「あなた、この頃朝ごはんも食べずに、学校に行くんですってね。そんなみっともないことをしないでちょうだい」

「みっともないことか」

一郎は鼻の先で笑った。

「そうですよ。店屋でパンを買って食べてるっていうじゃありませんか。おかあさまは、何もかも知っているような顔で、あなたに悪いような返事はしませんでしたけれど、恥ずかしいったらありゃしない。どこでパンを食べてもかまわないけれど、人の目につくような所で食べるのはおやめなさいね」

人目にさえつかなければいいと、トキは思っているのだ。

「涼ちゃんに聞いたら、晩ごはんも食べないというじゃありませんか。おとうさまやおかあさまは、忙しくて、一緒に食事はできませんけれど、でも夕食ぐらいは家でおあがりなさい」

一郎は答えなかった。

「ね、おねがいだから、夕食はうちでおあがんなさい。一郎さん、あなたおこづかいが足りないの？　何か買って欲しいの。欲しいものがあったら何でもおっしゃい。お金でも何でも、欲しいものはみなあげますから。受持の先生に食事のことなどで、注意されたりするような、みっともないことはおやめなさいね」

トキは四十八歳だが、年より五つ六つ若く見える。だが、今夜のトキは白粉《おしろい》が浮いて疲れて見える。一郎はその母の顔を見ながら、自分は母親の素顔を見たことがないと思った。

「おかあさん、奈美恵ねえさんは台湾にお嫁に行くんだって？」

ぎくりとしたように、トキは一郎を見たが、さり気なく言った。

「おかあさんは、あなたのことを話しているのですよ。奈美恵のことではありません」

「ぼくが今一番欲しいのは、おかあさん、みんなで楽しくごはんを食べることなんだ」

「何を子供みたいなことを言っているのです」

「どうしてみんなで食事をしたいのが、子供みたいなことなの。どうしてうちは、おかあさんも奈美恵ねえさんも朝寝坊で、バラバラに食事をするの。まるで下宿屋みたいな家じゃないか」

一郎は、級友たちがよく下宿生活をしたいなどと話し合っているのを聞く度に、自分の家は下宿屋のようだと思うことがあった。各自が銘々の部屋を持ち、どの部屋にも必要なものがそなえられている。テレビもステレオも、ベッドも、洋ダンスもある。会いたくなければ、誰とも顔を合わさずにひと月でも過ごすことができる。こんな家が当り前だと、いつしか一

郎自身も思っていた。

だが、友人の家に行くと全く違う。玄関を開けると、母親の「お帰り」という声が飛んでくる。隣の部屋で話している声が筒抜けだ。家には一台のテレビしかなくて、親兄弟がそろって、同じテレビを見ている。時にはチャンネルの奪いあいもする。あれがほんとうの家庭というものだと、一郎は思うようになった。

「一郎さん、奈美恵ねえさんが台湾にお嫁に行くって、どなたから聞いたの」

答えに窮したトキは、自分から奈美恵のことにふれた。

「奈美恵ねえさんからさ」

「でたらめですよ。奈美恵は当分お嫁には行きませんよ」

「どうして？　奈美恵ねえさんはもう二十八じゃないか。どうしてお嫁に行かないの」

奈美恵が声さえ涙ぐんで、台湾に行くと言ったさっきの言葉を、一郎は思い出しながら言った。でたらめなはずはない。でたらめで人間はあんな淋しい顔をできるわけはないと、一郎は言いたかった。

（母はまだ、そんな話を聞いていないのかも知れない）

母がまだ知らないことを、自分が知っているのは悪いような気がした。

「あんな朝寝坊で、家事の手伝いひとつしない女を、誰がもらってくれるものですか」

トキは笑った。

「もらってくれる人はいるさ。どこでもいいから見合の写真をじゃんじゃん配るといいんだ。

見合がいやなら恋愛結婚をするといいんだ。奈美恵ねえさんならやさしいし、きれいだから、誰にだって好かれると思うよ」

ほんとうに、好かれるだろうと一郎は思った。

「何がやさしいものですか」

「だって、おかあさんよりやさしいじゃないか」

一郎は自分が母親に対して、意地悪い気持になっているのをどうしようもなかった。

(あの鍵穴から見たことを言ってやろうか)

そうも思った。だがその時、トキは顔を伏せて何かを考えているようであった。その姿をみると、一郎は急に母が憐《あわ》れになった。

「ぼく、あすから朝も晩もうちで食べるよ」

綿アメ

昨夜風が出たせいか、雨雲は去って、祭りのきょうは晴れていた。

午後一時から、慰霊音楽行進があるというので、悠二は下宿から二町ほど離れた緑橋通りへ、ぶらぶらと歩いて行った。音楽行進は、護国神社祭の華である。毎年全道から小、中、高校の鼓笛隊やブラスバンドが、百団体八千人も参加するのだ。

悠二は、この行進をみるのが初めてだった。緑橋通りにくると、もう見物客で、道の両側に人垣が厚くつくられていた。既に行進は始まっていた。鉄琴の澄んだ金属性の音が、きわだってひびいた。

ちょうど目の前を、赤い房のついた指揮棒を振りながら、少年が緊張したまなざしで、胸を張って歩いていく。つづいてピンクの三角帽をかぶり、ピンクの服を着た女生徒が十人ほど、バトンを器用に前後左右にくるくる回しながら、音楽に合わせて踊っていく。そのうしろに、そろいの白いワイシャツ、紺のネクタイ、黒い半ズボンの五十人近い中学生たちが、カスタネット、タンバリン、ハーモニカ、横笛、大太鼓、小太鼓など、多彩な楽器を鳴らしながら進んでくる。

突然バリバリと、緑橋ビルのアーケードの屋根の上で、爆竹が鳴った。赤、黄、青のたくさんの風船や色テープが風に舞い、その下を次々とブラスバンドや鼓笛隊が過ぎていく。付添いの教師がうつむきながらてれくさそうに歩いていくのは、張りつめた表情の学生たちと対照的であった。悠二は何となくその教師たちに同情した。同じ仲間だという思いが、見も知らぬ教師たちにふしぎな親近感を抱かせる。

「太鼓の音が、一番ズシリと腹にひびくな」

傍《そば》の男が誰へともなく言った。

「そうですね」

悠二はあいづちを打った。自分がこの沿道の見物客の中にとけこめたような気がした。向

い側のナナカマドの並木に、男の子たちがよじのぼっている。その木の下で見ている人たちも、みんな楽しそうだ。

「青い山脈」の曲が近づいてきた。頰をふくらませて、トランペットを吹いていく少年たちも、フルートを吹いていく少女たちも、一様に真剣な美しさに満ちていた。こんな汚れのない年頃の少年少女たちを、自分は教えているのだと思うと、悠二はあらためて感動した。

眉の濃い少年が、シンバルを音高く叩きながら、目の前を過ぎた時、悠二はふと佐々林一郎を思い出した。この、ひとつことに打ちこんでいる姿を、一郎にもみせてやりたいと思った。

しかしあの一郎はいま、何に打ちこむことができるだろう。一郎は何かを悩んでいるのだ。その悩みに真正面に取組むことこそ、いまの一郎にとって、最も重要なことなのだ。

バリバリと再び爆竹が鳴って、金色のクス玉が割れ、花吹雪が散った。その花吹雪の中を鳩が飛んだ。

花吹雪が散り、鳩が飛び、その下を鼓笛隊やブラスバンドが延々とつづく。それはいかにも、お祭りらしい平和な情景だった。しかし、一郎のことを思い出した悠二は、落着かなかった。

きのう佐々林家を訪ねた時の、一郎の敵意に満ちた表情が、悠二の心を暗くさせた。このように人々が楽しんでいる街へ、一郎も遊びに来ていて欲しいと思った。

「次は旭川市北栄中学の皆さんであります」

というアナウンスに、悠二はハッとわれにかえった。

先頭には、ボリショイサーカス団長を志望した、あの大川松夫が長い指揮棒をふりあげて進んでくる。悠二は微笑で大川を見送った。そのうしろに八人ほどのバトンガールが、リズミカルにバトンを背中で回しながら、ツーステップで進んでくる。きわだって巧みな女生徒がいた。津島百合である。紅潮した頰が百合をやや幼くみせていた。短いスカートから伸び切った小麦色の足が清潔だった。一心に踊っている百合たちの姿をみると、悠二は何かたまらなくなって、思わず力一杯に拍手を送った。

「百合ちゃん」

「百合ちゃん」

小さな子供たちの叫ぶ声がした。その声に悠二は百合の家がこの緑橋ビルの中にあることを思いだした。

やがて音楽行進が終って、人垣が崩れた。悠二は雑沓《ざっとう》の中をあてもなく歩きはじめた。気がつくと靴が意外に汚れている。時々立ちよる靴磨きの所に歩いて行った。三人並んだ靴磨きが、忙しそうにブラシを動かしている。しかし、いつもの靴磨きの姿がみえない。

「いらっしゃい」と「ありがとう」のあいさつ以外は、ほとんど口をきかない男だが、心をこめた仕事をする五十近いその男に悠二は惹《ひ》かれるものを感じていた。

やむなく悠二は、すぐそばの三十代の男の所に立った。

「お客さん、きょうは珍しいお祭りでしたな。毎年護国神社祭というと、涙雨とかいって、

ひと雨降らにゃあ承知しませんのになあ」

愛想はよいが、磨き方はおざなりだ。

「隣の小父さんは、きょうは休んだんだね」

「ああ、あのオッさんは変ってるんだ。毎年この書き入れ時を目指して休むんだからな」

たちまち磨き終って、悠二がそこを去ろうとすると、

「おじさーん」

うしろで、聞き馴れた和夫の声がした。ふり返ると、寺西敬子に手をひかれた和夫が、ニコニコうれしそうに立っていた。敬子は珍しく和服である。

「やあ、思いがけない所で会いましたね」

そう言いながら、悠二は二人の近くに久代がいないかと、人の流れに目をやった。

「あのねおじさん、ぼくが神社の所で行進をみようみようといったの。でも、敬子先生は、緑橋通りに行ったら、おじさんにあえるっていったの。やっぱりあえたね。敬子先生えらいなあ」

和夫は無邪気に言った。敬子は頬を赤らめたが、

「そうよ。この辺がお宅からは一番近いと思って、網を張って待ってたんですもの」

えんじ色の和服が、敬子をいつもよりしとやかにみせていたが、口を開くと変りなかった。

「これは残念。とうとうあなたの網にひっかかったわけですか。仕方がない。じたばたせずに観念しましょうか」

悠二は、久代がきていないことを知って、少しがっかりしている自分に、元気づけるように言った。

「いかが、北栄中学のブラスバンドは？　充実していたでしょう。ピッコロ、オーボエ、サキソホン、大バス、それにトロンボーン、大太鼓小太鼓、そのぐらいしかわたしは楽器の名を知らないけど、何せうちの中学が一番楽器をそろえているんですって。これを一式ぽんと買ってくれたのが、佐々林豪一さんなんですって」

「ほう、そうですか。佐々林といえば、きのう家庭訪問に行ってきましたよ」

二人は和夫の手をひいて歩きだした。

「どこへ行くの、敬子先生」

和夫が尋ねた。

「うん、まずおじさんのうちに行こうか」

「おじさんのうち？」

和夫はうれしそうにうなずいた。

「でも、露店のズラリと並んだ所も、ぶらぶら歩きたいのよ、わたし」

悠二の家を訪ねることは、敬子にはためらわれた。

「どうせ、露店の方に行くには、ぼくの家の前を通りますよ」

三人の姿は、よそ目にはむつまじい子連れの若い夫婦にみえるかも知れない。ふとそんなことを悠二は考えた。これが敬子ではなくて久代なら、自分はこんなふうにのんきな気持で、

歩いていられるだろうかと思いもした。

和夫は、時々立ちどまって、行きかう子供たちを眺めた。真っ赤な振り袖を着て、髪を結いあげた子が、銀色の髪かざりをひらひらさせて行き過ぎるのをポカンと眺めたり、黒眼鏡をかけて凄《すご》んで歩く若者をふり返ったり、みるものすべてが珍しそうであった。

ピイッと悲鳴のような笛を鳴らしながら、歩いてくる子がいる。和夫は大きな声でその音の真似をした。敬子と悠二は顔をみあわせて笑った。

「佐々林家訪問はいかがでした？」

「それが、いろいろな問題がありましてね……」

言いかけた時、和夫が叫んだ。

「あ、まっぱだかのおねえさんだ」

和夫の大きな声に、指さす方を眺めて悠二と敬子は思わず苦笑した。一糸まとわぬ女の絵が小さな劇場の前に立っている。

「おじさん、あの人どうしてはだかなの？　変だねえ」

「あのね、いまおふろに入るところなのよ」

間髪をいれずに敬子が答えた。

「だって、手ぬぐいを持っていないよ。うちのおかあさんは、おふろに入る時、いつも手ぬぐいを持っているよ」

悠二はふっと、久代のつつましい入浴姿を想像した。白いなめらかな肌が目にみえるよう

であった。

「きっと、あわてて手ぬぐいを忘れたのよ」

さすがの敬子も、困ったようであった。

「だけどさ、はだかってぎょうぎが悪いよね。あの絵は、やっぱり変だよね」

一年生の和夫らしい感想である。

「そうよ。変だわよ」

「だらしがないよねえ。着物を着たほうがいいよねえ」

「そうよ。和夫ちゃんのいうとおりよ」

向うから、大きなビニールの袋に綿アメを持った男の子がやってきた。和夫の注意は、たちまちその綿アメにひかれてしまった。

「杉浦先生、先生も子供の時は、こんなに無邪気なことをおっしゃってたんでしょう」

「いや、いまだって無邪気ですよ」

「何が無邪気なもんですか。あんなヌードの看板をみて、やっぱり喜んでいらっしゃるんじゃなくって？」

「それが無邪気な証拠ですよ」

その言葉に、敬子は張りのある大きな目で、悠二を睨《にら》むようにみて笑った。

「そういわれれば、そうね。ヌードなんかみて喜んでいるのは、まだ罪がないわねえ。罪があるというのは、もっと別のことかも知れないわね。わたし、男の多い職場に勤めていて、

時々そう思うわ。卑劣だったり、怠惰だったり、人をおしのけて昇進したがったり、意地悪だったりする方が、ずっと罪がふかいと思うわ」

「なるほどねえ」

悠二は何となく、いままで以上に敬子に親しみを覚えた。

「ところで、佐々林一郎君の家庭訪問の話をうかがいたいわ」

「実はね、あそこのうちにひとり、ふしぎな人がいるんですよ」

「そお。誰かしら?」

「上の姉ですよ。たしかあなたから、母親代りだと聞いていたんですが、佐々林のことは、朝食を食べているかどうかも知らないぐらい無関心なんです」

「まあ、とんだ母親代りだったわけね。二十七、八ぐらいの方?」

「さあ、女の人の年は、ぼくは二十歳から四十歳までは、見わけがつかないんですがねえ。二十四、五から、三十ぐらいの間でしょうね」

「その方、きれいな方?」

「ああ、あそこがぼくの下宿ですよ」

悠二は敬子の問いには答えずに、かどの薬局の二階を指さした。

「わあ、おじさんのお店大きいね」

悠二と敬子の手をふり払うようにして、和夫は薬局を眺めた。

「ちがうよ和夫君。おじさんはね、あの薬屋さんの二階のうしろに窓が見えるだろう。あそ

こに部屋を借りているんだ」

「ふうん」

胸のポケットから手帳をとりだした和夫は、手ぎわよく十字路を書いた。そして「くすりや」と、まず薬局の場所を書き、「ざっかや」「ひさご」など、次々と近くの店の名を書きこんだ。そして薬屋の裏に丸印をつけて「おじさんのうち」と書いた。

「またはじまった、地図屋さん。ほんとに和夫ちゃんは、こういうことが上手ねえ」

そう言いながら敬子は、悠二の住む二階の窓を眺めた。

「なかなか手なれたもんですねえ。どうしてこういうことに興味を持つようになったのかなあ」

「最初はなんでも、おかあさんにつれられて汽車に乗った時、駅名を呼ぶ駅員の声がおもしろくて、真似をはじめたらしいの。それが病みつきで、だんだんこんなふうになっていったのね」

三人は悠二の下宿の前にきた。

「ちょっと休んでいきませんか。お茶ぐらいごちそうしますよ」

「そうね。寄りたいという誘惑は、大いに感じているの。でもね、先生が風邪でもひいて、休んでいる時に見舞にきた方が、ちょっとロマンチックよ」

敬子は通り過ぎながら、ふり返って再び窓を見あげた。

「わたしね、こうみえてもロマンチストなの。先生と和夫ちゃんと、三人でぞろぞろあのお

部屋に入っていくなんて、散文的よね。いつかこっそりと忍んで行くなんて、想像した方が楽しいじゃない？」

「そうですね、その方がぼくも楽しいな」

こんな冗談を言いあっているうちは、二人の間に、「忍んで行く」という事態など起るまいと、悠二は思った。

「歩きながら話していると、どうも話が中断するわ。さっきから一郎君のことを聞こうと思っているのに……。あらここに水車があるじゃないの」

悠二の下宿の並びに、大きな水車が飾ってあるバーがある。

「ほんとうに飲み屋の多い所ねえ。まあこんな小路にも飲み屋がびっちり並んでいるわ」

人ひとり通るにもやっとのような細い路地に赤、黄などの看板がひしめいているのを、敬子は珍しそうにのぞきこんだ。

「夜になったらにぎやかでしょうね。きれいなホステスがぞろぞろかよってくるんでしょう。大垣夫人でなくてもちょっと気になるわねえ」

茶目っぽく笑った敬子に、悠二は新鮮な果物をみるような思いがした。

悠二の家から一町行った所に、祭りの露店が並んでいた。

「やあ懐しいなあ、水中花だ」

悠二が立ちどまった。子供の頃、よく祭りで買ってきて、秋風が吹く頃まで飾っていたこ

とを思い出した。

「何となく大正時代って、この水中花の感じじゃないかと、わたし思うわ」

小さな金魚が幾百となく泳いでいる浅い水槽《すいそう》に、小学生が群がっている。桃太郎や、オバQなどの面を百も二百も並べている店、鋸《のこぎり》や鉋《かんな》や鋏《はさみ》を売る店、「ツブ焼き二十円より」「おでん十円」と書いた紙を貼《は》った店などが、道の両側に何町も並んでいる。

悠二の視線は、中学生たちの集まっている店に自然に吸いよせられる。タコ焼き屋、輪投げ屋、カニやフナの釣り堀に中学生の年頃の少年たちが群がっている。

和夫は綿アメを敬子に、亀の子を悠二に買ってもらった。亀がどんなに珍しいのか、頭をちょいとつついたり、仰向《あおむ》けにしたりしながら、よそみもしない。人の波に押されるようにしながら、三人は歩いて行った。

敬子がふと立ちどまった。その店をみて悠二は微笑した。双眼鏡や刀が束になって天井から吊《つ》るされ、その下に十円の首飾りや、色とりどりのビーズが箱に入れられて並んでいる。一個百円と書いた電車のその窓には、男の子や、女の子や、ヒゲの生えた男や、おばあさんなどが書いてある。そして、その電車の向うには、マナ板や釜《かま》やすり鉢など、セットになったママゴト遊びの道具が、ピンクの箱に並んでおり、赤いセルロイドの小さな鏡台も五つ六つ並べられている。

その店に足をとめた敬子を、悠二は何となく可憐《かれん》だと思った。

「あの電車を買っていく子もいるんだなあ」

「そうね、いまの子はみんな、あんな動かない電車なんか見向きもしないけれど……」

悠二は、この電車を買っていく親や子の、家の中が想像されて、ちょっと悲しかった。

「あら、あの子一郎君じゃない？」

敬子の指さす方を見ると、二、三軒向うに、ただひとりタコ焼き屋の屋台によりかかってタコ焼きを食べている一郎の横顔が目に入った。

「よかったよ。こんなお天気の祭りの日にうちにひっこんでいられるよりは」

「行ってみましょうか。わたしたちも」

「いや、そっとしておいてやりましょう。また逃げだされると困るから」

「また逃げだされるって？」

「実はきのう、公園の裏まで行ったら、佐々林がおねえさんと話をしていたんです。ところがぼくを見ると、何しにきたんだというんですよ……」

悠二はきのうのことをかいつまんで話した。

「変ねえ、どうして自分の姉を姉でないなんていうのかしら。その方きれいな方？」

再び敬子は、さっきと同じことをたずねた。

いつしか人ごみの中を離れて、三人は公園の方に歩いて行った。

「あまり美人じゃないといえばうそになる。といって、美人だと断言はできないな」

奈美恵の、からみつくような視線を思い出しながら、

「とにかく一種の魅力を持った人ですよ」

「その魅力に、とりこになって？」

敬子の、くろぐろとした目が笑った。

「多分ある種の男は、とりこになるでしょうね」

「だけど、その人が一郎君の陰気になったことと、特別に関係があるかしら」

「さあ、それは……。何ともわからないなあ。わかっているのは、あの子が余りいい精神状態ではないということなんですよ」

公園には、思ったより人がいなかった。それでも千鳥ケ池にボートがたくさん出ている。池の水が陽を照り返して眩《まぶ》しかった。

三色スミレの花畠《はなばたけ》のそばのベンチに、三人は腰をおろした。和夫がうつらうつらと、敬子のひざ枕で寝てしまった。ベンチの上を這《は》い出した亀の子を悠二がつかまえた。

「どこまであの佐々林の悩みを知ってやることができるかと、自分でも心もとない気がしますねえ」

「そうねえ、わたしだったら、単刀直入に一郎君を呼びつけて、あんたこの頃いかれてるわよ。恋でもしてるんじゃない。それとも失恋かな、なんて聞くところかも知れないけれど、その先生その先生の持ち味でやっていくより、仕方がないでしょうからねえ」

「ぼくも、あなたのように、ズバズバと話すことができたら、楽なんだが……。聞いて心を傷つけやしないか、人に聞かれたくない事情がありやしないかと、すぐにそんなことを考えてしまいましてね」

「むずかしいことよねえ。だけど、生徒がぐれたりするのは、たいてい家庭に問題があるんじゃないかしら。杉浦先生は春に転任なさったばかりで、父兄とはもちろん、生徒ともじゅうぶん親しくなっていないわけでしょう。これで二年も三年も接していた生徒なら、もっと事は楽かも知れないのに……」

まじめな口調で、敬子はしみじみと言った。タンポポの穂わたが陽に光りながら、いくつも二人の前を風にのって流れていく。

「佐々林の姉が、ぼくに家庭教師になってほしいというんですがねえ」

「あら、チャンスじゃない」

「しかしどうかなあ。佐々林自身の悩みの実態がわからないので、あの子を刺激するようなことは、したくないと思ったり、いや強引に踏みこんで、ハッキリと悩みの正体をつきとめようかと思ったり……。どうもむずかしいなあ」

「なるほどね。たとえ悩みの正体をつきとめたとしても、それを取りのぞくことができるかどうかは、また別問題ですものね。でも教師って、生徒のどこまでを自分の責任として感じたらいいのかしら」

「…………」

「あら、戸沢先生よ」

敬子の指さした池のほとりを、戸沢千代が、落ちついた足どりで歩いてくる。いかにも一歩一歩大地を踏みしめて歩いているような印象であった。戸沢千代と行き交う人が、何となな

く小さくみえるからふしぎである。

「戸沢先生!」

敬子が大きな声で呼んだ。戸沢千代は立ちどまって、こちらをみた。そして、にっこり笑って近づいてきた。驚いたふうもなければ急ぎ足にもならない。

「おやおや、和夫ちゃんは寝てしまったのねえ」

千代は、和夫の寝顔をのぞきこんだが、悠二と敬子がそこにいることを、さほどふしぎにも思っていないようであった。

「ああ、がっかりだわ。きょうはお天気がよかったせいか、平和を守る講演会には、百人と人が集まらなかったのよ」

彼女は悠二の横にすわった。

「ああそうでしたわね。きょうは平和を守る会があったんですものね」

「駄目ねえ。平和なんていうと、たちまち悪いことでもしているかのようににらむ人もいますしねえ。おかあさん方だって、自分のかわいい子が、今後どんな世界に生きていくかということを、本気で考えてはいないし……」

千代は真っ白な歯をちらりとみせて笑った。

「そうね、わたしなんかも、平和運動を熱心にやろうという気はないのよ。あきらめてるの。どうせまた、戦争を起す奴たちは、何を言っても戦争を起すにきまっていると思っちゃって」

「駄目よ、寺西先生。あなたのようなピチピチした若い方がそんなことを考えてはいけないわ」

語調はやさしいが、何か腹にこたえる悲しい響きがあった。

「だって、平和運動をしたところで、平和は遠のくばかりじゃない」

「たとえそうなっても、わたしたちはかわいい教え子のために、やっぱり戦争はやめてくださいって、世界に向って叫ぶべきではないかしら。わたしは一人になっても叫びつづけるわ。叫べるうちに叫んでおかなければ、教師として、人間として卑怯《ひきょう》だと思うの。恥ずかしいと思うの」

戸沢千代は、白いハンカチで鼻をおさえた。

「えらいわ。えらいと思うんだけど、でも、どうしてそのえらいと思うことを、自分もやる気になれないのかしら」

「それはね、あなたが一人の力なんか大したことがないと、みくびっているからよ。わたしたちは、小さな力しかないかも知れないけれど、一人が一人の仲間を誘うことはできると思うの。ね、そうじゃない杉浦先生」

千代の言葉には熱がこもっていた。

グラウンドの方から、野球の応援の歓声がどっとあがった。

悠二は、自分が何かを答えなければならないと思った。だが、

「もう少しご意見を拝聴しますよ」

と言った。

「おりこうなのよ、杉浦先生って」

少し怒ったように、敬子が悠二をみた。

「つまりね、わたしは夏目漱石《そうせき》が、『草枕』で言った言葉をいつも思うのよ」

戸沢千代は、悠二をりこうだと言った敬子の言葉には、こだわっていなかった。

「『草枕』?」

「そうよ。漱石は『草枕』の中で、世間というのはつまり隣近所に住む一人一人のことだとか、なんとかいっておりましたわね。とにかく、問題はその一人一人なのよ。わたしも、あなたも、杉浦先生も、一人一人がハッキリ戦争をいけないんだって、言えばいいと思うの。その仲間がだんだんふえて、政治家の奥さんも、実業家の奥さんも、御主人に、わたし戦争はいやでございます、というのよ。みんながいやだいやだといえばいいと思うの。ほんとは誰だって、戦争はいやにきまっているんですけれど自分一人が何を言っても仕方がないなどと投げ出すから、戦争を起そうと思う者には、都合のいいことになってしまうのよ」

「なるほどなあ」

「ほんとうにねえ。アメリカなんか、レディ・ファーストだというから、婦人たちが一せいに戦争はいやだいやだといえば、何とかなりそうに思うわねえ。だけどそううまくいくかしら」

敬子は悠二の持っている亀の子の頭を、ちょっとつついた。亀の子は、あわてて甲羅の中

に首をひっこめた。

「それがいけないのよ、寺西先生。確信を持つのよ。確信を持たなきゃ、仲間をふやすこともできないわ。ねえ杉浦先生」

悠二は、自分が平和の問題に、積極的になれない理由を知っていた。そのひとつは、敬子と同じように、平和に対して絶望的であるということであり、そのふたつは、自分が卑怯《ひきょう》であるということに原因があった。

かつて、公立中学の労働組合で、積極的な働きをしていた悠二は、そのために公立中学を辞めなければならなかったのである。それ以来急に、悠二は組合活動から遠ざかった。教師は教壇の上に立って、生徒を教えていればいいのだ。何を言ったところで、ひとつ法律が改正されれば、しょせん教員など、何を叫んでも結局は無力なものだと思うようになった。

「考えてみると、この世はごく少数の良心によって、何とか人間の世らしくなっているのかも知れませんね。たとえ少数の声でも、それが正しければ、人々は無視することはできませんからねえ」

「あら、いけない。四時に約束の会合があったのよ」

戸沢千代は、またいつか話しあいましょうと言って、再びゆったりと公園の道をよぎって行った。

視線

悠二が学校の玄関に入ると、

「おはようございます。いいお天気ですわね」

と、声をかけたのは寺西敬子であった。

「だけど、先生、きょうの参観日は、このお天気のように日本晴れとはいきそうもないわ。雲行きがあやしくってよ」

と、ささやいた。

あの祭りから、三日ほどたった朝である。

「それ、どういうことですか」

「例の大垣夫人たちが、連絡をとっているらしいんですって。けさ店にきた父兄が言っていたわ」

敬子は、大きな目をいっそう大きくみひらいて、悠二を見た。

「あなたは情報キャッチが早いんだなあ」

悠二は靴を下駄箱に入れながら言った。

職員室に入ると、向いの席の玉脇は、パリッとしたグレイの夏背広に、蝶ネクタイをつけ

ている。どこかに招待でも受けたようなあらたまり方だった。

「おはようございます」

あいさつした悠二に、玉脇はニヤニヤして、

「やあ、どうかね、この服は。これはこの間、生徒の親からもらったんだよ。この学校にきて、一番の贈り物でね。きょうの参観日に着てこないと、義理が悪いんだよ」

と披露した。

「はあ」

悠二は、得意顔にいう玉脇に、軽くうなずいて席にすわった。

「ねえ君、学校の教師というのは、父兄の贈り物だけが楽しみじゃないのかね。この副収入がなけりゃ、安月給で小生意気なガキ共を教える気になんか、なれるもんじゃない」

「杉浦先生、先生はこの学校の父兄会は、初めてですね」

玉脇の隣の席の戸沢千代が、答えかねている悠二に助け舟を出した。

「そうです」

「ここは、参観が多いのよ。ほかの中学だと、一人も来ないクラスがあるんですってね」

「そうですか」

参観日は一時間目が受持教師の授業で、二時間目が父兄と教師の懇談になっていた。

「戸沢君、君はまた、平和とやらを一席ぶつんだろう」

話を取られた玉脇が、小馬鹿にしたように言った。

「そうよ。何なら玉脇先生のクラスのおかあさま方にも、一席ぶちましょうか」

戸沢千代は、やんわりとした口調で応酬した。

「おれは、平和と女房のふくれっ面が一番苦手だよ」

玉脇は、大声で笑いながら職員室を出て行った。

「おはようございます」

二年生受持の河部が、いつものようにニコニコした笑顔で、気持のよいあいさつをして入ってきた。

一時間目の授業は、連立二元一次方程式の解き方である。簡単な連立二元一次方程式の解き方については、既に二年の時に学んである。それを思い起させるような問題を与えてから、悠二は本論に入った。大したむずかしいものではないし、授業は大体思うように進んで行った。

生徒たちは親達の手前、いく分照れながらも、のびのびと悠二に答えてくれる。だが、母親たちの中には初めて見る悠二の授業を、いく分警戒的な視線で眺める者もあった。

授業のしめくくりに、各列から一人ずつ黒板に問題を解かせた。その中に大垣吉樹が入っていた。指名されると大垣は、両手をポケットに突っこんで、いかにも面倒くさいというような調子で歩いてきた。

教壇に並んだ生徒たち五人は、一せいに問題を解きはじめた。十人程の母親たちも、緊張した顔で問題を眺めている。一番先に大垣が席に戻った。だが、大垣だけが正解ではなかっ

た。思わず悠二は、大垣の母親をみた。大垣の母は、その悠二の視線を撥《は》ね返すような表情でみつめている。悠二は、今朝の寺西敬子の言葉を思い出した。

（なるほど、険悪な雲行きだ）

一時間目が終り、生徒たちが帰った。

母親たちは、悠二に手伝って机を四角に並べた。いつのまにか母親たちは二十人程にふえている。

「きょうはお忙しいところを、ようこそおでかけくださいました。わたくしが五月に、札幌の北栄中学から転任いたしました杉浦悠二であります。二、三のおかあさん方にはお目にかかっておりますが、初めての方が多いので、まずわたくしの自己紹介をさせて頂きます。その後で皆さまの自己紹介、そして懇談に移りたいと思います。

わたくしは三十歳の独身でありますが、まず大体において品行方正であります。いや、まあ自己紹介と申しましても、わたくしは以上の程度で格別申しあげることのない、平凡な人間であります。

わたくしの教育に対する考えというものを述べるべきでありますが、それは後ほどの懇談の折に申しあげることにいたします。どうぞよろしくおねがいいたします」

われながらパッとしない挨拶だと思いながら、悠二は頭を下げた。パラパラと拍手が起き、母親たちがそれぞれに深く礼をした。母親たちも順々に立上がって、名前を言ったが、四、五人目に立上がったのは、ノースリーブの紺のワンピースを着た若い母親である。

「わたくしは津島百合の母で、緑橋ビルの中に洋品店を経営しております。百合が杉浦先生をたいそうほめておりますので、あのきかない子がほめる先生は、どんな先生かと、少しばかり楽しみにして参りました。きょうのお授業を拝見しまして、数学の苦手なわたくしも、何となく楽しく、なるほどと百合のいうことがわかったわけでございます」

津島百合によく似ていて、彫りの深い顔立ちだった。一見百合の姉かとみまがうほどの若さである。

最後に立ったのは大垣夫人である。

「わたくしは大垣でございます。息子からいろいろと聞いておりますことや、わたくし自身先生のお宅をお訪ねして感じましたことなど、申しあげたいことはたくさんございますが、懇談の時に譲らせていただきたいと思います」

悠二を訪ねて来た時の大垣夫人は和服姿であった。しかしきょうは、黒のレースのツーピースに、真珠のネックレスをつけて、別人のように思われた。大垣夫人の切り口上な口調は、一座の空気をたちまち気まずいものにした。何人かの母親たちは、目顔でうなずき合ったり、気の毒そうに悠二を眺めたりしている。

「では懇談に移りたいと思います。どなたからでもザックバランにお話を承りたいと思います」

悠二は大垣夫人を無視して、笑顔になった。しかし、誰もうつむいて机をみたまま、容易に口を開こうとしない。いまの大垣夫人の言葉が、何となく人々の胸にひっかかっているの

だ。

「どうですか、三年生になってから、どこか変ったところがございませんか」

悠二は話題をひき出そうとしたが、やはり誰も口を開こうとはしない。

「何か、お困りになったことなどございませんか」

「そうですね、どうも勉強しなくて困ります」

大川の母親がいうと、みんなはただうなずきあい、また沈黙にかえった。

これ以上発言を促しては、かえって座が白けると、悠二は自分から話を始めた。

「では、ほんの五、六分、中学生の精神成長過程についてお話しいたします」

中学三年生頃になると、親と話したがらなくなったり、態度が妙によそよそしくなっても心配はいらない。それがひとつの成長のしるしであって、むしろ喜ぶべきことであるという話を、二、三の例をひいて悠二は話した。母親たちは、発言しないですむことに安心したのか、落ちついた表情になって、悠二の話を聞いていた。

話し終るが早いか、待っていたとばかりに大垣夫人が立上がった。

「先生、わたくし、どうも気になることがございます」

せっかく和やかになったばかりの座が、また気まずい空気に変った。

「どういうことが気になるのでしょうか」

悠二は大垣夫人の方を向いた。

「先生はまだ独身で、お子さまもいらっしゃいませんわね。いま先生のおっしゃったことは、

大体心理学の本でも読めば出ているような、公式論だと思いますの。まあ、公式論はかまいませんけれど……。大体学校は本の受売りのような所で、知識の切売りでございますからね」

一同はしんとなった。

「まあ、それはかまいませんの。子供を生んだことも、育てたこともないお若い先生のことですから。困るのは、先生があまりにも、中学時代の生徒の気持を知らないことでございますわ。特定の若い女の先生と、いつもお二人っきりでお話しなさっていられるようですが、思春期の子供には、非常に悪い影響があると思うんでございます」

大垣夫人はきめつけるように言って、白いハンカチでパタパタと顔をあおいだ。

悠二は、校庭で寺西敬子と話をしていた日のことを思い出した。たしかあの時、三階の窓から声をあげた数人の生徒があった。その中に大垣吉樹がいたようだと、敬子が言っていたはずである。

「御忠告ありがとうございます。しかし、女教師といえども同僚ですから、お互いに話しあうこともあるわけで、その点は現代の生徒たちも男女共学ですから、さらりと受けてくれると思いますが……」

たしかに悠二の気持の上では、寺西敬子に対して特定の感情は持っていなかった。

「そうでしょうかしら。でも音楽行進の後、待ち合わせてご一緒に出店を見て歩いたのは、どうなのでしょうか。吉樹の話では、お二人は楽しそうに、あちこちの店をのぞいて歩き、

仲よく綿アメを買ったり、亀の子を買ったりして公園にいき、公園のベンチで長いことお話をしていたそうでございますけれど、いったい同僚であれば、そんなに仲よくしなければいけないんでございましょうか。うちの吉樹など、あの様子ではどうも恋愛ではないかと申しておりましたが、年頃の生徒の刺激になるような行動は、厳に慎んでいただきたいと思います」

　大垣夫人の言葉に、悠二はいささかあきれて返答もできなかった。その時、津島百合の母が、ノースリーブの美しい腕を形よく組んだまま発言した。

「どうも大垣さんの奥さんは、おかしな話をなさいますのね」

「まあ、おかしなとは失礼ですわ」

「ごめんなさい。失礼かも知れませんけれど、どうもおかしく聞えますの。お宅の息子さんは、興信所でアルバイトでもしていらっしゃるのですか」

　一同がくすくす笑った。

　一座の笑いに、大垣夫人は憤然となった。

「わたくしの家は、息子をアルバイトさせなければならないほど、貧しくはございませんわ」

「それでは、お宅の息子さんは、仕事でもないのにどうして人のあとを、根気よくつけて歩くのでしょう。尾行とか、のぞき見というのは、大体いやしいことだとわたくしは思いますけど」

　津島百合の母は、常日頃から教師をむやみにいじめつけるような大垣の母の態度を快く思

っていない。しかも悠二は転任してまだ間もない教師である。何もいじめなければならない理由はないはずだった。

「津島さん。いつ吉樹が尾行などというしいやしいことをしたでしょう」

「じゃ、杉浦先生のあとをつけずに、どうして綿アメを買ったり、公園のベンチに長いこと話をしていたなどということがわかるのでしょう？　千里眼ででもいらっしゃいますか」

「それは……吉樹がいこうと思った方へ、先生方が先へ歩いていらっしゃったまでですわ。それに、吉樹は愛校の精神から、杉浦先生たちの行動を見ていたのですわ。もしお二人が仲よさそうに歩いてさえいなければ、吉樹だって何も公園までいくことはなかったと言っています。決していやしい気持で尾行したのではなく、愛校の精神が……」

終りまで言わぬうちに、津島や大川の母たちが声を上げて笑い出した。大垣夫人はいつもこうなのだ。理くつも何もない。ただひたすらわが子だけが正しいのだ。

「まあ！　何がそんなにおかしいのでしょうか。大体今の学校教育はなっていませんよ。それは親たちが、先生に対して言いたいことも言わないでいるからです。かげで皆さんよくおっしゃるじゃありませんか。先生に文句を言いたくても、子供が学校に行ってるのだから、人質を取られているようなものだって。かげでさんざん悪口を言いながら、先生の前でご無理ごもっともですと、神妙な顔をしてるなんて不正直だと思いますわ。杉浦先生、先生はわたくしが口やかましい母親だとお思いかも知れませんが、ほかのおかあさん方だって、かげでは結構同じことを言っているのですよ。津島さんだって、かげでは何を言ってるかわから

ないと、わたくし思うんでございますけれど」

「どういたしまして、わたくしはそれほど悪趣味ではございませんわ。杉浦先生は、札幌の北栄中学でも、その前の公立中学でも、高校入試の合格率の大変よい先生だと伺って、安心しておりますの。なんでも公立中学の時に、合格率百パーセントという成績だったそうですわね」

その言葉に、母親たちは驚いたようにささやき合った。あらためて悠二を見なおす母親もいた。

「でも先生、とにかく女の先生と仲よく街の中をお歩きになったことだけは、たしかでございますわね」

その時、教室のうしろのドアが開かれた。

一同の視線に驚きの色が走った。入って来たのは佐々林豪一の妻トキである。藍地《あい》に白と黒の竹の葉を描いたお召しに、黒の帯のすっきりとした着こなしである。トキは年に一、二度しか学校に来ない。しかし各種の婦人団体で活躍しており、有名な佐々林豪一の妻であるから、その顔を知らぬ者はほとんどなかった。

「皆さま、大変おそくなりまして申し訳もございません。先生、先日はお忙しいところを、ごていねいにありがとうございました」

頭が低く愛想がよかった。そのものおじしない明るい声に、一座の空気が一変した。

「いま、どんなお話し合いをなさっていらっしゃったのか、恐れいりますがお聞かせくださ

いませ」

ていねいに頭を下げた。たちまち一同は佐々林トキにリードされる形になった。

「杉浦先生が、ある女の先生と仲よく街を歩いていたとかいうことで、子供の教育上どうかと、問題になさった方がいらっしゃいますの」

トキのすわった隣の母親が言った。

「まあ、戦時中のようなお話ですこと」

トキは驚いたように言って笑った。大垣夫人がうつむいた。大垣夫人は、名声と金持には弱いのだ。ある農機具会社の課長夫人であることを、唯一の誇りにしている大垣夫人だが、それだけに佐々林トキのような相手には頭が上がらない。

「そんな、女の先生と歩いたことぐらい何でもないじゃありませんか。テレビをごらんあそばせ。思わず目をそむけるような場面が、いくらでもあるじゃございませんか。いまの子供たちは、肩を並べて歩くことなど何とも思いはしませんわ。街中腕を組んで歩いている人たちで溢《あふ》れているじゃありませんか。それに先生だって人間ですもの、好きな人ができれば、それこそ祝福してあげるくらいでなければ、現代の子供とは言えませんわね」

ホッとしたような空気が流れ、つづいて二、三の質疑があり、悠二の教育に対する態度が簡単に述べられた。

「わたしは、生徒たちがほんとうに優しい人間になって欲しいということを基盤にして、教育をしていきたいと思っております。何が欠けてもこの優しさ、即《すなわ》ち思いやりといいますか、

愛といいますか、これだけは欠けることのない人間になって欲しいと、思っています。無論わたし自身も、この気持だけは失わずに生きて行きたいと思っております」

その後は個人的な話し合いの時間となり、特に相談のない母親たちは帰って行った。佐々林トキが、悠二に近づいて挨拶をした。

「参観日って、大変でございましょう。プライベートなことまで詮索《せんさく》されては、全くかないませんわね。わたくし共だって、自分の家庭のことを、とやかくいう人があれば、うるさくってやりきれませんもの」

と、はなやかな笑顔を見せてから言葉をついだ。

「先日は、みどりが家庭教師などと、失礼なことを申しあげましたが、どうぞお忘れになってくださいませね」

木《こ》洩《も》れ陽《び》

トキは、待たせておいた車に乗って、坂を下ったが、ふと思い立って車を鷹栖《たかす》神社の方へ向けてもらった。一郎が神社の前の店屋でパンを買い、それを神社の境内で食べていたと聞いたからである。

トキは神社の前で車をとめ、さりげなく境内に入って行った。樹々の緑がしたたるばかり

である。トキは朱ぬりのほこらに目をやった。木洩れ陽がトキの着物の上にも、地上にもゆらゆらと映っている。

一郎の成績が下がったことも、うちで食事を取らなくなったのも、その原因が何かを、トキは痛いほど知っていた。以前から恐れていたことが、遂に一郎の上にやって来たことを、トキは半ば諦《あきら》めに似た気持で見ているより仕方がなかった。だが心の底では、誰にも告げようのない憎しみと悲しみが、ブスブスといぶりつづけていた。

十二年前のちょうど今頃だったと、トキは思った。流産で入院したトキが、退院してくると、まだ幼顔の残っている少女が家に入りこんでいた。それが奈美恵だった。奈美恵は登別《のぼりべつ》温泉の飲み屋にいた女だった。十五、六の奈美恵は余りに幼くて、トキは最初それが豪一の女だとは気づかなかった。

「この子は飲み屋で働いていたんだが、あまりかわいそうだから、うちに連れて来たんだ」

豪一の言葉を、トキはそのまま何の疑いもなく受けいれた。

「まあ、こんな小さい子を飲み屋で働かすなんて、どんな親でしょうね」

そうトキは同情さえした。その親も奈美恵にはいないと知って、トキは本気になって奈美恵を幸福にしてやりたいと、自分の娘のように面倒をみた。

奈美恵はどこかおっとりとしていて、いつも半分眠ったような表情だった。気立てもやさしかった。親がなくて育ったというのに、人の顔色をみるようなところのないのが、トキには気に入った。トキのいうことに何でも素直に従ったが、どういうわけか積極的に働くこと

はなかった。言われたことをするだけで、あとはぼんやりと外を眺めていたりする。だが、トキは、そんな奈美恵をいじらしいとさえ思っていた。

その奈美恵の正体を知ったのは、半年も過ぎたある冬の夜のことであった。トキは寝つきが早く、眠ると夢もみずに朝を迎える。しかしその夜に限って目を覚ました。肩が出ていて冷たかったのだ。枕もとの電気スタンドのスイッチを入れて時計をみた。午前二時である。ふと、隣の豪一の床を見ると、寝ているはずの豪一の姿が見えない。トイレにいったのかと思い、気にもとめずにそのまま、また眠ってしまった。

それから十日程たった夜、トキは何かの物音を聞いたように思って目がさめた。

(夏に流産をしたせいかしら。今まで、夜目をさますなんてことなかったのに)

そう思って、闇の中に目をあけていた。

カッコウがしきりに啼《な》いている。トキは十二年前の冬の夜を思い出しながら、静かに神社の境内の中を歩いていた。よそ目には、のんきなそぞろ歩きにも見えたかも知れない。だがトキの心の中は、暗くとざされていた。

(あの夜は月が出ていたようだった)

トキは闇の中に目をあけていた自分の姿を思い浮べた。目が馴れると闇と思っていた部屋は、意外に明るかった。カーテン越しに月がさしていたのだ。夫の豪一の方に目をやると、そこには夫の姿がなかった。

突然、トキは十日ほど前の夜半も、ここに夫の姿がなかったことを思い出した。どちらか

というと、トキは生来のんきな方であった。夫の女性関係に余り神経を使ったことがない。だがその夜は、妙に胸さわぎがした。夜半に夫の姿が見えず、その夫は女中部屋にいたという小説が思い出された。

トキは、はね起きるとふとんの上で手早く身づくろいをした。その頃は札幌にいたが、同じ屋根の下には三十近いお手伝いと、奈美恵がいた。トキはためらわずに、女中部屋に行ってみた。

まっ暗な廊下に立って、耳をすますと中から軽い寝息が聞えてくる。トキは思い切って襖《ふすま》をあけた。持っていた懐中電灯を照らすと、お手伝いのハマ子は、かすかに目をあけたが、寝返りを打ってそのまま眠ってしまった。

ハマ子は一人だった。

(まさか！　奈美恵のような子供を相手にするわけはない)

トキはしかし、女中部屋から三部屋ほど離れた玄関近くの奈美恵の部屋に行った。

(まさか)

再びそう思いながら、奈美恵の部屋の前に立った時、思わず息をのんだ。中から聞えるいびきはまさしく豪一のいびきである。トキはさっとふすまをひらいた。そこに、電気スタンドの光に照らされた奈美恵と豪一の姿があった。

トキはその夜の豪一と奈美恵の寝姿を思い出すと、いつもながら絶望に似た思いに襲われる。トキはその夜豪一に別れようと迫った。豪一はアッサリといった。

「話のわかる女だと思っていたが、お前も普通の女だったのか。別れるというのなら、別れようじゃないか」

その時みどりは五歳、一郎は三歳だった。

「子供はわたしがつれて行きます。畜生のような父親など、いない方が子供の為です」

トキが叫ぶと豪一は言った。

「いかにもおれは畜生だ。畜生というものは自分の子が取られそうになると、わが子を食いころす。あの二人を、お前が連れていく前におれが殺してやる」

豪一は残忍な表情をみせた。それは単なる脅しとは思えなかった。子供をおいて、佐々林家を出ることはトキにはできなかった。

境内を、ランドセルを背負った和夫が走って来た。トキをみて、和夫は立ちどまった。もの珍しそうに自分をみつめている和夫に、気づいてトキは微笑した。

「坊や、一年生?」

「そう、一年生だよ」

「坊やのおうちどこ?」

「あそこのお店」

和夫は自分の家の方を指さした。

「お店?……パンや牛乳を売っているの?」

「そうだよ。アイスクリームも、ノートも、チョコレートも、それから鉛筆も、たばこもたくさんあるよ」

「そう、じゃあとで。おばさんはたばこでも買いにいきましょうね」

和夫の愛らしい口調に、トキは思わずニッコリと笑った。こんな笑いをトキは絶えて忘れていた。

「さよならおばさん」

和夫はランドセルをガタガタ鳴らしながらかけて行った。

トキは、そのうしろ姿を見送りながら、永久に自分の中に戻って来ない純真な姿を、うらやましいと思った。あの十二年前の冬の夜以来、豪一は公然と奈美恵をかわいがった。少しでもトキが奈美恵に冷淡な表情をみせると容赦しなかった。

奈美恵を外に囲って欲しいと言ったが、それさえ聞きいれない。と言って、トキを全く愛していないわけでもなかった。むしろ以前より、トキを熱情的に扱うようにさえなった。次第にトキは諦めていった。決して馴れることのできないはずの、妻妾《さいしょう》同居という忌まわしい事実にも馴れていった。

そしてトキは、全力をあげ、奈美恵が豪一の妾《めかけ》であることをひたかくしにかくし、よそ目には真実の娘であるかのようによそおった。トキにとって我慢がならないのは、自分が同じ屋根の下にいる小娘に夫を寝取られるような愚かな女だと、他人に思われることであった。

旭川に新しく家を建て、各部屋を個室に設計したのも、トキの発案であった。他人の前で

は、奈美恵にも、自分の真実の娘であることを要求した。そしてそれはたしかに成功したようにみえた。トキは次第に、婦人団体や、茶会や、謡の会などにも顔を出すようになった。佐々林豪一の妻は、どこに顔を出しても尊敬され、丁重に扱われた。妻がきれいに着飾ることの好きな豪一は、着物や宝石のためには、惜しみなく金を与えた。

トキは月に一、二度東京まで買物にいく。自分の好みに合わせて染めさせた着物を着る時、佐々林豪一の妻であったことを、トキは後悔しなかった。だがその度に奈美恵に対する憎しみがなぜか新たにわくのが常であった。

（虚栄）

茂った木立の下でトキはつぶやいた。誰もが持っている虚栄心を、わたしは自分の心の傷をいやすために、いっそう強めて来た。しかし、誰がわたしを責められるだろうと、思うのだった。

トキは久代の店に入った。ランニングシャツを着た四、五人の高校生が、長いすねを見せてアイスクリームをなめている。

「おばさん、おばさんはどうして店屋なんかやってるの」

「そうよなあ、おばさんはテレビにでも出た方が金になるぜ」

「そしたら、おれたちファンになって、後援会を作ってやるさ。北栄高校川上……ええとおばさんは何ていう名前さ」

口々に勝手なことを話しながら、運動部員らしい学生たちが、久代を取りまいている。背

の高い高校生のかげになって、トキからは、久代の顔はみえない。

「おかあさん、お客さんだよ」

トキに気づいて、和夫が声をかけた。

「あら、いらっしゃいませ」

姿をみせた久代に、トキはハッとした。高校生たちがテレビに出たらいいと言っていたのは、単なる世辞ではなかった。化粧のあともみえないのに、匂うような白い頬や、赤い唇がねたましいほどである。

「おかあさん、このおばさんがたばこを買いにくるって、さっき神社でぼくに言ったの」

和夫はうれしそうに告げた。

「ありがとうございます。おたばこでございますか」

にこやかに久代が近寄ってきた。

「ええ、ハイライトを二十、贈り物に包んでちょうだい」

ちょっと考える顔になってから、トキが再び言った。

「ここに、あの……北栄中学の杉浦先生とおっしゃる方がたばこを買いに見えますか」

「杉浦先生でいらっしゃいますか。毎日お見えになりますが……」

「ああそう、じゃ、先生がおいでになったら、そのたばこをさしあげてくださいな」

「はあ、かしこまりました。お客さまのお名前を伺わせて頂けましょうか」

「佐々林からと、申しあげてください」

トキは、白い革のハンドバッグから小型の名刺を出した。久代はそのトキの横顔をまじまじとみつめたが、すぐに笑顔になって名刺を受けとった。

「佐々林一郎さんのおかあさんでいらっしゃいますか」

少しかすれたような声で、それでも久代は表情を変えずに言った。

「一郎がよくお邪魔するようでございますね」

トキは久代の今みせた驚きの視線を疑わなかった。誰でも、自分が佐々林豪一の妻と知ると、必ず驚きの色をみせるからである。トキの車が去ると、高校生たちは再びにぎやかになった。

「へえ、あれが佐々林みどりのおふくろか。案外感じがいいじゃねえか」

「おれはみどりの方がずっと感じがいいね」

誰かがとんきょうな声を上げ、いっせいに笑った。しかし久代は凝然と車の去ったあとを見つめていた。

参観の後の、父兄との懇談会は、三年の受持では戸沢千代のクラスが一番遅くまでかかった。参観日には各学年会がある。学年会とは、学年の担任教師の話し合う会である。

「杉浦君、ここのおふくろさんたちはどうだったね」

玉脇が上着を脱ぎながら言った。

「うるさかったでしょう。お宅のクラスは」

戸沢千代が同情したような口調で言った。

「覚悟していたほどではなかったですよ」

悠二は全くの話、大垣夫人がもっと攻勢に出るかと思っていたのだ。ところが寺西敬子の警告した「険悪な雲行き」は、佐々林トキの出現であっけなく崩れた。たとえ佐々林トキが現れなくても、あの大垣夫人の無茶苦茶な論理では、大方の母親たちに何の説得力もないだろうと思った。

「それでは、あの大垣とかいう女は、おとなしくしていたわけか」

悠二の隣の平田が、新聞を見ながら言った。平田は職員室を、事務を執ったり、調べ物をする所だとは、考えていないようである。学年会であろうが、職員会議であろうが、新聞を読みながら人の話を片耳で聞いているところがあった。

「いや、あまりおとなしくもありませんでしたがねえ。どうも通りの悪い話をするものだから……」

悠二はたばこに火をつけた。とたんに玉脇の手がすっと悠二の前にのびた。

「すまん、ちょうど切れたところなんだ」

悠二はちょっと玉脇をみてから、たばこを二本その手に渡した。戸沢千代がニヤニヤした。

「懇談会っていうのは、あった方がいいのかね。授業が終ったらすぐ、一人一人の父兄と話しあえば、それでいいんじゃないのかな」

平田が少し投げやりな口調で言ってから、

「なんだって、警察の厄介になる非行中学生が……ふん、人間はみな非行児だよ。ゆすりたかりもならおうより、馴れた何とかの玄冶店《げんやだな》」

新聞記事に目をやりながら、平田はそう言ってちらりと玉脇をみた。

「全く、中学生の非行問題はふえるばかりだなあ。おやじやおふくろたちが悪いんだよ」

玉脇には、平田の皮肉が通じなかったらしい。

「平田先生、懇談会はやはり大事だと思いますわ。校長先生もおっしゃるとおり、懇談会でおかあさんたちは、教育について共通な問題を語りあい、教育意識をたかめるんですもの。自分の子供のことだけを、先生と話しあって帰ればいいというのは困りますわ」

「ところがさ、戸沢さん、校長さんのお望みどおりの懇談会なんて、なかなかできやしませんよ。だんまり組が大方で、いつもおんなじ顔ぶれがしゃべるだけですからねえ」

熱のない調子で平田は言い、

「ああ腹がすいた。飯でもくいながらやろうじゃないですか」

と大きくあくびをした。

時計は十二時半を回っている。平田の言葉に、四人は弁当を出した。他の学年の教師たちも、食事をしながら話し合っている。

「玉脇先生のクラスの懇談のようすはどうでした。ぼくはこの学校の新米だから、ひとつ御指導ください」

悠二が尋ねた。

「ちょっとした収穫があったよ。と言ってもどうという話でもないがね。夏休みには進学指導をしてほしいとか、週に三度ぐらいは補習教育をしてほしいという勝手な話ばかりでね。おれは言ってやったんだ。教員は超勤手当が出ないんですよ。誰が超勤手当を出してくれますかねって。すると敵もさるものだ。じゃ先生、夏休みは月給をいただかないんですか。まるまる休んでサラリーが出るんなら、超勤が出なくてもいいんでしょうなんて言いやがるのさ」

「それで先生は、何とおっしゃいました?」

「おれはね、こう言ってやったんだ。あんた方は教師という職業がどんなに大変な仕事か、わかっていませんね。たとえば、誰か生徒が夜になっても家に帰らないとする。そしたら親は血相変えて、学校に電話してくる。まるでこちとらに責任でもあるかのように、うちの子がいなくなった。どうしてくれると責め立てる。すると教師は、今これから風呂に入って眠ろうという時にでも、心当りの生徒の家に電話する。十軒に電話をかければ、百円かかる。それでも行くえがわからないとなれば、ハイヤーに乗ってあちこちの生徒の家をさがしまわる。そのハイヤー代を払ってくれるのは誰ですか。誰もありゃしないと言ってやったのさ」

「そしたら……」

「みんな、なるほどというような顔をして、先生のお仕事は大変ですね。それでは補習教育を頼む以上、お互いに考えようじゃないかときたよ。黙っていりゃ、親なんてこちとらのことはちっとも考えずに、無料で超勤せよと言ってくるんだからな。もっと教師たちは、おれ

のように言うといいんだよ」

「玉脇先生のようにですか」

得意そうな玉脇の顔をみて、戸沢千代がニヤニヤしながら言った。

「戸沢さん、すぐにあんたは笑うがね。それがいけないんだよ。あんたは自腹を切る名人らしいがね。自腹を切るなんて、封建時代の名残みたいなもんだよ。そんなことをしてたら親たちの言いなりだ。親たちは、参観日にはジャラジャラした着物を着てくるだろう。あれは子供が、いい着物を着てこいというんだそうだが、親が親ならガキもガキだ。教師がちょっとでも古い服を着ているとすぐ馬鹿にする」

悠二は、玉脇が先ほど椅子の背にかけた背広をみた。

「やれズボンが太いだの何だのと、くすくす笑いやがる。笑われりゃあいい気持がしない。つい背広の一ちょうも張りこむことになる。なんてことは親たちにはわからない」

悠二は、玉脇の言葉にも、一理あることを感じはした。だが、生徒の親から背広を贈られて、得々としている神経は、どうにも不可解だった。

「玉脇先生、先生のおっしゃることは、少し筋が通らないとお思いになりません？　教師としての体面を保つために、背広の一着も作れるようにとおっしゃるのなら、組合を通しておっしゃったらいいじゃありませんか。父兄たちから補習料をもらうなんて、わたしはおかしいと思いますわ」

「あんたはそんなことをいうがね。うちの学校のような御用組合じゃ、何を言っても言うだ

け無駄じゃないのかな。その点父兄には、言ったら言っただけの効果は、必ずあるんだ。おれは手っとり早いほうが、七面倒くさくなくて好きなんだよ」

「好きとか嫌いとかの問題じゃありませんわ」

戸沢千代があきれたように玉脇をみた。

「玉脇先生、北栄系のサラリーは、公立とくらべたって悪くはありませんよ」

悠二が言った。

「そうかねえ。わいわいさわいでみても、おれたちと同じくらいの給料なのかねえ。するとやっぱり、組合より父兄に直接言った方がいいわけだ」

玉脇は弁当のふたをしながら言った。

「自分の子供がせわになるんだ。教師のことに父兄が気を配るのは当然さ」

玉脇はあくまで自説を曲げない。

「それじゃ、袖の下みたいなことになるわけねえ」

戸沢千代が、お茶を飲みながら、つぶやくように言った。

「冗談じゃない。おれのは袖の下というみみっちいもんじゃないよ。袖の下というのは、政治家とか官僚とかが、莫大な金をもらって、便宜をはかってやることだろう。献金とか称する途方もない金だって、おれにいわせりゃ、まあていのいい袖の下だな。献金した方も、決して損にならんようにできているからな。とにかくおれのは、そんなのとはちがうよ。出所のない超勤手当を、超勤させる親たちに出させるだけの話さ。しかも生徒一人あたり何百円

かのささやかな金高だ」

黙って聞いていた平田が口を開いた。

「まあいいさ、玉脇さんは玉脇さんの思うとおりにやりゃあいい。戸沢さんは戸沢さんの思うとおりにやりゃあいいよ。人さまざまでおもしろいじゃないか。おれはおれで、教育なんて別段どうとも思ってはいないしね。おれはただ英語を教えてりゃそれでいいんだ。偉そうな口をきいたって、教えるおれたち自身大したもんじゃないし、どこの親もそれほどの人物もいないわけだ。蛙《かえる》の子は蛙の子だからね。何も気張ることはないんじゃないか。まあ学年会もこんなところで終りにしようじゃないですか」

そのまま平田は、新聞を熱心に読みはじめた。戸沢千代はその平田と、玉脇の顔をかわるがわる眺めてから、悠二をみて仕方なさそうに笑ってみせた。悠二はぬるくなったお茶をがぶりと飲んだ。

悠二は、久代の店の前のバス停留所でバスを待っていた。午後五時で、夏の陽はまだ高い。雲ひとつない空を木の間越しに見あげながら、悠二は何となく疲れを覚えていた。母親たちとの懇談会も、そのあとの学年会も、何だか馬鹿馬鹿しく、つまらないような気がした。みんながそれぞれに勝手な方を向いて歩いているような感じで、心のふれあう話し合いはなされなかったような気がする。

久代の店の中には、男女の高校生たちが二十人近くも入っていて、久代の姿は人かげにな

ってみえない。学生たちは腹がすいているのだろう。めいめいパンを頬ばっている。すると、久代の甥《おい》の功がバイクで外から帰って来た。悠二をみて、

「先生、お帰りですか。きょう何か先生にさしあげるものを、お客さんから頼まれていたはずですが」

と、声をかけて店に入った。

「お客さんから？」

悠二は店の前まで歩いて行った。功から聞いたのか、久代が学生たちをかきわけるようにして出てきた。

「いまお帰りですか。これ、あの……佐々林さんのおかあさんから先生にと、ご依頼を受けたのですけれど」

久代の顔をみて、悠二は何となく疲れをいやされるような感じがした。

「佐々林？　佐々林一郎のですか」

悠二は、久代のさし出すたばこの包みをみた。

「ええ。あの、先生のお宅まで伺うのがほんとうですけれど、お訪ねしてかえってご迷惑をかけてもいけないので、ほんのわずかなものですから、お気軽にお受けくださいって、おっしゃってましたわ」

「わずかでもありませんよ。それハイライトでしょう」

「ええ、ハイライト二十ほど……」

「二十日分のたばこですよ。ぼくにとっては莫大なものだ」

久代は長いまつげをふせて、たばこの包みをちょっとなでたが、

「おあずかりしていけませんでしたかしら……」

「ぼくは生徒の親から、物をもらいたくないんですよ」

玉脇のことを思い出しながら悠二は苦笑した。

「佐々林さんのおかあさんて、いつも学校にお見えになるのでしょうか」

なぜか久代は、悠二の言葉には答えずに、別のことを言った。

「さあ、ぼくも新しいからよくわからないが、あまり来ないという話ですね」

「そうですか」

「佐々林の母親がどうかしましたか」

何かを考えるような久代の顔をみて、悠二は聞いた。

「いえ、別に……ただ一郎さんがなぜ朝ごはんを食べてこないのかしらと思ったものですから」

久代はさりげなく言った。店の中でパンを食べていた生徒たちが、何がおかしいのか、ドッと笑った。

バスを降りた悠二は、なぜかまっすぐに下宿に帰る気がしなかった。久代の店に置いてきても仕方がないと、やむなく受取ってきたたばこの包みがどうも気になる。佐々林トキにとっては、千四百円ぐらいのたばこ代は、別に何ともないことかも知れない。しかしきょう、

みどりの家庭教師を断ったあのトキから、たばこを受取るのはどうも不本意だった。

(娘のみどりの家庭教師を頼みますというのなら別だが……)

悠二は釈然としなかった。

悠二はたばこの包みを下げたまま、いつもの靴磨きの所に歩いて行った。日除《ひよ》けの大きなコウモリ傘を立てて、靴磨きの男はうつむいたまま、たばこをのんでいた。

「やあ、この間のお祭りはかきいれ時だというのに、休んでいたようだね」

無口だが、仕事に心がこもっているので、悠二はこの五十近い男が好きだった。男は、

「いらっしゃい」

と言いながら、ブラシを持った。

「どうしてかきいれどきに休んだの。体でも悪くしたんですか」

ブラシを持つ男の手がとまった。

「お客さん、あんた、かきいれどきかきいれどきというがね。あの祭りは護国神社祭ですよ。お客さんは護国神社祭って何か知ってるんですか」

ピシッと、むち打つような言葉がはね返って来た。

「ああ知ってるよ」

「ほう知ってるんですか。護国神社祭はね、国のために命を散らした人たちの祭りですよ。みんな死にたくないのに死んだんだ。その人たちのお祭りに、これ幸いと金もうけをする気にはおれはなれん」

悠二は驚いて男をみた。男はいつのまにか正座したまま、両こぶしをにぎってじっとうつむいている。

「悪かったね、おじさん。おじさんの身内の人で、誰か戦死でもしたんですか」

悠二はいたわるようにたずねた。

「おれの身内じゃない」

男は頭をふった。が、顔をあげて、悠二の顔をじろりと見た。

「お客さん、あんたのしょうばいは何ですか」

「ぼく？　ぼくは中学の教師だよ」

「やっぱりそうか。……教師とはまた罪なしょうばいをしているなあ」

男の言葉に、悠二は再び驚いた。いまだかつて、教師という職業が、罪な職業だと人にいわれたことは一度もない。悠二自身も、そんなことを思ったことはただの一度もなかった。

「そうかなあ、教師って、そんな罪のふかいしょうばいかなあ」

男はうなずいた。

「おれは教師なんてだいっきらいだ」

靴磨きの男は、ふきげんそうに黙りこんだまま、悠二の靴を磨こうともしない。

「おじさん、教師がきらいでもいいから、靴を磨いてくれよ」

悠二は苦笑しながら言った。

「いやだ。あんたも学校の先生なら、靴ぐらい自分で磨くもんだ」

男は腕ぐみをした。陽にやけた黒い腕だ。悠二にはその言葉が痛かった。たしかに、自分の靴ぐらい自分で磨かなければ、人の子を教える教師とはいえないような気がした。

「おじさんありがとう。おおせにしたがって、これから自分の靴は自分で磨くよ」

「ほう、あんたはまたなんて素直な先生なんだ。あんたのような人が、まだ先生の中にもいたかね。おれはまた……教師なんてろくなものはいないと思っていたんだが、おれのような靴磨きの言葉でも、聞いてくれる人がいるんだなあ」

まだ何か言いたそうに、じっと悠二の顔をみてから、

「実はねえ、おれもその昔、小学校の教師だったんだ」

ぽつりと男は言った。隣の若い靴磨きは、早じまいかきょうはいなかった。

「ほう、それがどうしてまた……」

「おれはあんたが気にいったからいうんだが、いままで誰にもこのことはしゃべったことはない。実はねえ、おれは戦時中、小学校で高等科を受持っていたんだ。昭和十八年、十九年と、戦争が苛烈になっていく一方の時だった。おれは生徒たちに軍歌を教え、軍人勅諭を教え、日本人の幸福はこの戦争に参加して死ぬことだと教えた」

男はそう言ってうなだれた。

「無論、日本中がそう思っていた時だ。おれがそう教えたのも、仕方がないと言えば言えただろう。そのころ各学校には、少年航空兵の募集ポスターが貼《は》られていた。〝征《ゆ》け大空へ〟そう書いたポスターが、おれの教室にも貼ってあった。そしておれは……おれは、君たちも

国のために大空へ羽ばたいてゆけと叫んだのだ」

「なるほど」

「おれのクラスから五人の生徒が、少年航空兵になって行った。そして戦争は終り、遂に三人の生徒は永遠に帰って来なかった。おれが殺したんだ。おれが行けと言ったんだ。おれさえ行くなと言ったら、あの生徒たちは、十六や十七で死ななくてもよかったんだ。その時おれは、教師というしょうばいが、つくづく罪ふかいと思ったよ。純真な生徒たちの心を動かして、それを死に追いやることさえ、教師というものはできるんだ。時代こそちがえ、あんた、教師というのはそういう恐ろしいしょうばいなんだよ。おれはそれから、すぐに学校をやめた。そして靴磨きになった。靴磨きのいうことを聞いて死のうと思う人間はないだけ、ずっとこのしょうばいの方がいいと思った。死んだ生徒たちが、先生、おれは死にたくなかったんだと、今も叫んでいるようで、おれはいまだに結婚もしていない」

丘の夜

夕陽が鷹栖《たかす》の山に沈んだ。久代は夕食の跡しまつをいつもより長くかかってしている。きょう会った佐々林トキの白い顔にだぶって、豪一の顔が目に浮ぶ。

「久代さん、わたしちょっと学校で、懸垂の練習をしてくるわ」

二階からおりてきたトレーニングパンツ姿の敬子が、久代に声をかけた。

「これから？　暗くならないうちにお帰りになってね。危険ですから」

「久代さん、わたし一度おそわれてみたいのよ」

くすっと笑って、敬子は首をすくめると、もう運動靴をつっかけていた。敬子の言葉に、久代は自分の顔から血が引いていくのを感じた。

「おそわれてみたいのよ」

と、敬子が言ったのは、敬子らしい茶目っ気であるとはわかっている。だが、「おそわれる」というその言葉は、久代にとっては一生忘れることのできない言葉なのだ。

店の前で、和夫と甥の功が、何か話している声がする。

（和夫！）

久代にとって、和夫は必ずしも愛《いと》しいだけの存在ではなかった。

八年前の年の暮のことだった。その時死んだ父親の顔を久代は思い浮べた。父は、札幌のある商事会社の経理課長をしていた。ところがある日、金が七十万円程不足していることが発覚した。部下に有能な青年がいて、久代の父はその男を信用しきっていた。しかしその有能さには、同時に知能犯的な危険な性格をはらんでいることに、父は気づかなかった。

間もなく、その男の巧妙な不正があばかれ、男はくびになった。しかし久代の父は、直接監督者として不行き届きであったことを恥じて悩んだ。一徹で正直者だった久代の父は、会社が蒙《こうむ》った七十万円の損失を、何とか埋め合わせたいと奔走した。だが、久代の母は病弱で

借金のないだけましな家計である。無論担保にする程の資産もない。

父は次第にノイローゼ気味になり、勤め先の上司から、自殺の恐れがあると母に伝えられた。そこで一部始終が母にも久代にもわかった。母はぐちっぽいたちだった。夫を慰めたり励ましたりするよりも、夫の不明を詰《なじ》るばかりだった。

「いくら正直者とほめられても、部下の不正も見ぬけないようなお人好しでは、何にもなりませんわ」

七十万円の返済を父が考えていると知って、母は更に父を責めた。

「そんな、他人の尻ぬぐいまでしなければならないのでしょうか。そんなお金がどこにあります」

母の態度は、いっそう父を窮地に追いやった。久代はその父の苦しみを知ると、一夜まんじりともせず考えた。そして翌日、勤め先の社長の佐々林豪一に、思い切って相談したのである。

久代は高校を出て、佐々林豪一の秘書を勤めていた。秘書室には男の秘書が二人、女の秘書が三人で、久代が一番若かった。豪一は美しい久代が気に入って、何かと目をかけてくれた。久代としても、自然豪一に信頼を覚えるようになっていた。

父の話を切り出すと、豪一は二つ返事で、

「七十万か、いいよ。心配することはない。今夜、例の花むらで客と会うから、その後君と会ってもう少しよく話を聞こう。小切手はその時書くよ」

と言ってくれた。久代は救われたような思いで、その夜雪のふる中を料亭花むらに急いだ。だがその花むらで、久代は抵抗する間もないほど、あっという間に豪一に犯されてしまった。豪一を男として見ていなかったことはうかつだった。久代には、豪一のような、れっきとした地位もあり、名もある紳士が、暴力で社員を犯すなどとは、夢にも考えることができなかった。

呆然として涙もでない久代の前に、七十万円と書かれた小切手がさし出された。思わず破り捨てようとして久代は思いとどまった。破り捨てたからといって、自分の体が元にもどるわけではなかった。久代は、連日ろくろく食もとらず眠ることもしない父を思って、ようやくの思いで家に帰った。金を父に渡してしまえば、自分はいつ死んでもいいと思いつめていた。

家の中は静かだった。まだ眠りにつく時間ではない。久代は父母の部屋をあけるのをためらった。いま自分が犯されたことも、その代償として、七十万円を得たことも、共に語れることではなかった。久代は父母の部屋の前をそっと過ぎた。うす暗い階段を上がりかけて父の体にぶつかった。それが父の縊《い》死《し》体であった。母が銭湯に出た僅かの間であった。すべては残酷にも遅かった。

つづいて十日もたたぬうちに、母が過労から急性肺炎になり、これもまた三日と寝ずに、あっけなく死んで行った。

(誰が父を殺し、誰が母を殺したのか)

久代は、そのことをみきわめるまでは、死ねないような気がした。金があったなら父は死ななかったであろう。だがその前に、不正を働く者がなかったなら、父は死なずにすんだだろうと、久代は思った。

久代は父の死をみて、自殺することは敗北だと思った。どんなに苦しくても、死んではならないと思った。そしてどんなことが起ろうとも、自分だけは必ず生き通してみせようと思った。余りにも冷酷な事実が、かえって久代を絶望から立上がらせていた。

久代はその夜以来、再び豪一の前に姿を現さなかった。七十万円の小切手は、父の会社の社長に手渡した。事実を知らぬその社長は、振出人が佐々林豪一であるのをみて、久代が月給の前借りをしたのだと思い、その心根を憐《あわ》れんで、小切手をそのまま久代に返してよこした。

その小切手と共に、久代は辞職願を豪一に送った。ひとことの言葉も書きそえなかった。折返しに秘書係長が訪ねて来て、豪一からの封書を手渡して帰った。

久代は、豪一からの封書を開いた。中には百万円の小切手が入っていた。豪一としても、久代の父の縊死、つづいて母の急死に、豪一なりに何かを感じたのであろう。久代はその時の驚きとも、口惜《くや》しさともつかぬ思いを今も忘れてはいない。

係長の伝えた、いつでも社に帰ってくるようにとの、豪一の言葉を思い出しながら、久代は百万円と書かれた小切手を、いつまでも見つめつづけていた。

やがて久代は、小樽《おたる》の長姉の家に身を寄せたが、ほどなく体の変調に気づいた。それが明

らかに妊娠と知った時、久代はただちにその子をおろそうと思った。だが、日頃から久代は堕胎について疑問を持っていた。母体が危険な状態でない限り、みごもった子は生むべきだと思っていた。

あの豪一の子を、久代は生みたくはなかった。しかし、自分の体の中に芽生えた命には何の罪もないはずである。たとえ誰の子でも、宿した以上生むのが人間の責任のように久代は思った。たとえ胎児ではあっても、罪のない命を久代は殺すことができなかった。それはやはり、殺人にほかならなかったからである。その点久代は、父の一徹な心情によく似ていた。

久代は姉の家を出て、誰も知る人のない帯広《おびひろ》の街に行った。そして旅館で働いた。女中が僅か四、五人の小さな旅館だった。女中たちは、それぞれに傷ついた過去を持っていて、控え目な久代を誰もがかわいがってくれた。久代が妊娠していると知った時も、誰も久代を責めなかった。その人たちの好意で客の目につかぬ下働きに変り、やがて久代はその地の産院に入り、ひっそりと和夫を生んだ。産院の窓から、紅葉の美しい庭が見えた。

生むまでは、すぐどこかへやってもいいと思っていたが、生んだ吾《わ》が子の顔をみると、久代の心はたちまち母性的な愛情に溢《あふ》れた。生涯結婚もせずに、陽かげの花のように生きて行く自分を思って、久代は淋しくもあったが、生んだわが子への愛は更に大きかった。

「いいもらい手があるから……」

産後一月もたたぬうちに、館主がすすめてくれたが、もうその時は、久代は和夫を手放すことはできなくなっていた。自分の生んだ子は、こんなにもかわいいものかと、久代はその

執着があさましいとさえ思うほどになっていた。
「若い身空で、何を好きこのんで苦労したいというのさ」
女中たちは口々に和夫を手放すことをすすめた。しかし久代は、自分の血肉をわけた子供を捨ててまで、自分一人が幸福になりたいとは思わなかった。誰かいい人にもらわれて育った方が、子供のしあわせだと人々は言ったが、それも必ず幸福になるという保証はない。たとえ片親でも、生みの母親のもとで育った方がしあわせだという久代に、女中たちは次第に何もいわなくなった。

丘の夜は真っ暗である。その闇に手をふれることのできそうなほど、まっ暗である。だが、そののしかかってくるような暗さを、久代は嫌いではなかった。果てしない宇宙につづいている、という実感があり、そしてまた、そののしかかるような闇をしっかりと受けとめているような自分がまざまざと感じられるのが好きだった。

甥の功は、階下の自分の部屋で勉強をしている。彼はしばらく久代の店で働いて、資金を貯めてから大学へ行くつもりなのだ。少しの暇も無駄にしない少年である。二階の廊下ひとつ隔てた敬子の部屋には、まだ電気がついている。久代と和夫は枕もとの電気スタンドを小さくして、話し合っていた。一日中店の仕事で、ゆっくり和夫と話す暇はない。この寝る前のひと時が、久代親子の大事な時間だった。いつかテレビで、心理学者の品田滝子が、夜寝る前に母と子が語り合う重要さを話していたことがある。久代はそれ以来、

どんなに疲れていても、品田滝子の言ったように、和夫をやさしく抱きよせて何か楽しい話をすることにしている。

子供は子供なりに、一日の間には口惜しい思いも悲しい思いもすることだろう。しかし母親の胸に抱かれて、五分でも楽しいひと時を持てば、その日一日は、結局は楽しかったことになるのではないかと久代は思った。そしてまたそれは、久代の一日のしめくくりとして、久代自身にも重要なひと時だった。

きょうのように、佐々林トキに会って、過去の傷にふれた日は、久代もまた和夫と語り合うことによって慰められたかった。

「おかあさん。お話聞かせてよ」

いつものように和夫がねだる。

「あのねえ、昔々ねえ、ある所に和夫ちゃんという、とってもやさしい、それはそれはいい子がすんでいたのよ」

「うん、それから」

和夫がニコニコする。毎日の久代の話の出だしはきまっている。必ず主人公は和夫という名の少年なのだ。それだけで和夫は十分に満足だ。話の中の和夫と、現実の自分が直ちに同じ人物になってしまう。

「和夫ちゃんはねえ、ある日、山でウサギがわなにかかっているのをみて、ああ、かわいそうだなって思ったの」

「ふーん。そのウサギ白いウサギ？　茶色のウサギ？」

「そのウサギはね、それはそれは真っ白なウサギでね、かわいいお目々をしているの。ちょうど和夫ちゃんのお目々のように、それはかわいいのよ」

久代はふっと、豪一の顔を思い出した。この柔和な幼子の和夫の中に、あの豪一の血が流れているのかと思うと、何かふしぎな気がしてくる。

「そして、そのウサギをどうしたの？　助けたんでしょう」

「そうよ、助けようと思ったの。でもね。和夫ちゃんはそのわなを切るナイフを、持っていなかったのよ」

「困ったなあ、ナイフがなかったら、わなを切ってやれないでしょう」

「そうよねえ。それで和夫ちゃんはどうしたと思う」

「どうしたかなあ」

和夫は真剣な顔をした。近くの木立で、フクロウの声がした。久代は考えている和夫の頰をやさしくなでた。

「和夫ちゃんはね、とてもおりこうさんだから、あたりをみまわして、何かいいものがないかなあとさがしたのよ」

「何かあった？」

「何もなかったのよ」

「そしたら困ったなあ……」

「だけど、和夫ちゃんは考えたのよ。そしてね、大きな石を両手で持って、小さな石にガツンとぶつけたの」

「どのぐらいの石？」

「このぐらいよ。お漬物の石ぐらいなの」

久代は寝たまま、両手を上げて大きく広げてみせた。寝巻きの袖が下がって、白い腕があらわだった。

「へえー、そんな大きいの？」

「そうよ。そしたらねえ、小さな石がパチンと割れて、石がナイフのようにとがったの。それで和夫ちゃんは、一所懸命わなを切って、ウサギを逃がしてあげたのよ」

「ふーん。よかったねえ、おかあさん。ぼく安心しちゃった」

「よかったでしょう。ところがそこへね、白いひげの生えたおじいさんがやってきたの」

「ああ、わかった、神さまでしょ」

「そうよ神さまよ」

「神さまって男なの、おひげを生やしてるの？」

「さあ、よくわからないけど、その神さまは、和夫ちゃんにこう言ったの。和夫よ和夫、お前はほんとうにやさしい子だ。そのごほうびにお前の右の手を、人の体にさわったら、どんな人でも、お前のようにやさしい心になるようにしてあげよう。そう言って神さまはパッといなくなってしまったの」

「ふーん」

「それから和夫ちゃんはねえ、意地悪のお友だちが和夫ちゃんをいじめると、すぐ右手でさわってあげるの。するとそのお友だちは、仲よく遊ぼうよ、というのよ。だから和夫ちゃんは、どこに行っても、だあれも悪い人にあわないですんだのよ。だれかがけんかをしていると、右手でそっとさわるの。そしたらすぐに仲なおりしてしまうの。それで和夫ちゃんは、毎日毎日楽しくくらしましたとさ。おわり」

「ふーん。おもしろかったねえ。右手って、こっちの手だね。鉛筆を持つ手だね」

和夫は満足そうに、自分の右手を開いたりにぎったりしながら眺めていた。そのうちに、いつの間にか和夫は眠ってしまった。その和夫の顔をみながら、久代は佐々林一郎の暗い表情を思い浮べていた。

（あの子は和夫の兄なんだわ）

再び遠くでフクロウが啼《な》いた。

アリの巣

いつもの朝のように、一郎はパンを買いに川上久代の店に入った。母には朝ごはんを家で食べると言ってみたが、しかし一郎は改める気はなかった。一郎にとって、父に対する激し

い憎しみは、せめてそんな形にでもなって現れなければならなかったのだ。

店には久代と和夫がいる。

「ミルクパンとチョコレートパン」

一郎はぶっきら棒に言って、金をケースの上においた。

「あのね、あなたはおにぎりがおきらい？」

控え目な久代の言葉に、一郎は久代の顔をみた。久代が微笑を浮べながら、じっと一郎の顔をのぞきこむようにした。

一郎は、パンを買うようになってから、この店によるようになったが、つくづくと久代をみたことなどほとんどない。いつも伏し目でパンと牛乳をみるだけであった。いま初めてまともに久代をみて、一郎は久代をきれいな人だと思った。

「パンをください」

一郎は怒ったように言った。

「あの……あたし、けさごはんをたきすぎて、困っていたのよ。もしよかったらこのおにぎりをめし上がってくださらない？」

久代は皿にのせたのり巻きのおにぎりを二つ、そっとケースの上に置いた。

「こう、きょうのように蒸し暑くては、余ったごはんが困るのよ、助けてくださらない」

一郎は、にぎりめしをみただけで、つばが口一ぱいにひろがった。にぎりめしに添えられてあるカブとキュウリの新漬けもおいしそうだ。一郎は受取ろうか、受取るまいかとためら

ったが、

「パンをください」

と、無愛想に再び言った。

「ま、ごめんなさいね。おにぎりがおきらいと思わなかったの」

久代はパンを袋に入れながら、やさしく言った。この子は和夫の兄なのだ。久代はそう思いながら、しかし微笑を絶やさなかった。一郎は何だか、自分がひどくいやな人間に思われて、ますます不機嫌な顔をして店を出た。

いつもの赤いほこらの前にすわったまま、一郎はパンの袋をあけようともしなかった。

(あのおばさんは、ごはんが余ったなんて言ったけど、あれはきっとうそなんだ。おれのためにわざわざおにぎりを作ってくれたんだ)

毎朝パンを買う自分を、久代が憐れんでいるのだと一郎は思った。

(おれは、誰にも同情されたくなんかないんだ)

珍しく朝からむしむしする日である。額ににじむ汗をふきながら、ふいに一郎は久代が憎いような気がした。

(何でおれになんか同情するんだ！)

一郎はひどくみじめな気持だった。

「おにいちゃん」

いつの間にか、和夫がそばに立っていた。

「なんだ、うるさいな、あっちへいけよ」

ちらっと和夫を見ただけで、一郎は顔をそむけた。

「おにいちゃん、これ、牛乳はいらなかったの」

和夫の小さな手には牛乳ビンが持たれていた。一郎は牛乳を買い忘れたが、それにいままで気づかなかったことさえ、何か腹立たしかった。

「いらないよ」

むっつりと答える一郎に、和夫はふしぎそうな顔をした。

「何してるんだ。早くあっちへ行けよ」

いらいらして一郎は和夫を見た。和夫の愛くるしい目が、ニコッと笑った。

「おにいちゃん、おにいちゃんはどうしていつも、そんなつまんない顔をしているの」

無邪気な問いに、一郎はあらためて御所《ごしょ》人形のような和夫をみた。こんな小さな子供に、

「どうしていつもそんなつまんない顔をしているの」

といわれたことに、一郎はますます腹立たしくなった。

「うるさい。早くあっちへ行けったら」

一郎は大きな声を出した。しかし和夫は、何の恐れるようすもない。それどころか一歩前に進んで一郎の前にしゃがみこんだ。小さなひざ小僧が、半ズボンの下からのぞいている。

「おにいちゃんには、おとうさんがいないの」

一郎は黙ってパンを食べ始めた。近くでカッコウが啼いている。

「おにいちゃん、ぼくね、おとうさんがいないの。時々おとうさんが欲しいなって思うの。その時は淋しくなるけど、あとはそんなに淋しくはないよ。おにいちゃんも、おとうさんがいないんだね」

「うるさいな、チビ」

一郎は舌打ちをした。

（あんなおやじなんか、いない方がしあわせだ。あいつでよかったら、いつでもお前にくれてやらあ）

「おにいちゃんは、おかあさんが死んだの」

和夫はなおも熱心に尋ねた。いらいらしながら一郎はパンを食べた。

「そしたら、おうちにお金がないの？　貧乏なの。貧乏だと困るよねえ」

和夫は何とかして一郎を慰めたいのだ。いつみてもふさいでいる一郎のことが、子供心にも気になっていたのだ。

「行けったら、早く向うへ行け」

「変だなあ。ぼくがおにいちゃんにやさしくしてあげているのに、どうして怒るの」

和夫は、じっと自分の右手を眺めた。昨夜、母の久代に聞いた話を思いだしたのだ。

（そうだ。ぼくの右手で、おにいちゃんにさわってみよう）

和夫は立上がって、自分の小さな手を、一郎の肩に置いた。

「何だ、暑っくるしいなあ」

一郎は和夫の小さな手を払いのけた。

「あれえ、変だなあ」

和夫は自分の右手を眺めて、首をかしげた。

「この右手を人につけたら、みんなやさしくなるって、おかあさんがいったんだけどなあ」

ふしぎそうに首をかしげている和夫の顔は、あまりにもあどけなかった。さすがの一郎も、自分の邪慳《じゃけん》さが恥ずかしくなった。

「何だい、右手をつけたら何とかっていうのは」

「あっ、やっぱりほんとうだ。いまおにいちゃん笑ったよね」

和夫は牛乳ビンを一郎の前に置いて、手をたたいた。

「ほんとだねえ、おにいちゃん。ぼくの右手、神様の言ったとおりだよねえ」

一郎には、何のことかわからない。だが和夫の、無邪気に喜ぶ様をみると、ふしぎに一郎の心もほぐれてきた。

「何だい、その右手というのは」

いつの間にか、一郎は牛乳を飲んでいた。

「うん、昔々ね、和夫という子供がいたの。ぼくとおんなじ名前なの」

「和夫か、チビの名は」

一郎は、まさかこの和夫が、腹ちがいの弟だとは気がつくはずもない。

「うん、その和夫くんがね、ウサギをわなから助けたの。大きな石で、小さな石を割って、

そのとがった所で、わなを切ってあげたんだよ。そしたら神様がごほうびに、和夫君の右手を、とってもいい手にしてくれたの。そしたらね、けんかしている人でも、怒っている人でも、和夫君の右手がさわると、みんなニコニコするようになったんだってさ。おもしろいでしょ」

一郎にはちっとも面白くない。だが、その話の中の和夫と、現実の自分とを混同しているこの小さな男の子が、愛らしかった。一郎だって、小さい時には忍者になったつもりで、風呂敷で覆面をし、階段から飛びおりて痛い思いをしたことがある。

「話よりも、お前の方がおもしろいな」

一郎は自分でも気づかぬうちに笑っていた。

「あのね、おにいちゃん、ぼくの右の手はきくんだから、今度けんかしている人がいたら教えてよ。ぼく、すぐに行ってあげるからね」

和夫は喜びをおさえきれぬように、両手をひろげて、楢《なら》の大樹の下を走り回った。

「あっ、おにいちゃん、ちょっとここにおいでよ。すごいアリの巣があるよ」

一郎は、アリの巣と聞いて、そこに落ちていたパン屑《くず》をひろって、和夫に近づいて行った。まだいく分新芽の感じが残っているトドマツの下に、二人は仲よくアリの巣をのぞきこんだ。

「おにいちゃん、大きなアリだね。おっかないねえ」

なるほど大きなアリである。どうもうな感じのするたくさんの黒いアリが、いくつもの穴から出たり入ったり、右往左往している。

「あ、こっちのアリはずいぶん小さいねえ」

二メートルほど離れた木の株のそばに、もうひとつアリの巣をみつけて、和夫は一郎を呼んだ。いま生れたばかりのような、かぼそいアリ達である。一郎は、自分が大きなアリで、和夫が小さなアリのような感じがした。ひとつのアリをつつくと、ほかのアリ達も一せいにあわてて走り回るようでおもしろかった。

(何でこんなに忙しく歩き回っているのだろう)

デパートの屋上から眺めた人間共に似ていると、一郎は思った。だが和夫は、すぐにまた声をあげた。

「おにいちゃん、ここ地図みたいだねえ」

と、地面を指さした。地面が乾割《ひわ》れて、たしかに地形図でもみるような感じだ。

「おにいちゃん、これ、アリの国の地図だろうか」

無数に乾割れした地面の上を、小さなアリが歩き回っているのを眺めて、和夫は一大発見をしたように、目を輝かせた。

「うん、そうかも知れんな。君はなかなかおもしろい奴だな」

一郎は、和夫の頭をなでた。

「そうだね、きっとアリの国の地図だよ。だけど、天国の地図はどこにあるのかなあ」

「天国の地図?」

「うん、そう。天国の地図。天国はねえ、遠い所にあるか、近い所にあるかわからないんだ

って。おにいちゃんなら知ってる?」

「天国か」

一郎は自分でもふしぎなほど、やさしい気持になっていた。

「あのね、やさしい人や、心のきれいな人が天国へ行けるんだってね。ぼくのおとうさんは天国にいるんだって、おじさんが言ったよ。ぼく天国にいきたいなあ」

「君ならいけるさ」

「ほんと、おにいちゃんもいけるね」

「おれはだめだ。おれは地獄行きだよ」

「地獄ってなあに?」

「おれのように、ひねくれ者のいく所さ。泥棒をしたり、人を殺したり、だましたりした奴のいく所さ」

妾《めかけ》を持つ奴も、妾になった奴も地獄行きだと一郎は言いたかった。

「ふーん。そこの国の王様は威張るの」

「威張るとも。威張って、悪い奴たちを火の中に投げ入れたり、針の山に追いあげたりするんだ」

「へーえ、おっかないねえ。でも、いいことがあるよ。ぼくが地獄に行って、王様の体に、ぼくの右手をつけてやるの。そしたらきっと、王様はニコニコすると思うんだ」

一郎は、和夫の頭を再びなでた。学校がなければ、このまま和夫とゆっくり遊んでいたい

思いがした。

朝からむし暑いと思っていたら、とうとう放課後近くなって雨が激しく降り出した。雨具を用意してこない大方の生徒たちは、教室に居残って、それぞれ勝手なことを話している。一郎は一人自分の席でさっきから、今朝牛乳代を川上久代の店に置いてくるのを忘れたことを、思い出していた。きょうの帰り、久代の店による用事ができたようで、何となく心楽しかった。

鍵《かぎ》の穴から大人の世界をのぞきみた、あの四月の日以来、一郎の心は重く圧《お》し潰《つぶ》されていた。だがほんのわずかでも、和夫と話したことは、自分でも思いがけないほど、一郎を和らげていた。

「へーえ。凄《すご》いなあ」

近くで大川松夫のとんきょうな声がした。とり巻いていた五、六人が、どっと笑った。大川は人気者だ。いつもまわりに何人かの級友がとり囲んでいる。

「だけど君たち、そんな悪いことをしたら駄目だよ」

「だけどさ、悪いことってしてみたいよな」

あちらにひとかたまり、こちらにひとかたまり、語り合っているので教室の中はにぎやかだ。

「だってそいつは、警察につかまったんだっていうぞ」

「へーえ。女のパンティを盗んだだけでも、つかまるのか。おとななんか、もっとエッチなくせになあ」

再び大川たちが、どっと笑った。一郎は思わず胸がドキンとした。何だか自分と父とが笑われたような気がした。

誰かパンティを盗んだ者がいたらしい。一郎もこの頃は、女の靴下や下着が干してあるのをみると、平静な気持で眺めることができなくなっていた。

「何をさっきから考えこんでいるの」

いままで級友たちと窓のそばで話しこんでいた津島百合が、一郎の隣の席にもどってきた。

「あのねえ、佐々林君、あなたは進学する学校決ったの」

津島百合は、いつも生き生きとしている。

「進学って、高校かい」

一郎は仕方なしに答えた。百合に話しかけられてうるさい顔をすると、根ほり葉ほり一郎の生活を尋ねられるからだ。一郎は百合が嫌いではない。だが好きというより苦手であった。

「ねえ、大垣君、あなたにもちょっと聞きたいわ」

津島百合は、そばを通りかかった大垣にも声をかけた。

「何だい」

大垣はうるさそうに眉をしかめた。

「大垣君も佐々林君も、高校はどこにするつもり?」

大垣は唇をゆがめて、鼻先で笑った。

「そんなこと君に関係ないよ」

「関係は大ありよ。大垣君、ちょっとお尋ねしますけどね。あんたは護国神社祭の日に、愛校の精神とやらで、杉浦先生と、寺西先生の後をつけたというのはほんとうですか」

百合は形のいいあごを、しゃくるようにした。

「そんなこと関係ない」

「大ありよ。愛校の精神という以上、わたしたちと大きな関係があるじゃないの。わたしがいいたいのは、ほんとうに愛校の精神があるのなら、あなたも公立の高校を受けて欲しいということよ」

「変なことをいうね、ここは私立だぜ。私立の学校というのは、おれたちの授業料で先生をやとってんだからな。ひとりでも多く北栄高校に残らなきゃ、先生たちは飯のくいあげじゃないのか。なあ佐々林」

一郎はぼんやりと二人の顔をみていた。

「そうよ、そのとおりよ」

百合は当然だというようにうなずいてから、

「話は終りまで聞いてちょうだい。わたしは公立を受けて欲しいと言ったのよ。公立に入って欲しいとはいわないわ。わたしも、石川君も平井さんも、みんな公立を受けるの。だけどパスしても、北栄高校に残るのよ」

「きざなことをするなあ、君らしいよ」

大垣は愉快そうに笑った。

「あらそうかしら。公立にパスしても、北栄高校に入れば、それだけ北栄高校の名が上がるのよ。公立をけとばしても、こっちの学校の方がいいんだってことが、ほかの人たちに知られるようになるじゃない。それに、この学校だと、誰も彼もストレートに北栄高校に行くもんだから、受験勉強もしないで、みんな少したるんでると思うの。ね、わかったでしょ。少なくとも先生の後をつけたりするあなたの愛校精神よりも、わたしたちの方が上だっていうことが……」

終りまで聞かずに、大垣は教室を出て行った。

「いい気味」

そのうしろ姿を見送りながら、百合はつぶやいた。

「ね、佐々林君。あなたもくさった顔ばかりしていないで、公立を受けましょうよ」

百合は一郎にやさしかった。

「だってぼく……」

「何がだってよ。まだ六月半ばよ。まだまだ、勉強さえすれば間に合うじゃないの」

「勉強か」

一郎はうんざりしたような顔をした。

「いやねえ、あなたも男じゃないの。いったいファイトはどこへ行ったの。そんなことを言

っているから、男性の女性化なんて新聞やテレビでたたかれるのよ」

「君は元気だなあ」

一郎は、雨のしぶいている窓を眺めた。

「じゃんじゃん降ればおもしろいわ。あしたまで帰れなかったら、佐々林君とわたし、一晩ゆっくりお話しできるもの」

黒板の上にあるスピーカーが、ポーンと鳴って、若い女の声が流れてきた。一瞬、ざわめいていた教室の中が静かになった。

「汽車通の学生はスクールバスが出ますから、いつものように北玄関に急いでお集まり下さい」

二度同じ言葉がくり返された。

「チェッ、汽車通はいいなあ」

誰かが大声で言った。北栄中学は駅から遠い。汽車通学の生徒のために、毎日スクールバスが出ていた。きょうのような雨の日は、とりわけてそれがうらやましく思われたのだろう。

つづいてまたスピーカーが鳴った。

「雨は後一時間程したら、小止《こや》みになるそうです。それまで体育館で臨時フォークダンス大会をいたします。有志の方は五分以内にお集まりください」

寺西敬子の声であった。ダンスの好きな生徒たちは歓声をあげた。

「だからお敬さんは好きさ」

大川松夫が言うと、みんなが笑った。

「どうする？　佐々林君も踊りにいかない」

津島百合はダンスがうまい。ゾロゾロ教室を出ていく級友たちを眺めながら、一郎はものうさそうに答えた。

「ぼくはいやだよ。ダンスなんか。君いけばいいじゃないか」

「いやよ、あなたが行かなきゃあ」

「ぼくのことなんか、ほっとけよ」

ダンスの好きな百合が、みんなと一緒に出ていかないことに、一郎は喜びを感じた。

「ねえ、佐々林君、いつかのあのやどり木の丘で、話した時のこと覚えてる？」

一郎は、自分と百合の影が重なりながら映っていた夕陽の丘を思い出したが、黙っていた。

「わたしね、あなたのお友だちのつもりなのよ。あの時から」

教室の中には、二人のほか誰もいなくなっていた。一郎は何となく圧迫されるような感じがして、窓の所に立って行った。太い雨足は土を掘り返すようにしぶきをあげている。丘の下にみえるはずの旭川の街も、雨にくもってただ灰色だった。

「佐々林君、頼むから勉強しようよ」

百合が一郎のそばに寄ってきた。

「ほっといてくれよ」

「だめよ、前にも言ったでしょ。中学生時代は二度とこないのよ。第一あなたの成績が下が

ったら、クラスの平均点もさがるのよ。ほかの組に負けるなんて、しゃくじゃないの」

百合の眉が勝ち気そうにピリリと上がっている。一郎はその言葉を聞いてがっかりした。百合が自分に好意をよせてくれているのだと思ったが、百合の心配は、クラスの平均点が下がることだったのかと、急につまらなくなった。

「何よ黙りこんで……」

「ぼくはね、公立なんか受けないよ。勉強もしないよ。クラスの平均点が何だっていうんだ。愛校の精神が何だっていうんだ。くだらない」

一郎は馬鹿馬鹿しくなって、カバンを持って教室を出た。

「帰るの、こんな雨の中を」

百合の声が後を追った。一郎はふり返らなかった。

「ばかねえ、こんな雨の中を帰ることないじゃないの」

「帰っていけないっていう規則でもあるのか。ぼくは君が嫌いだ。君のそばにいるより、雨の中を帰った方がいい」

百合の足がとまった。百合の顔が歪《ゆが》むのを、ちらっとみたまま、一郎は階段をかけおりた。

「意気地なし！」

かん高い百合の声が、上から落ちてきた。

（意気地なしで結構だ）

そう思いながら、しかし一郎は、久しぶりに思いっきり勉強をしたいような気力が、みな

ぎってくるのを感じていた。

（おれは意気地なしじゃないぞ）

一郎は急にそう思いながら、雨の中に飛び出して行った。足が粘土につるりとすべった。危うくころびそうになったのを踏みとどまって、一郎は教室の窓をふり返った。もしかしたら、百合がのぞいていはしないかと思ったのだ。雨はたちまち、滝のように一郎をたたいた。六月の雨とは言っても、びしょぬれになるとさすがに体が冷たかった。

やっと川上久代の店までたどりついた。店の中には、何人もの生徒たちが雨やどりをしている。

「しあわせなら、手をたたこう」

二、三人の高校生が、たばこケースのそばでどら声を張りあげている。一郎は雨にたたかれた自分が、悪いものをすっかり振り払ってきたような、すがすがしさを感じているのに気がついた。

「けさ、牛乳代を払うのを忘れていました。すみません」

自分でも意外なほどに、すなおな言葉が口をついて出た。

「あら、いつでもよかったんですのに……」

久代は一郎の態度に驚きながら、さりげなく微笑した。

「まあ、ずいぶん濡れましたのね。ちょっと乾かしてあげましょうか」

久代はそっと一郎の肩のあたりに手をふれた。憎いはずの豪一の息子なのに憎めない自分

が、久代にはふしぎであった。

「ありがとう、でもいいんです」

一郎は和夫を目で探した。女子学生たちの中にいた和夫が、一郎をみつけて近よってきた。

「おにいちゃん、あのアリの巣、雨でこわれたかなあ」

「いや、こわれないよ。こわれるもんか」

一郎は力んで答えた。何だか、あのアリの巣だけは、こわれてはならないような気がした。

その夜、一郎は久しぶりに何事も忘れて、一心に勉強をした。

羽　虫

今夜は悠二の宿直である。宿直室は、用務員室と放送室に挾《はさ》まれた、八畳程の畳敷きの部屋である。片隅には机と小さな茶ダンス、テレビが並んでいた。

悠二はお茶を飲みながら、電灯の下で生徒の健康診断票に目を通していた。受持のクラスの平均身長や、体重などを出すためと、生徒一人一人の健康状態を見るためであった。

八時近いいま、まだ空は昏《く》れ残っていた。佐々木隆子の票のところで悠二は目をとめた。佐々木隆子の身長は一四〇センチだ。体格のいいこの頃の少女たちの中では、目立って低い。いつか会った母親も背が低かったから遺伝なのだろう。隆子は明るい子だ。

「わたしね、小学生並で映画を見れるのよ。得なことだってあるわ」

などと笑っていることもあるが、一生結婚もできないと思いこんでいるのは、たしかに憐《あわ》れであった。こうした遺伝のための欠陥は、教師では何ともしてやることができない。

（どうにもしてやれないことばかり多いものだなあ）

悠二は、佐々木隆子の診断票から目を離して、窓の外をみた。

と、そこに佐々林みどりの白い顔が浮んでいた。暗くなった庭に、黒っぽいワンピースを着ているためだろう、みどりの顔は宙に浮いている感じで、悠二は一瞬ぎくりとした。

「どうしたんです」

悠二は窓から顔を出した。

「遊びに来たのよ。入れてちょうだい」

みどりが白い手をさしのべた。

「この窓からですか。いけませんね。用務員室の入口から入ってらっしゃい」

「あら、つまんない。後で思い出した時、先生の手にすがって、この窓から入ったというのと、用務員の入口からのこのこ入ったというのとでは、てんでちがうんだけどな」

みどりは笑いもせずに言った。

「そんなことどうでもいいよ。早くあちらから回っていらっしゃい」

「なんというおもしろみのない先生でしょう。でも、そこがまたひとつの魅力なんだから、困っちゃうな」

意外に素直に、みどりは窓の下を去った。悠二は窓を開けたまま、みどりを待った。若い女性と、窓を閉めた部屋であうのは、うしろめたい感じがしたからである。

「こんばんは」

ノックもせずにドアをあけて、みどりが入ってきた。濃紺のワンピースを着て、大きな赤いバッグをぶらさげている。

「どうしてこんな遠い所を、一人でやってきたの。危険ですよ」

「どういたしまして、人っけのない所より、人間のうようよしている所の方が、ずっと危険だわ。いつだったかしら、『愛と死をみつめて』という映画がきたでしょう」

みどりはペタンとすわって何のこだわりもなく、話しはじめた。

「『愛と死をみつめて』か。中学生や高校生は、ずいぶんみに行った映画だね」

悠二もくつろいだ気分になって、書類を傍《そば》に重ね、たばこに火をつけた。

「そうよ、その時も身動きができないほど満員だったの。あたしうしろの方で立って見てたんだけど、右側の方で何かもぞもぞするのよ。見たら、高校生の男の子なの。思わず左によったら、これがまた高校生の男の子なの。その左の男の子も何かもぞもぞ始めるのよ」

いかにもあけっぴろげな言い方だった。

「それでどうしました。逃げましたか」

「ううん、あたし逃げるようなしおらしい女の子じゃないもの。両方の男の子の手をつかんで、握手させてやったの。二人共まじめな顔をして、スクリーンの方をじっとみてるのよ。

そしてお互いに、あたしの手を握ってるつもりで、だんだん興奮してくるの。男の子同士手を握って、喜んでいるんだから、傑作だったわ」

思わず悠二は笑った。

「それからどうしました」

「それからするりと、うしろにすりぬけて逃げだしたけど、気づいた時の二人の顔をみてやりたかったわ。全く男って、しようのないものね」

みどりの表情はよく動く。ふっとおとなのような顔になって、みどりは悠二をみた。

「そんなに男って、しようのないものですか。ずいぶんおとなな言い方をしますねえ」

「おとなよ、あたし、子供じゃないわ」

「おとなぶってみたい年ごろじゃないのかな」

「そんなのんきなことをおっしゃっていては、少年少女の先生なんか、つとまりませんよ」

みどりが無邪気な笑顔をみせた。

「おとなになった証拠って、ぼくにはわからないな」

「そうね。体がおとなになったのなら、唐変木だってわかるけど……。おとなって、つまり個室を持っていることだと思うの。心の中に」

ちらりと、かげりのようなものが、みどりの顔をよぎった。

「個室か。なるほど」

「そうよ。しかも鍵のある個室ね。いくら外からノックしてもあけることができないのよ。

愚痴を言ったり、不平たらたら言ってるおとなどもは、あれはほんとのおとなとは言えないわ。心の中がまる見えですもの」

その言葉に、悠二はみどりの孤独な心につきあたったような気がした。

「驚いたなあ君は。ほんとうにおとななのかな」

「おかしいわ先生。舌先三寸では、どんな受売りでもできますからね。あたし、ケーキの好きな、無邪気な十七の少女よ」

赤いバッグから、小さな箱の包みをとり出して、みどりが笑った。

白いクリームがコッテリとのっているケーキを、みどりは形のよい中指と親指でつまみ、大きく口をあけてひと口たべた。

「ロバのケーキよ。召しあがる?」

箱のままケーキを悠二の前に、そっと押してよこした。

「これはうまそうだな。ごちそうさま。これは君のお小遣いで買ってきたの」

「そうよ。ありがたく思ってくださいな」

「このケーキ、ひとつ五十円はするだろう」

「そうよ。四つで二百円だったわ」

「それは散財させたね。君はいったいいくらお小遣いをもらってるの」

「月ぎめでもらってるのが五千円よ」

「五千円?」

悠二は思わず声を大きくした。

「少ないのかしら。多いのかしら」

「無論多すぎるよ」

「でも、一カ月は三十日あるのよ。一日百七十円ぐらいじゃ、レディの体面が保てると思って？」

「しかし、ほかの人たちはそんなにもらってはいないだろう」

「ほかの人は、どうかわからないけど、あたしとしては、決して多くはないわ。母は、あたしがちょっとごきげんを悪くすれば、もっとくれるわよ。何でも好きなものを買いなさいって」

「それはいかんな」

「彼女は、婦人会のおえら方になって、外では教育ママみたいなことなど言ってるらしいけど、子供の扱い方など、てんで知らないの。自分がムシャクシャすると東京などに買物に行って、それでスーッとするもんだから、多分わが子もそうだと思ってるのね。金で買えないものがあることを、彼女は知ってるのかしら」

「君、自分のおかあさんをつかまえて、彼女というのはいけないね」

それには答えずに、みどりは言った。

「彼女は、金さえあれば、たいていのことはがまんできると、たかをくくっているのよ」

悠二は黙って外を見た。部屋の灯の及ぶ限りは、青い芝生が見えた。しかしそのほかは真

っ暗である。今夜は鳥の声も聞えない。

「ねえ、先生、人間の体の中で、一番罪深い所ってどこかしら」

悠二はふっと顔を赤らめた。

「さあ……」

口ごもる悠二をみて、みどりは白いのどをみせて笑った。そのなめらかなのどのふくらみが、妙になまめいて見えた。

「わたしはね、目だと思うのよ」

「目？　なるほどね」

いま、みどりの白いのどに目をやった自分のことを思いながら、悠二は苦笑した。

「あたし時々、自分の目からもし何かがとび出すとしたら、それでじゅうぶん人を殺せると思うことがあるの。よく突き刺すような視線っていうでしょ？」

言われてみれば、たしかに目ほど罪ぶかい所はないようである。ちょっとした一べつでも、それが氷のようにひややかである時、それによってどれほど人は絶望するかわからない。

「ね、先生。俗に『目は口ほどにものを言い』っていうでしょう。意地悪な目や、冷たい目、憎しみに満ちた目など、あたしたちはどれほど目で人を傷つけているかわからないわ。口でいう時はかなり自分でも意識してるけど、無意識に人をみている時には、それがよくわからないのね」

悠二はうなずきながらポットのお茶を茶碗に注いだ。

「女の流し目だって、いいことじゃないわ。男の人ときたら、女よりもっと悪くてよ。バスの中で、あたしいつもそしらぬ顔をして、みててやるんだけど、どうして男の人って、あんなに女の子の足に興味があるんでしょうね。あのね、この間ね。目と口と耳と手と足のうち、どこが一番罪ぶかいかってお友だちと話し合ったのよ。みんなは手だっていうけれど、あたしだけは目だって言ったのよ。目は心の窓っていうから、悪い心もすぐ目にくるでしょうって。バスの中の男の人の目を例にひいたら、みんなすぐに納得したわ。バスの中でいたずらする男は、そう多くはないけれど、ひざ小僧のあたりに目をやらない男はないわって、お友だちも大笑いしたの」

「ふうん。どうも参るなあ。高校生にもなれば。君たちはいつもそんな話をしているの」

「ええ、そうよ。人間に関することは、何でも興味があるんですもの。きのうもね、あたし発題したのよ。もしもあたしたちの父に妾《めかけ》がいて、その妾が同じ屋根の下に住んでいたらどうするかって。先生ならどうなさる？」

「数学の場合ならともかく、ぼくはそういう仮定に立った質問は興味がないんだな」

「だから困るんだなあ。自分の立場でだけしか物を考えないなんて、教師失格だな」

男の子のような口をきいて、みどりは口一ぱいにお茶をふくみ、ごくりと飲んだ。

「一人のお友だちはこういうのよ。その妾をいびり出すんだって。またほかの人は、さっさと家出してやるって。そして女を侮辱するような父親には、みせしめのために自分も簡単にほかの男に身を委《まか》せるんだって」

「ずいぶん大胆な話をするんだねえ」

「そうよ、大胆なことが好きな年ごろですもの。親へのみせしめに、自殺してやるとか、妾になってやるとか、いろんな話がでたわ」

まだ蚊はいないが、羽虫が電灯にうるさい。悠二は立って窓をしめた。

「それで君はどう言ったの」

「みんな馬鹿だと言ってやったのよ。死んでみたところで、親は意見なんか聞くもんかって、言ってやったの。第一、親が悪いことしてるからって、子供までまきこまれることはないんだって、あたしは言ったの」

悠二は、高校生のみどりたちが何を考えているかを知ることも、ひとつの参考になると思って、あいづちを打っていた。

「ね、先生。何も親が妾を持っているからって、その子まであわてて妾になることはないわね。あたし、みんなにそう言ったら、みんな、なーるほどねだって。あたしは親の非行にまきこまれたくないわ。たとえどんなに親が不潔でも、あたしは家出をしたり、ぐれたりはしないな」

「それはみどりさん。君が仮定に立って話しているから、そう言えるんだよ。万一同じ屋根の下に妾がいるとしたら、君の気性じゃ、決しておとなしくはしていないだろうねえ」

「そうかしら」

「そうだよ。そして、自分なら親が何をしてもぐれずにやっていけるなんて思うもんだから、

ぐれる人間に同情できないんじゃないのかな」

「そうかなあ」

みどりは、悠二の前にあるケーキの箱から、ケーキをもうひとつつまんだ。

「もしそんな環境におかれたら、君だってズベ公にならなかったとはいえないよ。仮定に立ってものをいうってことは、だからぼくは危険だと思うんだなあ」

「先生、あのね、あたしきょう、あたしの個室を開いてみせてあげるわ」

白いクリームで汚れたみどりの唇が、変になまなましかった。

「君の個室？　ああさっきの話か」

「そうよ、だけど、それはあたし自身の為にじゃないのよ」

「じゃ、ぼくのためにか」

「少しはね。でもそれより一郎のためなの。先生、先生はうちの奈美恵ねえさんに会ったでしょう」

「ああ会ったよ。あの人いくつぐらいだろう？」

「そんなこと、先生に関係はないわ」

ぴしゃりとたたきつけるように言ってから、みどりはうつむいて、ケーキに汚れた指を一本一本なめた。

「先生。あの奈美恵ねえさんはねえ……妾なのよ。父の妾なのよ」

再びたたきつけるように言って、みどりはまっすぐに悠二をみた。ハッとして、悠二はま

じまじとみどりの顔をみた。

「先生って、鈍感ね」

みどりは冷淡に言った。

「そうか。そうだったの」

突然何もかもわかったように悠二は思った。佐々林家を訪問した時、姉でないと言った一郎の言葉も、あの絡みつくような視線を持つ奈美恵の妖《あや》しいふんいきも、家庭教師を断った佐々林トキの心持ちも、みんなハッキリとわかったような気がした。何よりもあの一郎が暗い顔で勉強も手につかずに過している気持も、ハッキリと手にとるようにわかった。

「驚いたなあ」

「先生、驚いてばかりいないで、さっきの失言を取消してくださいね。君のような気性の女はどうとかおっしゃったでしょう。あたしすごいエゴイストなの。親に負けないくらいエゴイストなのよ。あたし絶対傷つかないつもりよ」

ほんとうに傷ついていないだろうかと思いながら、悠二は深くうなずいた。

「君、さっきは悪かったね。しかし、よくひがまなかったもんだなあ」

「だってひがんだって、すねたって、佐々林豪一には痛くもかゆくもないことなの。あたしって、ちょっとしたズベ公にみえるところがあるでしょう。でも、あたし決して不良になんかならないわ。不良は親一人でたくさんなの」

「えらいなあ。だが一郎君はだいぶ参っているようだねえ」

「あの子かわいそうよ。馬鹿な奴って、かわいそうなもんね。一郎は中学三年にもなって、初めてそのことに気がついたの。気がついた年ごろが悪いんだわ。あたしのように小学生の時にわかってしまえば、また違ったんだと思うんだけど」

悠二はいまやっと、大変なことを聞いたという実感が、湧《わ》いて来たのを感じた。

「一郎君も、君のように強く生きてくれるといいんだがなあ」

「だめよあの子は。あたしの観察では、一郎はずるずると悪くなっていくような感じがするの。それは、一郎も男だっていうことかも知れないわ。この頃何だか、あやしげな本をみたりして、部屋にこもったきりなの。昨夜は珍しく勉強していたようだけど……」

「ほう、勉強していましたか」

悠二は乗りだすようにして言った。みどりがくすりと笑って、

「だめだめ。先生は簡単に希望を持つけれど、あたしのみた一郎は、あれはもうだめよ。父が不潔だからって、一郎のように自分まで不潔になるなんて馬鹿よ。甘ったれてるわ。そして、おれが悪くなったのは、おやじが悪いんだって、あの子は人のせいにするのよ、きっと」

「しかし、みんなそうじゃないですか」

「あたし、そんな公式論みたいな考え方きらいよ」

「公式論？」

悠二はけげんな顔をした。

「よくわかんないけど、結果があれば原因があると、公式的に考えるの嫌いよ。つまり、彼は非行児になった。これが結果ね。なぜならば、彼の家庭は妻妾《さいしょう》同居であったからである。これが原因なのね。彼は自殺をした。貧乏を苦にしたからであるなんて、あたしは信じないの。だって、貧乏が原因なら、みんな自殺をしてしまうじゃないの。家庭がめちゃめちゃだって、必ずしも非行児になるとは限らないわ」

幼い考え方ながら、みどりの言おうとしていることが、悠二にもわかるような気がした。つまりみどりは、原因はひとつであっても、人間の場合、結果はいくつにもでると言いたいのだろう。悠二が高校の時に習った社会科の教師が、こう言ったことがある。

「Aは事業に失敗して、ある日デパートの屋上にあがり、そこから飛びおりて自殺した。しかしこの場合、事業の失敗が果して自殺の原因であろうか。

Bは事業に失敗してデパートの屋上にあがった。飛びおりて死のうかと思ったが、死ぬ気になれば何でもできると思って、自殺するのをやめた。

Cは事業に失敗してデパートの屋上にあがった。街を見わたして、この広い街の中に、おれよりも辛い思いをしている人間が何人もいるだろうと、元気を出して家に帰った。

Dは事業に失敗してデパートの屋上にあがった。広い街をみて、こんなに広い街なら、また新しい事業もできるだろうと、勢いこんで帰って行った。

人間は物ではないのだから、1＋1＝必ずしも2ではない。この例では事業の失敗がひとつの原因ではあっても、結果はこのごとく多様である。すなわち真の原因は、その人の心の

中にある」

その教師の言葉も、唯心論めいていて、必ずしも悠二にはうなずけなかったが、いま、みどりが言おうとしていることだけは、その言葉と、社会科の教師の言葉と照らしあわせてわかるような気がした。ひとつの原因があったとしても、人間は一人一人いろいろな思考や反応によって、必ずしも同じ結果にはならないものだ。そこに、単に原因を取除くだけではなしに、更に努力すべき教育の分野がある筈であった。

一郎の場合、父に妾がいなければ一番よかったことである。だがその原因を取除くことは、悠二にはおそらくできないことであろう。それならば、悠二は別の面で、教師として一郎を力づけてやる方法がないだろうか。いや必ずあるはずだと、悠二は思った。

「何とか一郎君も、君のように元気になってくれればいいんだが……しかし君は強いなあ」

「仕方がないわ。敵の中にいるんだもの。自分を守るために強くならなきゃあならないもん」

敵という言葉に、いかにもみどりの実感がこもっていた。考えてみると、家族というものは、たしかにある意味では敵かも知れなかった。「自分自身が最大の敵」という言葉もあるように、身近な者が一番恐ろしい敵でもあり得るのではないか。常に最も身近にいるものこそ、お互いに傷つけあっている恐ろしい敵でもあった。

「あたしね、先生。父のおかげで、だいぶ男性研究をしたわ」

遠くを行く車の音が、かすかに聞えた。

「静かねえ。こんな静かな夜、宿直の教師は何を考えるか？　なんていうことは、まだ研究していないけど」

みどりがくすりと笑った。

「男性研究とはまた大変な研究をしたものだねえ」

「それは、うちの父みたいなろくでなしの心理を知るためには、仕方がないわ。そしたらね、いろんなことがわかっちゃった」

「もうこのへんで耳をふさいでおこうかな」

「いいえ、耳の穴をかっぽじって、ようく聞いてごろうじろ。たとえばここの中学の掛居先生ね。あたしが中学一年に入った時、廊下で会うと、ヤイ小僧、なんて乱暴なことを言いながら、あたしをキュッと抱きしめてくれるの。中学一年なんて無邪気でしょう。だから単純に、この先生はあたしをかわいがってくれるなって、喜んでいたのよ。単純なものよ一年生なんて。二年の時に男性研究をするようになってから、へーえ、この野郎と、やっとわかったわ。だって掛居先生は、いつもあたしをうしろから抱いたのよ。肩からおぶさるようにしてね。そしたら手がどこにいくと思うの。それからあの先生をみると逃げだすようになったのよ。教師だなんて言っても、いい加減なものね」

悠二は答えようがなかった。

「杉浦先生だって、特別に信用してるわけじゃないのよ。みたところ、冷たそうで、温かそうで、あまり不潔な感じはしないけれど、先生も男よね。さっき羽虫がたくさん入ってくる

のに、無理して窓を開け放していたでしょ。あれ、ぼくは疚《やま》しくありませんていう自己宣伝のつもりかも知れないけれど……」

ちらりと赤い舌を出して、悠二をみた。

「参ったなあ。大した男性研究家だよ、君は」

「あたし帰る。お邪魔しました」

不意にきちんと両手をついたまま、続けてみどりは言った。

「一郎のこと、ご心配おかけしてるだろうと思ってお話ししましたが、口止めしなくても、先生は黙っていてくださると思うの。あたしなんか、毎月五千円のお小遣いのほかに、いろいろと不きげんな顔をして、口止め料をたんまりもらっているけれど……」

「大丈夫。そのうち、ぼくもたんまりと君に口止め料をもらいにいくから」

悠二は親しみをこめてうなずいた。

「君、バス停まで歩いていくの？　ハイヤーで行きたまえ」

「あら、送ってくださらないの」

「ぼくは宿直だよ。校舎から離れることはできないよ」

「大した模範教師ね。だけど、そこがまた憎めないんだから腹が立つわ」

みどりは、スッと机のそばに寄って、電話のダイヤルを廻した。

受話器をおくと、待ちかねたように電話のベルが鳴った。みどりが再び受話器を取った。

「ハイ、北栄中学でございます」

みどりはおとなびた声を出し、片目をつむって悠二をみた。

「ええ、いらっしゃいます。どちらさまでございますか」

そばにいる悠二に受話器を渡そうともしない。

「え？　寺西さんですか。少々お待ちくださいませ」

切り口上になって、みどりは受話器を悠二につき出した。

「もしもし、寺西先生ですか。何か……」

「夜おそくごめんなさい。いまね、先生の宿直だったことを思いだして、話していたの。そしたら久代さんが、明日の朝の食事はどこでなさるのかしらっていうものですから、いらないおせっかいと思ったのですけれど、お電話してみましたの」

いつも明るい敬子の声である。

「やあ、それはどうも……」

「杉浦先生、久代さんが先生にお弁当作ってくださるってよ、いかが？」

「いやあ、それはありがたいんですが……」

「ありがたかったら、いただいたら？　ね、そうなさいませ」

「しかし、どうもそれはまずいなあ」

「あ、ちょっとお待ちになって、和夫ちゃんが何かお話ししたいんですって、かわりますわ」

「もしもし、おじさん。ぼくね、あしたおべんとうを持っていくからね」

ゆっくりとした口調が愛らしく伝わってきた。

「和夫君か、どうもありがとう」

「さよなら……」

これから会話が始まるのかと思っていたら、すぐにガチャンと電話が切れた。受話器を持ったまま、悠二は頭をかいた。あすの朝、久代の作った弁当を食べるのかと思うと、悠二は少し落ちつかない気持になった。

「寺西って、あの体操の先生でしょ。あの人いま電話に出たあたしを、誰だって尋ねなかったようね。よっぽど先生にお熱をあげてる証拠よ」

「どうして?」

「どうしてって、先生を何とも思っていなければ、いま出た女の人はどなた? ぐらいのことはいうわ。好きなものだから、無関心をよそおったのよ。宿直の夜に若い女が電話に出たら、聞くのが当り前よ。聞かないなんて不自然じゃないの」

みどりは赤いバッグをゆらゆら揺りながら、怒ったような表情をした。

「ほう、君は男性研究家かと思ったら、女性研究家でもあるわけだね」

「とにかくあたし、あの寺西って先生、大きらい!」

「どうしてだろう」

「先生を好きな女はきらいなの。だいっきらいなの」

外でハイヤーのクラクションが鳴った。

みどりが帰ると、悠二は窓のカーテンを引いた。そしてしばらくの間机の前にすわったまま、佐々林一郎の暗い表情を思い浮べていた。一郎はどんな形で、父と奈美恵の秘密を知ったことかと、考えるだけでも胸が痛んだ。厚いじゅうたんを敷きつめた佐々林家の廊下が、妙に秘密っぽい匂いを持っていたことを、今更のように気づいた。もし自分が一郎なら、どうしただろうと、悠二は仮定に立った考え方を否定していた自分を思いながら考えた。

相手の立場に立って考えるということが、つまり仮定に立った考え方ではないかと、今にして初めて悠二は思うのだ。仮定に立った考えを否定したのは、高校時代の教師の影響である。

沖野という体育の教師が、口癖のように、

「仮定に立った考えなんかつまらん」

と、言ったことに、かなり影響されていたのである。一人の教師の言葉は、ある時一度共感すると、長いこと心の中に住みつくものだ。それだけに、教師であることは恐ろしいと悠二は思った。

（もしおれが、一郎の立場なら……）

多分奈美恵に対して、平静ではいられないであろう。しかも姉だと思って親しんできたものが、父の妾《めかけ》だと知ったなら、すべてのおとなに対して、不信と憎悪を感ずるにちがいない。

（自分なら、そんな父親を殺そうと思うかも知れない）

悠二は自分の心にひそむ激しさに気づいてゾッとした。この思いが、一郎にはないことを

祈らずにはいられなかった。

悠二は立上がって時計をみた。やがて十時である。校内巡視をしようと思い、宿直室を出て用務員室に声をかけた。

「堀井さん、ぼく巡視に出かけるので、電話を切替えましたから、よろしくお願いしますね」

「ご苦労さんです」

布団を敷いていた堀井が、ふり返って愛想よく答えた。まだ三十代の気のいい男である。

悠二は放送室の鍵《かぎ》をあけ、電灯のスイッチをつけ、中をあらためた。小さなステージがついていて、放送劇もできるようになっている。中学校にしてはぜいたくな部屋だ。

正面玄関を過ぎると廊下は真っ暗だ。悠二は廊下のスイッチをつけ、事務室を開けてみる。校長室、職員室、医務室と、ひとつひとつあらためてはひとくぎりつくと廊下のスイッチを消し、また次の廊下のスイッチをつける。ピータイルの廊下を行く自分の足音が、ピタピタと不気味に響く。やがて悠二は、二階の自分の受持の教室に入って行った。スイッチをつけると、ガランとした教室が蛍光灯《けいこうとう》の下に白じらとしている。悠二は教卓の前に立って生徒たちの席をみた。誰もいない教室の中に、一人一人の生徒の顔が目に浮ぶ。悠二は何となくうなだれた。

(ここに立って教えている自分を、生徒たちはどんな思いでみているだろうか)

悠二は一番前の佐々木隆子の席にすわってみた。ここの学校の机は、高さの調節ができる

ようになっていて、入学から卒業までその生徒のものである。隆子の椅子も机も、小学生のそれのように低かった。隆子の淋しさが直接椅子を通じて悠二の胸にも伝わって来た。授業中は教えることに忙しくて、ゆっくり一人一人の生徒を考えるゆとりがない。それにしても、いったい自分はどれだけの注意を払って生徒たちを眺めていただろうかと、反省させられた。

再び立って、悠二は一郎の席にすわってみた。この椅子にすわってきた一郎が、いまどんな思いでこの席にすわっていることかと思うと、一郎が眺める杉浦悠二という教師の姿が、痛いほどハッキリとわかった。

「あいつも、おやじと同じおとななんだ。信用はおけないぞ」

一郎がそう言っているように思えた。一郎の家を訪問した時、一郎は悠二の前に立ちはだかって、

「何しにきたんです」

と言った。全く一郎にとっては、悠二などが訪問しても、何の役にも立たない、むしろ邪魔な存在だったろうと思うことができた。だがそれは、ある意味でおとなたちに何かを訴え、何かを求めている姿ではないかと悠二は思う。相手の身に立ってみれば、無礼とも思われる言葉や表情のひとつひとつが、無理もないと思われてくるのだ。

(おれはいったい、生徒たちをどれほど知っているというのだろう。生徒を知るというのは、いったいどういうことだろう)

ある高名な評論家の「批評の極意は、相手の立場に立ってみることだ」とか言った言葉を

悠二は思いだした。自分たち教師は、安易に、あの生徒はいいとか、この生徒は悪いとかと言っているような気がする。それはあくまで、教師という席にすわっていて、冷たく眺めた言葉に過ぎないのではないだろうか。あの評論家のいうように、ほんとうに相手の立場に立って生徒を評しているだろうか。

相手の立場に立つということは、相手自身になることである。一人一人の悲しみも喜びも、家族構成も、できごとも、何もわからずに、どうして相手の身になってやれるだろう。それでも一郎とか、大垣、大川、津島など、目に立つ子は、いつも教師の心の中にある。しかし、一見おとなしく、事も起さず、欠席もせず、平穏無事にみえる生徒にも、毎日悲しみや喜びが繰り返されているはずだ。特別に教師の注意をひかないが、注意を引かないということ自体、生徒にとってはどんなに淋しいことだろう。

この教室にいるどの生徒も、自分自身が一番かわいいのだ。そしてそれだけに、教師にもかわいがってほしいのだ。悠二は大きな吐息をついた。

吐息と共に、悠二は靴磨きの男の言った言葉を思った。

「教師とは、そういう恐ろしい仕事なんだ」

靴磨きはそう言った。たしかに、すべての生徒を公平に扱うことだけでも、大変なことだ。まして、一人一人の生徒が満足するほどの、溢《あふ》れるような愛を注ぐことは、到底自分にはできないことだと、悠二は絶望的な気持になった。

窓際の大垣吉樹の席にすわった時、悠二は心の底に何かしこりを感じた。大垣はこの席か

ら自分をみて、いつも腹の中でせせら笑っているような気がした。自分が熱心に数学を教えている時でも、大垣の目が輝いたことはない。

（なぜ大垣はおれをきらいなんだ。おれの何があいつのカンにさわっているのだろう）

そう思った時、悠二はハッキリと自分の心が照らしだされたような気がした。それは悠二自身、大垣をいかにしても愛することができないということであった。教師であるこの自分が大垣を愛していないで、どうして大垣に自分を愛せよといえるだろう。大垣もまたいうだろう。

「なぜ杉浦は、おれをきらいなんだ。おれの何があいつの気に入らないのだろう」

と。

（愛とは何だろう）

悠二は、気おちしていく自分を励ますように、自問した。窓際に立って街の方を眺めると、遠くに街の灯がまばらにまたたいている。もう街は眠りはじめているのだ。この街に、自分の教え子たちは何を思って眠っていることだろう。悠二は、一人一人の生徒の枕元で、その寝顔をのぞいてやりたいような優しい心になった。

だが、この優しい気持になっている今でも、自分は大垣を好きになることはできないような気がした。たとえやさしい気持で大垣の寝顔を眺めていても、大垣が目を覚ました時、きっといやな顔をするにちがいない。自分の心を、大垣だけは素直に受けいれてくれないような気がした。

悠二自身生徒の時、嫌いな先生が必ず一人や二人いたものだが、嫌いな理由はそれぞれあったはずだった。大垣もまた自分を嫌う理由があるわけだと、淋しいあきらめのような気持で、悠二は街の灯を眺めていた。

（それにしても、佐々林一郎は大変な家に育ったものだ）

みどりの手前、大仰に驚くことはできなかったが、悠二自身大きなショックを受けたのは事実である。まして当の一郎にとって、信ずべき父と、信ずべき奈美恵との関係は、どんなに大きなショックであったことだろうと、思いやらずにはいられなかった。

悠二はおのずと、遙《はる》か公園のあたりに目をやった。まだ一郎は眠っていないだろうと思った。あのみどりも、多分まだ寝ていないことだろう。悠二はキイホルダーで、窓のふちを何とはなしにたたいていた。たくさんの鍵がカチャカチャと鳴った。

犬の声

雲ひとつない晴れた日だった。一郎は学校から帰って、二階の自分の部屋に入った。この頃は毎日何かに立ち向うように、勉強する気力が体の中に満ちあふれていた。

一郎はすぐにカバンをひらいて、きょうの復習を始めた。

（やる気になれば、まだじゅうぶんやる力はあるんだ）

今学期になってから、ろくろく勉強も身に入らなかった一郎は、自分がずるずると駄目になっていく予感におびえてもいた。だが、この一週間ほどは、集中力もじゅうぶんで、再び勉強がおもしろくなっていた。きょうからノートが新しい。これを機会に、一郎は社会科のノートのとり方を工夫してみようと思った。自分の頭にたたきこむためには、もっと図形を多く用いた方がいいと思った。ノートの中央に、一本横線を引いて、上段に図を書き、下段にメモをとる。そのメモのとり方も、もっと工夫の仕方がありそうな気がした。一郎は、「行政を受持つ内閣」と青鉛筆で太く書いた。

その時、庭の方で犬のほえたてる声がした。止《や》んだかと思うと、また激しくほえたてる。一郎は眉をしかめ、ドアを閉めようと廊下に出たが、その時また犬がほえたので、向いの和室の窓から下の庭を眺めおろした。みると、犬小屋につながれているシェパードがお手伝いの涼子に甘えて、盛んに鳴きたてているのだ。

涼子は知らんふりをして、洗濯物をとり入れている。犬は前肢《まえあし》をあげて、踊りかかるように鳴きたてる。ちぎれるばかりに尾を振っているのだが、涼子は頭をなでてやろうともしない。と、くるりと涼子は犬の方に歩いていった。犬はもう声を立てずに、涼子に体をすりよせた。涼子は大きな犬の背にまたがって、うしろから犬の鼻面をなでた。犬はじゃれて横になり、涼子も共に倒れた。涼子の白い足がスカートからはみ出ている。それが妙に一郎の目を刺激した。一郎は勉強のことなどすっかり忘れて、畳の上にあぐらをかいたまま、二階の窓からじっと涼子のすることをみおろしていた。

横に倒れた涼子の上に犬が乗ったかと思うと、すぐに涼子が起き上がった。そして再び犬の背にまたがると、スカートがめくり上がって白い太ももがあらわになる。一郎はふいに犬と涼子がみだらに思われた。犬は首を抱かれたり、自分の足を涼子の背にかけたり、絶えず犬と涼子は息を切らしながら楽しんでいるようにみえた。いつしか一郎は胸ぐるしくなっていた。ふとテラスをみて、一郎はハッとした。そこには和服姿の父が、葉巻をくゆらしながら、涼子と犬を眺めて立っていた。

（いつ帰ってきたのだろう？）

この二十日ほど、豪一は札幌にいたはずである。二階からみられているとも知らない豪一は、テラスの前の池のそばにおりて行って、じっと涼子の方を眺めている。一郎には豪一の気持が、自分と同じであることを、いやというほど知らされたような気がした。

豪一と涼子は十メートルほど離れており、その間には、桜やアララギなどの庭木が五、六本あった。涼子は豪一の存在に気づいていないようである。一郎は、その二人を二階から眺めながら、激しい自己嫌悪にかられていた。

（おれはやっぱりおやじの子だ）

一郎はつばを吐きたいような気がした。涼子と犬はますますじゃれあっている。涼子が人間よりも犬を相手に話しているのは、よくみかけたが、こんなに上になったり下になったりしながら、ふざけているのをみたことは一度もなかった。

豪一はまだ涼子の方に視線をやったままである。一郎は、今はただその豪一の姿をじっと

ねめつけているばかりだった。

(馬鹿な奴、いい年をして)

たったいま、自分も涼子の姿に心ひかれていたはずなのに、一郎は豪一を許すことができなかった。なぜか自分より豪一の方が、はるかに醜く見えた。

(いい年をして……)

再び一郎は、心の中で父を罵《ののし》った。いい年と言っても、豪一は青年のような、真っすぐな姿勢をしていた。やや細身の体である。知らない人がみれば、四十を過ぎたばかりとみえたかも知れない。きれいにわけた髪も、まだふさふさと黒かった。額がはげ上がっているとはいえ、うしろ姿もまだ五十一歳には見えなかった。

一郎は気づかなかった。そのしょうしゃともいえる父の姿に、自分が嫉妬《しっと》に似た感情を持っているということを。

「いけないわ。いけませんたら。ピエール」

涼子がそう言ったかと思うと、さっと裏口から姿を消した。一郎は何となくホッとして、豪一をみた。

「パパ、ご熱心ね」

と、声がして、テラスに薄いブルーのワンピースを着た奈美恵が姿を現した。

「何が?」

豪一はふり返った。

「さあ、何かしら」

奈美恵はテラスに立ったまま、豪一をみている。一郎は頭のどこかが大きく脈打つような感じがした。こうした奈美恵と豪一の姿を、一郎は幼い時からいく度みたことだろう。だが、一度だって、父と娘であるということを疑ったことはなかった。何と巧妙にだまされてきたことだろう。そう思っただけで、うすれかけていた父への憎しみが、以前にも倍して一郎の胸を突き上げた。

「パパ」

「うん」

言葉はそれだけだが、奈美恵がまず先に家に入り、つづいて豪一が姿を消すと、一郎は言いようのない感情におそわれた。嫉妬とも、嫌悪とも、侮べつともいえる感情が、一郎の胸を渦巻いた。一郎は足音も荒々しく部屋に戻ると、いきなり新しいノートをびりりと破いた。

いまこの屋根の下に、父の豪一がいると思っただけで、一郎は自分自身を失った。まじめに勉強しようと思っていた自分が、余りにもこっけいに思われた。

（あいつ、いつ来たのだ）

たしか昨夜は帰って来てはいない。するときょうの午後あたり帰ったのかも知れない。いまみた豪一と奈美恵の間に、目にみえないねばねばとした何かがあるのを、一郎は感じた。

（畜生！　おれは知ってるぞ）

一郎はベッドのふとんの間から本を出した。人にみられては恥ずかしい本だ。一郎はパラパラとページをめくっていた。あの鍵穴からみた豪一と奈美恵の姿が画面にだぶり、更にさっきみた涼子の白い足が目に浮んだ。一郎はぎらぎらした目でページをくっていた。と、その時ドアをノックしてみどりが入ってきた。

「何だい！」

ぎょっとして、一郎は本を布団の下にかくしながら、鋭くとがめた。

「何よその顔。ベッドになんか寝ころんで。工合が悪いの」

みどりは眉をよせた。

「うん」

「勉強のやりすぎかな」

みどりはニヤニヤ笑って、一郎を見おろした。

「何だい、用事がないんなら、出ていってくれよ」

「用のある時でなければ、弟の部屋に入っちゃいけないの」

「そうだ」

「へえ、恐れいったわね」

そう言うと、みどりは顔をしかめた。

「何だかこの部屋は、男くさいのね。たまに窓ぐらい開けなさいよ」

みどりは手早く窓を開けた。さわやかな風が部屋に流れこんだ。

「北海道の六月の風は、天下一品おいしい風よ。どうしてあんたは窓をしめたがるの」

「ほっといてくれよ」

　一郎はムッとしたように顔をそむけた。みどりは腰に両手を置いたまま、大股《おおまた》でゆっくりと一郎のそばに近づいてきた。

「一郎。君はねえ、窓なんか閉めているから体工合が悪くなるのよ」

みどりの言葉が一郎には痛かった。しかし一郎は、そのまま黙っているのが口惜しかった。

「ねえさんは何も知らないんだ」

「何も知らないって、どういうこと？　中学三年生の男の子の心理はわからないっていうこと？　それならあたしは知っているわよ。あたしが中学生の時、同級の男の子たちは何を考えていたか、ちゃあんと知っているわよ」

一郎にはみどりが、父と奈美恵のことを、何も知らないように思われた。

「そんなことじゃないよ。のんきだなあ」

「のんきでけっこうよ。何もあくせくしたり、いらいらすることはないわ。でもね、のんきなようでも、中学三年生にもなると、男の子はエロ本に興味を持っているぐらいのことは知っていてよ」

みどりはニヤニヤした。

「何だって？　ぼくがエロ本を読んででもいるようなことを、いうじゃないか」

一郎はふとんの中の本を思った。自分のいない間に、みどりにみつかったのだろうかと思

いながらも、知らぬふりをした。

「あたし一般論を言っているのよ。あんたが何を読んでいるかなんて、知りはしないけどね」

「だってみどりねえさんは、まるでぼくが変な本でも読んでるような言い方をしたじゃないか」

「いいじゃないの。年頃の男の子が変な本にも興味を持たなかったら、おかしなものよ。ほんとにあんたが、そんな本に興味がないっていうなら、そのほうがちょっと心配だな」

一郎は、みどりの心をはかりかねて、黙っていた。

「ただしね、少年時代には理想というものがあっていいと、あたしは思うのよ」

みどりはなるべく一郎を刺激しないようにしながら、立ち直らせたかった。

「理想なんて……」

いいかけて一郎は、自分には何の理想もないことに気がついた。

「理想なんて、あるわけがないよ」

「どうして？　女のあたしでさえ高い理想は持っているわ」

「みどりねえさんの理想とはいったい何さ」

「あたしの理想はね、すてきな島を買って、そこにたくさんの非行児どもを集めて、あたしがそのあねごになることなの。あんたそこの親分になりたくない？」

「非行児の親分にか。ぼくはごめんだな」

「どうして？　いいじゃないの。彼らに畠《はたけ》を作らせたり、野球をさせたり、勉強をさせたりして、かわいがってやるのよ。どうせみんな家ではあまされ者なんだから、そこの島がきっと楽しくなるわよ。みんな非行児ばかりだから、あいつは非行児だなんて、いわれないですむしね。そのためには、親分もあねごも、あたしやあんたみたいな非行児めいたのがちょうどいいのよ」

「失敬だな。ぼくは非行児じゃないよ」

一郎はむきになって抗弁した。

「そうね、あんたは別よ。エロ本も読まないし、よく勉強するし、親のいうこともきくしね。あたしみたいに、親にかくれて男に会いにいくなんてしないものね」

みどりは悠二を訪ねた夜の自分を思い出していた。必ずしも一郎のために、杉浦悠二を訪ねたとは言い切れないものがある。むしろ一郎のことは、その口実だったかも知れないと、思い返していた。

「おやじいつ帰ってきたんだろう」

気にかかっていることを、一郎は口に出した。

近くのテニスコートから、ボールを打つ音が間断なく聞えている。のどかな音だ。

「ファザー？　きょう帰ったんじゃない」

「ふうん。おふくろはいるの？」

「きょうも、何かパーティーがあって出かけているわ」

「そしたら下には……二人っきりか」

「二人っきり？」

みどりはそう言ったかと思うと、くるりと背を向けて、窓のそばに歩みよった。外は明るい六月である。

「涼ちゃんも大野の小母さんもいるわよ」

大野の小母さんとは、運転手の妻である。みどりはこの際、一郎と、父のことについて話しあうべきかどうかと迷っていた。一郎がどの程度まで父のことを知っているのか、ハッキリとつかめないのだ。漠然と感じとっているだけなのか、既に何もかも知っているのかよくわからなかった。

「みどりねえさん、みどりねえさんは、ほんとうに何も知ってはいないの」

みどりは黙ったまま、かかとで二、三度床を踏み鳴らした。

「みどりねえさん。奈美恵ねえさんは何だか知っている？」

一郎の唇がけいれんした。

「奈美恵ねえさんは、奈美恵ねえさんよ」

「ねえさんなんかじゃないよ。おやじの二号だよ」

「だからどうだっていうの」

みどりは、ゆっくりした口調で言った。激している一郎にまきこまれないように用心していた。

「知っていたのか、みどりねえさん！」

一郎はどなるように言った。

「知っていたわ」

「知っていて、よくもそんなのんきな顔をしていられたもんだね。みどりねえさんは何とも思わないのか」

「思っているわ」

みどりはつとめて静かに言った。その静かな口調が、かえって一郎の癇《かん》にさわった。

「いや、何とも思っていないんだ。思っていたら、毎日そんなにエヘラエヘラ笑っていられるわけがないじゃないか」

「何とも思っているわ。ただしその思い方が、あなたとはちがっているだけよ」

「じゃ、どう思ってるというんだ」

切りつけるような一郎の語調だった。

「一郎君、何も父親が二号をこの家に置いているからと言って、あたしとあなたがけんかでもするように、言い合わなくちゃならないことはないでしょ」

「いや、あいつらを黙認している人間は、あいつらと同類項なんだ。おれは、そんなみどりねえさんはだいっきらいだ」

「あたしは別段、認めてなんかいないわよ。許してもいないわよ。だけど、親を許せないから、自分の生活までめちゃめちゃにするほど、あたしはばかではないわ」

「そんなことを言ってるのは、ほんとうは腹を立てていないからだよ。みどりねえさんも、不潔なあいつらの仲間なんだ」

一郎にはみどりの気持がわからなかった。いままで、みどりは何も知らないから、明るく暮しているのだとばかり思っていた。それが、みどりも知っていたと知って、一郎は裏切られたような気がした。同じ屋根の下に、奈美恵が住んでいるというのに、そのことに傷ついていないみどりが、一郎にはいっそう許しがたいものに思われてならなかった。感じやすい年頃のみどりが、この事実を知ったなら、どんなに傷つけられるだろうかと、内心一郎は思っていたのだ。必ずみどりも傷つけられるにちがいないと思うことによって、一郎は慰められもした。そのみどりが傷を受けるどころか、余りにも冷静なのに、一郎は激しい憤りを感じた。一郎の年頃には、自分と全く同じように、人もまた感じてくれなければならなかったのだ。しかし、みどりはみどりで、一郎の立場に立ってものがいえるほど、おとなになっていなかった。

「一郎ちゃん、不潔とは何よ。あんたこそ不潔じゃないの」

言ってからみどりは、しまったと思った。一郎の顔がサッと紅潮したからである。

「ああ、おれは不潔だよ。おやじの息子だからな」

こんなことを言いあうつもりではなかったと思ったが、みどりもまだ十七歳である。一郎を上手になだめることはできなかった。

「親が不潔だからって、子供まで不潔になることはないでしょう。どうせ不潔になるのなら、

親より不潔になってごらんなさい。それもできないくせに、変にひねくれちゃって、全く意気地がないったらありゃしない」

みどりはそう言い捨てると、部屋を出て行った。一郎は、みどりのいまの言葉が痛かった。少しがっかりした思いで、一郎はベッドの上に大の字になった。

(そうだ、おれは意気地なしだ。逆立ちしたって、おやじほどの悪党にはなれない)

そう思ったとたん、何とかして豪一を困らすようなことをしでかしてみたくなった。

(おやじには、社会的な地位も名声もある)

それを一挙に踏みつぶす方法はないものかと、一郎はじっと考える目つきになった。豪一を困らす方法はいくらでもあるような気がした。まず第一に、豪一の愛している奈美恵を犯すことである。既に心の中では、いく度も奈美恵を犯した一郎だが、しかし一郎には、奈美恵が余りにもおとなでありすぎた。

(だがきっとやりとげてみせるぞ)

一郎は、両手をズボンに深く突っこんだまま、部屋の中を歩き始めた。

(おれはそのほかにも、もっとおやじを困らすことをしてやるんだ)

そう思ったが、すぐには何をしたらいいのか、思い浮ばなかった。しかし、いままでのように、ただぐずぐずと外で食事をしたりしているよりは、もっと積極的に悪いことをして、父を困らせたほうがおもしろいと思った。自分だけくよくよ悩んでいるのはつまらなかった。父にはもっと、罰が当っていいはずだ、と一郎は部屋の真ん中で立ち止った。

ドライヤー

久代はきょう久しぶりに、店を功に委《まか》せて街へ出た。和夫の服や功の寝具などを買うためであった。買物が終り、思い立って美容室に行ってみた。一カ月に一度ぐらい丘の下の美容室に行くのだが、きょうはどこの美容室というあてがなかった。

メインストリートから少し入った通りに、美容室の看板をみて、久代はドアを押した。椅子が四つの小さな美容室である。六人ほど先客があった。四時には少し間があった。客たちは一見ホステスとわかる女たちで占められていた。

淡いグレイの地に、若草色の棒柄のサマーウールを着た、落ちついた久代の美しさが、女たちの中で目立った。

「ねえ、この間の写真できてきた?」

久代のすぐ後から入ってきた三十過ぎのホステスが、美容師に声をかけた。

「ああ、できてるわよ。とてもきれいよ」

美容師が気さくに言葉を返すと、十七、八の助手が、すぐそばの棚から白い袋をとり出して女に渡した。婚礼の写真のようだと思いながら、久代はさりげなく、隣に腰をおろしたホステスの手もとをみた。

「どれどれ、わたしにもみせてよ」

仲間らしいホステスたちが二、三人、頭にクリップをつけたまま、ソファのそばに寄ってきた。角かくしをした花嫁姿が、久代の目にも入った。その姿は、たしかに初々しく清純であった。

「へえ、よく撮れてるじゃないの。わたしのよりよくとれてるわ」
三十五、六のホステスが羨《うらや》ましそうに言った。
「わたしも花嫁姿をひとつ撮っておこうかな」

まだ二十そこそこのミニスカートの若い女が言った。

「バカね。あんたみたいな若い娘が、何もあわてて花嫁姿をとることはないでしょう。いまに実のあるいい男がでてきて、結婚できるかも知れないじゃないの」

「そうよ、わたしたちのように四十に手が届くようになれば、結婚する当てもないからね。せめて花嫁姿でも撮っておいて、自分を慰めるより仕方がないけどさ」

ホステスたちは、あけすけに話しあいながら椅子に戻った。彼女たちはそばの久代や、他の客を眼中には置いていないようだ。

久代は、いまの話に深い悲しみを感じた。この女性たちも、小さな子供の頃から、自分の美しい花嫁姿をいく度か夢みて育ってきたにちがいない。しかし、その夢はむなしく破れて、結婚する機会に恵まれずに過ぎたのだろう。後もう一生結婚の相手は現れないだろうと見きわめをつけて、自分の花嫁姿を写真にとったにちがいない。その傍《そば》に立つべき男はいなくて

も、こうした自分の花嫁姿を撮ってみたいのが、女心というのだろうか。それとも、それぞれの心の中で、この横に立つ男性を、心ひそかに抱いているのだろうか。かすかな頬笑みを浮べた花嫁姿は、想う人と結婚した女性のそれのように、まことに、幸福そうであった。

そのホステスは、いそいそと高い写真代を美容師に渡し、またもやじっと自分の花嫁姿に見ほれていた。久代は自分自身の上に思いがかえった。

「おかあさんの、お嫁さんの写真みせて」

和夫がこの頃時々思いだしたようにいう。その度に久代の心は痛む。なるほどこうして花嫁姿を撮っておけば、和夫にみせることはできるだろう。しかし久代には、そんなみじめな思いには耐えられなかった。このホステスたちには、同棲《どうせい》している男がいるかも知れない。結婚式も挙げず、籍も入れず、ずるずると一緒になっているその男を、愛してはいるだろう。しかし、花嫁姿にならなかったことを、女たちは恨みに思っているかも知れないのだ。

久代は週刊誌をひざの上において、番を待ちながら佐々林豪一の顔を思い浮べていた。

久代は豪一への憎しみを忘れることが、何よりも自分の幸福だと思ってきた。だが現実に、和夫という子供を毎日目の前にみている以上、やはり豪一のあの夜の姿は、忘れようにも忘れられなかった。いまでも時折夢の中で、あの夜の豪一におびえることがある。

あの夜までは、久代は豪一を嫌うべき何ものもなかった。立派な社長であり、たのもしい紳士でさえあった。だがあれ以来、久代は豪一のみならず、すべての男性の肉体を嫌悪するようになった。どんなに紳士にみえる男であっても、その底にはあの夜の豪一のような、強

暴な獣性がひそんでいるように思われてならなかった。

「わたしも花嫁姿をとろうかしら」

ついたての陰で、ゆっくりとした甘い声がした。

「あら、佐々林さんのお嬢さんなど、そんなご冗談を……」

（佐々林のお嬢さん！）

久代がハッとした時、ついたての陰から洗髪した奈美恵が姿を現した。

「でもね、あたし体が悪いでしょう。なかなか結婚などできないの」

奈美恵はそう言いながら、おやというように、鏡の中の久代に目をとめた。

久代は、この人がいつか聞いた母親代りの姉という人かと思った。豪一の秘書をしていた久代は、一応佐々林家の家族構成は知っていた。書類の上ではたしか子供は、女と男の二人だけであった。とすると、この人はいったい佐々林家とどのような関係にある女性なのか、久代は訝《いぶか》しく思った。

「お体は、どこもお悪そうじゃございませんのにね」

美容師は、ホステスへの言葉とは全くちがった言葉づかいをした。

「奥さま、どうぞ」

椅子が空いて、久代は奈美恵の隣の椅子にすわった。やがて久代はドライヤーに入った。

「タイガーのテルちゃんね。この頃とても品行方正になったんだって」

いま久代と入れ代りにドライヤーを出たホステスが、写真の女と話を始めた。

「へーえ、どうしてかしら」

「何でも、タイガーの向いの先生に、参っているんだっていう話よ」

ドライヤーに入った久代には、もう誰の声も聞えなかった。

「タイガーの向いの先生？　ああ、あの薬局の薬剤師さん？」

「ううん、学校の先生だって」

「学校の先生？　先生なんて、あたしはきらいだなあ」
三十五、六の女が、いかにもきらいだというように言った。
「そうさね。学校の先生の飲み方は、汚くて嫌いさ」

「でも、そんな人ばかりでもないわよ。で、その先生、タイガーのお客さんなの」

「それがちがうんだ。ただ向いに下宿してるだけさ。変った先生でね。吾々《われわれ》ホステスにでも、誰にでも、顔をみればすぐおじぎするんだってさ。まるで隣の奥さんに挨拶するようにね」

「じゃ、テルちゃんは、隣の奥さんに挨拶されるように挨拶されて、参ったっていうわけかい」

「そうだよ。話も何も、ほとんどしたことがないっていうのに、その先生が気になって仕方がないんだとさ」

「なあんだ。話もしたことがないんじゃ、寝たこともないんだね。つまらない話だこと」

一番若いホステスが、がっかりしたように自分の席から声をかけた。

「これだからいまの若い子はいやさ。あたしなんかも、テルちゃんみたいな恋をしてみたい

もんだわ。遠くからそっと姿をみているだけで、思わずため息がでるなんて、いい話じゃないの」

「姿を眺めてるだけじゃつまらないけれど、満更悪くはないわね。で、その先生の名前くらいは知ってるの」

「知ってるどころじゃないよ。杉浦悠二先生、杉浦悠二先生って、テルちゃんのお題目になっているんだから」

時間があるのか、結い終えたホステスたちは、しばらく客のうわさや同輩のうわさをしていたが、そのうちに連れ立って出て行った。急に店の中が静かになった。奈美恵は長い髪をアップに結いあげているところである。

「あのねーえ、いまあの人たちが言っていた先生、うちの弟の先生なのよ」

「あら、その先生をご存じですか」

「知ってるわ」

「その方、お嬢さんのお好みに合う男性ですか」

奈美恵は答えずにちょっと笑って、

「あのドライヤーに入っているひと、どこのかた？」

「さあ、初めてのお客さまですから……」

「きれいな方ねえ。奥さんかしら」

「落着いていらっしゃるから……。でもふんいきがどこか奥さんともちがうのね」

その時、久代のドライヤーのスイッチが切れた。

「お嬢さんの弟さんは、中学生ですか、高校生ですか」

美容師は巧みに話題を転じた。

「うちの一郎は、中学三年よ」

二人は、隣にすわった久代の表情には気づかなかった。

奈美恵は、豪一にも、トキにも似てはいない。大柄な体格と、少し眠いようなまなざしが、ふしぎなふんいきをかもしだしていた。久代は、いま思いがけなく、一郎を弟というこの女性と、隣りあっていることに、目に見えぬ糸のようなものを感じた。過去にもいく度かこんなことがあった。修学旅行で初めて東京に行った時、銀座通りで四国の伯母にバッタリ会ったことがある。もう何年も会っていないのに、札幌に住む自分と、四国に住む伯母とが偶然あったことに、久代はふしぎな血の繋《つな》がりを感じたものだった。

いま久代は、それに似たふしぎさを感じていた。久代は誰も知人のいない旭川に住むことにしたはずだった。だがちょうど同じ頃、豪一もまた札幌の家を引きはらって、旭川の新しい家に移り住んでいた。それればかりか、一郎がすぐ近くの北栄中学に通い、毎朝久代の店にパンを買いにくるようになった。しかも、ついこの間、豪一の妻のトキまでが、何も知らずに久代の店によって行った。そしていままた、この美容室で佐々林家の人に偶然会ったわけである。久代は、自分が何かにあやつられているような不気味ささえ感じた。

（それにしても、この女の人はいったい誰なのだろう）

思いなしか、相手もまた自分の方をちらちらとみているような気がして、久代は落ちつかなかった。無造作に見えるが、久代にはとても手の届かないような薄紫の地の江戸小紋を、巧みに着こなしている。あるいは一郎の従姉《いとこ》でもあろうかと、つい視線が奈美恵に走るのを、久代はどうしようもなかった。

「さっきのね、あの人たちの花嫁姿の写真をとる気持、わたしにもよくわかるわ」

奈美恵が例のゆっくりした口調で言った。どこかねっとりとした感じである。

「そうですわね。お互いに女ですもの。わたし何だか、切ないような気がしますのよ。でもまた、あの写真が騒動の種にならないとも限りませんわねえ」

少し痩《や》せぎすのその美容師は、手早く毛ピンをさしながら言った。

「なぜ?」

「だって、やきもちやきの男なら、いくら説明しても、お前一度結婚したんだろうなんて、さわぎたてるにきまってますからね」

「ああ、誰かと一緒になる時ね。じゃ、写真を焼き捨ててから一緒になればいいんじゃないの」

「でもね、やっぱり自分の美しい写真というのは、なかなか焼き捨てられないんじゃないでしょうか」

「そうね。ちょっとむずかしいわね。女って欲ふかいから、あれもこれも持っていたいわねえ」

やっと出来上がった髪を、手鏡に写しながら、奈美恵は久代をちらりと見て「ねえ」と言うように笑いかけた。久代は少し狼狽《ろうばい》してうなずいた。

（この人と、うちの和夫とは果して血がつながっているのだろうか）

久代は複雑な思いで、店を出て行く奈美恵を見送った。

草の上

七月に入ると、放課後のプールは賑《にぎ》やかだった。白いワイシャツ姿の悠二は、屋上から、赤、青、黄、とりどりの色が動くプールを眺めていた。誰が誰か、色は一瞬も同じ所にとどまらない。まん中のロープを境に、男子と女子に分れている。プールサイドの審判台にみえるブルーの色は、寺西敬子かも知れないと思いながら、悠二は少しの間、そのブルーに目をとめた。上から眺めるプールの水が青い。午後五時に近い太陽の光が、水にも芝生にも、ギラギラと暑かった。悠二も泳ぎたいような気がした。しかし悠二は、屋上を去って二階の教具室に入って行った。

すると思いがけなく寺西敬子がそこで何かを探していた。敬子は悠二をみて、みるみる赤くなった。

「やあ、寺西さんはプールじゃなかったんですか」

さっきプールの審判台にいたのは、敬子と思っていただけに、悠二も驚いた。

「泳ぎませんわ、わたし」

なぜかいっそう敬子は赤くなって、悠二にくるりと背を向けた。悠二はあした使う図表を探しあてて、教具室を出た。と、その時、ワイシャツが釘《くぎ》にでもさわったのか、ビリリと破れる音がした。しまったと思いながら悠二は、廊下を急いだ。

（なぜあの人は、あんな赤い顔をしたのか。普段の寺西敬子らしくない）

そのことが少し気になった。

「あら先生、背中が鍵裂《かぎざ》きですよ」

被服室の前を通った時、戸沢千代の声がした。

「はあ、そこでやっちゃったんです」

悠二は背中に手を回した。

「ちょっといらっしゃい。わたしがすぐ縫ってあげますから」

「じゃ、すみませんが……」

悠二は被服室に入って行った。二教室をぶちぬいたほどの長い部屋である。裁断台とミシン台で一つの席になり、それが何十台もズラリと並んでいる。

「ずいぶんぜいたくな教室ですね」

ワイシャツを脱ぎながら、悠二は言った。

「金のかかっている割に、教育効果の上がらない部屋でもありますのよ」

戸沢千代は、ワイシャツを手にとって、

「あら、杉浦先生のにおいがするわ」

と笑った。

「ぼくのにおいって、どんなにおいですか」

「そうね、さわやかなにおいよ。ご心配なく」

悠二は、アンダーシャツのまま、千代から少し離れた。千代はポッテリと丸い手で、器用にミシンをかけた。

「裁《た》ち台についているこのコンセントは何ですか」

コンセントはすべての裁ち台についている。その時足音がして、寺西敬子が被服室の前を通り過ぎようとした。

「寺西先生、寺西先生」

よく透る声で、戸沢千代が呼びとめた。

「なあに先生、何かご用でしょうか」

敬子が戸口から顔を出した。

「先生、ちょっと遊んでいらっしゃいよ。いま、杉浦先生のワイシャツを、わたしが縫う間ぐらい、いいでしょう」

敬子はちらりと悠二の方をみて、

「あら、先生は案外いい体をしてらっしゃるのね。いつもワイシャツをお脱ぎになってると

いいのに」

　と笑った。いまさっき教具室で、うろたえたように赤くなった敬子とは、全くちがってい
た。悠二は狐に化かされたような気がした。女というものは、敬子のようにサッパリとした
気性の女性でさえ、どこかわからない所があると、悠二はひとつの発見をしたような気がし
た。

「じゃ、いつも脱いでいらっしゃるといいわ」

　戸沢千代は屈託がない。

「このコンセントは何をするんですか」

　裁ち台を指さして、悠二は再び尋ねた。

「もちろん電気アイロンにつかうのよ。やっぱり先生は男の人ね」

　敬子はいつもの調子で、茶目っぽく笑った。さっき教具室でみせたあのはにかみは、何だ
ったのだろうと、悠二はまたふしぎになった。

「ね、先生。もしわたしが若い女の先生で、ここでこうしてワイシャツを縫っていたら、ち
ょっとした騒動になりますわねえ」

　戸沢千代が何を思ったか、クスクスと笑った。

「あ、わかった」

　寺西敬子が手をたたいた。悠二はポカンとした。

「戸沢先生、ご主人のワイシャツかズボンを縫っておあげになったことがあるんじゃない？

職場結婚と伺っていたわ」

「まあ、何て血のめぐりのいい人でしょうね。実はわたし、ワイシャツをこうして縫って上げたことがあったのよ」

「聞かされるわねえ。ね、杉浦先生」

「ハア」

悠二はあいまいに笑った。敬子が思い出したように言った。

「わたし忘れていたわ。杉浦先生のクラスの生徒たちが、中庭で何やらガヤガヤ話をしていたの。大川君が、杉浦先生どこにいらっしゃるだろうって、言っていたわ」

「何だろう」

「さあ。よくわからないけれど……別段どうしても杉浦先生に用事があるとも思われなかったけれど」

敬子はそう言って、ちょっと目を伏せたが、

「こないだの、久代さんの朝のお弁当おいしかったでしょう?」

半月も前のことを、敬子は言った。

「ああ、あの人、料理が上手だなあ」

「あら、わたしだって上手よ。こんどお二人にごちそうするわ」

戸沢千代が、白い糸切り歯で糸を切った。

悠二は、生徒たちが集まっているという中庭におりてみた。生徒たちは芝生の中に、十人

ほど車座になってたむろしていた。悠二が姿をみせると、すかさず声が飛んできた。

「待ってました！」

役者が舞台に現れた時のような、大川松夫の掛け声に生徒たちがどっと笑った。

「何をしてるの。プールで泳がないのか」

津島百合も大垣吉樹もいたが一郎はいない。みんな少し興奮したように目が輝いている。

悠二は、生徒たちの間にどっかと腰をおろした。

「泳ぎより大事な問題があるんです。きょう掃除をしながら、みんなで話しあったんです」

「何だ。掃除はそっちのけで、話だけしていたんではないのか」

悠二は、みんなが泳ぎより大事だという話に、見当がつかなかった。

「いや、手も八丁、口も八丁。大丈夫です」

大川松夫が胸をたたいた。

「先生、戸沢先生はアカだって、ほんとうですか」

いきなり尋ねたのは山田健一だ。シュバイツアー志望の、元気のいい子だ。

「どうして？　戸沢先生は共産党員ではないはずだよ」

大事な話は、このことかと思いながら、悠二はゆっくりと生徒たちを見まわした。

「でも先生、戸沢先生のクラスのおかあさんたちが、あの先生はアカだってさわいでいるっていうんです」

小市君代が丸い顔を悠二に向けた。「女史」というあだ名だ。君代は政治の話に特別興味

を持っているからだ。

「ああそうか。そんなことを言ってさわいでいるのか。今の日本はね、平和ということを口にすると、すぐにアカだと言ってみたくなる人間が多いんだよ」

悠二はたばこに火をつけた。

「だけど戸沢先生は、少し平和のことを言い過ぎるって、うちの母も言ってました」

大垣吉樹がボソボソと低い声で言った。

「いや、平和という問題は、言い過ぎることのない問題だよ。あの先生は、おにいさんが二人とも戦死してるんだからね。戦争はいけないというのは、当然じゃないのかな」

「そんなに平和という問題は大切なんですか」

不満そうに大垣が反問した。

「ああ、大事な問題だよ。一人一人が平和のことを、ほんとうに大事に考えなくちゃいけないんだ」

「そしたら先生。先生だって、ほかの先生だって、みんなもっと平和のことを言ったらどうなんですか。それとも戸沢先生だけが平和の係の先生なんですか」

大垣は口を尖《とが》らせた。

「これは参ったね。たしかに君のいうとおりだよ」

悠二は頭をかいた。

プールの方からは、絶えず歓声が聞えてくる。

「そうね、わたしもそう思うわ。戸沢先生はほんとうは、みんなの思っていることをおっしゃっているんだと思うの。ところがほかの先生方は、平和のことはあまりおっしゃらないもんだから、戸沢先生だけが目立つんだと思うんです。アカだなんていわれてかわいそうだわ」

珍しく津島百合が、大垣の意見に同意するような発言をした。大垣はちょっときまり悪そうな顔をしたが、すぐにそっぽを向いた。その時小市君代が百合に言った。

「変ねえ、アカだっていわれたら、どうしてかわいそうなの。アカって、何もかわいそうなことないでしょう。アカだっていう人がいたら、じゃあんたはクロかっていえばいいじゃないの。思想は自由なんでしょ、そしたら何党だって別に憲法違反じゃないでしょう。ねえ先生、そうですね」

「ああ、自民党でも社会党でも共産党でも、いいはずなんだがね。世間はそう公平に扱わないんだよ。アカだというのは、今の日本では、ひとつの悪口なんだろうね。残念なことだけれど」

「変だわ。憲法に思想の自由ということが許されているんだから、悪いという人がいたら、その人の方が憲法違反だと思うんだけど、おとなってわかんないなあ」

小市君代は、かたわらの芝生をさかんにむしりながら、腹を立てたように言った。

「先生、とにかく戸沢先生は共産党員ではないんですね」

「そう、党員じゃないよ」

「党員だっていいじゃない。ゴチャゴチャいうことないわ」

「先生、戦争っていいことなんですか」

山田健一が尋ねた。

「いいわけないじゃないの」

ぴしゃりと決めつけるように津島百合が言った。

「悪いことはわかってるよ。ただぼくの言いたいのはね、中学生のぼくたちが、戦争は悪いんだって思ってみてもだよ、おとなたちはそう悪いとは思っていないんじゃないかと、考えるのさ。するとね、おとなたちとぼくたちと、いったいどっちが正しいかと思うんだよ」

その時大垣吉樹が言った。

「戦争だって色々あるんじゃないか。相手が攻めて来たら、やっぱり戦うのが当り前だろう」

「そうかな、それがどうもぼくにはわからないんだ」

山田健一が頭をひねった。

「だって、山田君のうちだって、泥棒が入らないように鍵をかけるだろう。それが軍備だってさ。それでも強盗が入ってきて殺されそうになったら、相手を殺したって罪にはならないんだろ。そんな戦争は悪いといえないんじゃないか」

「どうもおかしいなあ、君のいうことは」

山田健一はあぐらをかきなおした。

「何がおかしいんだ。うちのおかあさんだって、そう言ってるよ。新聞にだって書いてるし

さ」

「君のおかあさんはどんなに偉いかわからないけど、ぼくはやっぱりおかしいと思うよ。だってね、考えてみたまえ、泥棒や強盗と、かりそめにも国というものと、おんなじだと言えるのかなあ。国には国同士の道徳みたいなものがあるだろう。そんな押入り強盗のような真似をしたら、世界に恥をさらすようなものじゃないか。やっぱり戦争になりそうな気配っていうのは、戦争の場合あるわけだろう。泥棒が入りそうな気配なんてのは、何カ月も前からわからないけどさ」

山田健一は熱心に吉樹を説得しようとした。悠二は生徒たちが、いつどこでこんな考えを身につけたのかと思いながら、耳を傾けていた。山田健一は言葉をつづけた。

「国同士の場合、話し合いってのがあるだろ。ぼくはおとなでないからわからんが、どうも国同士は話し合いが足りないんじゃないかと思うんだ」

「そうだ、そうだ。話しあうより、おれの国には原子爆弾があるぞって、デモンストレーションばかりやってるもんな。あれは戦争をしたいんだ」

大川松夫があいづちを打った。

「そうよ、戦争なんか悪いことだから、しないって決めておけばいいのにね」

津島百合が賛成した。

「そんな簡単に事がすむんなら、苦労はしないよ。何だかんだって、日本が戦争にまきこまれたら、国のために戦うより仕方がないだろうよ」

みんなを上から見くだすように、大垣吉樹は言った。

「国って何よ。国のため、国のためっていうけど、わたしはどうもわかんないのよ」

黙っていた小市君代が、草をむしるのをやめて言った。

「そう言えばそうだな。社会科では、国家とは何かなんて、まだ習っていないしな」

誰かが言った。

「国なんてならわなくたって、わかってるじゃないか。この国土と、国民のことじゃないか」

大垣吉樹は、何をつまらないことをいうとばかりに言った。

「そういわれれば、そんな気はするけどさ。しかし戦争なんか、おれたち国民の知らないうちに起きたりするんだからな」

大川松夫は、半分口をあけたまま、自分の言葉をたしかめるような顔をした。小市君代が口をはさんだ。

「国って、わたしは与党のことだと思うの。重大な法案に限って、余り審議されないで、決ってしまうでしょう。でも決ったその法律は、たちまちわたしたちをしばりつけるのよ。ね、先生」

「なるほどなあ、さすがは女史だなあ」

大川松夫はポカンとした顔で、小市君代をみた。

「そうだなあ、国の命令で戦争に行くというのは、つまり与党の命令で戦争に行くのと同じ

なんだなあ」

山田健一がうなずいた。

「そうよ」

小市君代は、今、座の中心になっていた。

「もし徴兵ということが決るとなれば、やはり国会が決めるのよ。でも、いままでのように、社会党や共産党がいくらさわいでも、決るものは決ってしまうでしょう。そうなると、誰の決めた法律で戦争に行くことになるのかしら」

「仕方ないよ。多数決だからね。しかも、その多数の人の選んだのは国民なんだから。何もガアガアいうことはないよ。民主主義ってのは、数の勝ちだからね」

そういって立上がった大垣吉樹は、片手をあげると帰って行った。

「いやな奴だなあ。いやな奴だけど、たしかに代議士を選んだのは国民なんだからなあ」

大川松夫が悠二の顔をみた。

「だけど大川。いくら選んだからって、こっちの命まで代議士たちにあずけたわけではないんだろうになあ」

山田健一が不服そうに言うと、小市君代が少し興奮した口調で言った。

「でも、国の政治を委《まか》せましたということは、こっちの命をあずけましたっていうようなものよ。この人に一票をいれるということは、自分の命をあずけると思って、真剣に投票しなければ駄目なのよ」

みんなは一瞬おし黙った。その時誰かがつぶやいた。

「だけどおれは戦争はいやだな。おれは死にたくないからな」

その時、背の低い佐々木隆子がポツリと言った。

「でも、戦争をさせている人たちは偉い人たちでしょ。その偉い人たちは、弾丸《たま》に当って死なないから、いくら戦争をしても平気なのかしらねえ」

そぼくな感想である。

「と言ってもおとなたちはうそつきよ。人の命は地球より重いなんていうけれど、ほんとにそうなら、いったい何が大事で戦争をするのかしら」

おとなしくしていた津島百合が、うちつけるように言った。大川松夫はいく度もうなずいて、

「そうだ、そうだ、第一さ、おれはアメリカ人も、ソ連人も、中国人も、ドイツ人も誰も殺したいほど憎ったらしくないもんな。むずかしい試験問題をだす先生の方が、よっぽど憎ったらしいや」

思わずみんなが笑った。悠二は何となくドキッとして、大川松夫の顔をみた。

目の前にいない人間を、人は憎むことはできないはずだ。それは全く大川松夫のいうとおりである。人は目の前にいる何人かの人を愛したり、憎んだりして一生を過ごすのだ。その限りにおいては、殺したいほど憎い人は、そうたくさんはいないはずだ。もともと人間は、たくさんの人間を原子爆弾で殺したり、焼夷弾《しょういだん》で家を焼き払うほど残虐なはずではなかった。

大方の国民は、毎日食べるに事欠かず、住む家があり、そしてたった一人でも、自分をほんとうに愛してくれる者がいれば、じゅうぶんに満足して生きていくものなのだ。その人間を無理矢理戦争にかりたてる者を、国民はもっと憎んでもいいはずだった。

今、この少年たちは、戦争はいやだと言っている。それなのに、自分たち教師も、そして親たちも、この真実な叫びにどれだけ応じて生きているだろう。悠二はさっきからただ生徒たちの話を聞いているだけで、何ひとつ発言しない自分の心のうちを思っていた。自分もまた、熱心に平和を語り合うべきではないか。戦争はごめんだと叫ぶべきではないかと思いながら、しかし悠二は黙っていた。

「先生、ぼくね、自分が死ぬのはもちろんいやだよ。だけどぼくが戦争を嫌うのは、自分が死にたくないというだけじゃないんです」

山田健一が、悠二に熱心に話しかけた。

「うん。それはつまりどういうこと？」

「ぼくがね、もしいくらタマがあたっても死なない体だとしてもね、戦争には行きたくないんだ。だって、ぼくは人を殺すために生れてきたんじゃないんです。ぼくはシュバイツァーのように偉くはなれないけど、たくさんの不幸な人のために働くために生れてきたつもりなんです」

みんながパチパチと手をたたいた。それは純真な共感の拍手であった。

「なるほど、山田君はいいことを言ったな。山田君には生きる目的がある。しかも尊い目的

だ。単なる金もうけや出世が目的ではない。君たちみんなが、めいめい生きる目的を持ったら、平和に対する答えも出たといえるのではないかな」

生徒たちがうなずいた。

「さあ、もう五時半を過ぎたよ、そろそろ帰らなくちゃ……」

悠二は時計をみた。

「まだ帰りたくないなあ」

大川松夫が言ったが、悠二はしいて生徒たちを帰らせた。

何か話しながら帰っていく生徒たちのうしろ姿を見送りながら、悠二はしばらく芝生に立っていた。いま悠二は、自分という人間に、何ともいえない嫌悪を感じていた。教師として、何ひとつ平和の問題について悠二は語らなかった。そのくせ、山田健一の言葉にこれ幸いと便乗して、分別臭い結論だけは急いで出し、生徒たちをていよく追い払ってしまったのだ。

悠二はぶらぶらと、プールの方に歩いて行った。音楽教室の方からは相変らずトランペットやドラムの音が高く響いてくる。力強いその音にも、一途《いちず》な少年の心がこもっているようであった。

プールにはまだ七、八人ほど男生徒たちが泳いでいる。誰かが白いハンカチに包んだ石を投げいれると、生徒たちはそれを目ざして水の中にもぐりこむ。悠二は腕組みをしたまま、それを眺めていた。生徒たちはあきずに、いく度も同じことをくり返している。

ふと悠二はうらやましいと思った。ひとつのことに熱中できる少年たちがうらやましかった。まだ三十にしかならない自分が、疲れ果てた者のように、ひとつ事に熱中できなくなっているのを悠二は感じた。

脱衣場の方から寺西敬子が歩いて来た。足の運び方が、体操の教師らしくのびのびとして美しい。敬子はプールのそばに立って、胸にぶらさがっていた笛を鳴らした。泳いでいた生徒たちが敬子の方をみた。

「もうお上がりなさい。体が冷えますよ」

よく透る声だ。生徒たちは一瞬つまらなそうな顔をしたが、しぶしぶとあがってきた。

「プールは五時までですよ。規則は守らなくちゃダメ」

笑顔だが、ハッキリとした口調だ。悠二はその敬子の言葉にも、やはりうらやましさを感じた。寺西敬子はまだ二十五歳にはなっていないはずだ。だがその態度には、教師としての権威があった。

敬子が悠二のそばに近づいてきた。

「先生、ご苦労さま。いままでずっと、生徒たちとお話をしてらしたのね」

若い女性の口調に戻っている。悠二は黙って苦笑した。

「この頃の先生は、なかなか生徒と話しあおうとはしないわ。個人的なふれあいがなくて、生徒たちはかわいそうよ。何か相談したいことがあっても、きょうは忙しいからって、ことわる先生が多いんですって。でも先生はちょっとちがうわ」

いかにも感心したような敬子の言葉に、悠二はいいようのない恥ずかしさを感じた。敬子が感じているような自分ではないことを、悠二はよく知っている。だが悠二には、敬子には自分をいい先生だと思わせておきたい気持があった。それがまた悠二の自己嫌悪をそそった。

「何のお話をしていらしたの」

「平和問題ですよ」

「平和問題？　それはまた大問題を話しあっていたのね」

再び敬子は感心して言った。

「いや、しかしね、ぼくは黙って聞いていただけですよ」

「平和問題を、受持の先生と話しあえるなんて、杉浦先生の受持の生徒はしあわせですわ」

敬子はあくまで善意であった。

シャワーを浴びて、生徒たちは帰って行った。誰もいないプールの水に、傾いた陽が眩《まぶ》しく映っている。悠二は、敬子に自分のいまの気持を打ち明けたいような、甘えた気持になった。いや、甘えたというより、あるいは残酷な気持であったかも知れない。自分を買い被《かぶ》っているこの若い女教師に、自分の意気地なさをハッキリと見せつけたいような気持でもあった。しかしそれはやはり一種の甘えであっただろう。

「ぼくはねえ、つくづく自分がいやになりましたよ。生徒たちは、かなり熱心に平和のことを話しているんです。それなのにぼくは、ただうんうんと聞いているだけで、ちっとも本気になって話し合っていないんです」

「あら、そんなことおっしゃったって、生徒たちは熱心に話したのでしょう。生徒って敏感よ。もし先生が、本気になって聞いてくれないのなら、生徒たちは口をつぐみますよ。黙っていても、先生からこだましてくるものを、生徒はちゃんと感じていたんだと思うの」

「いや、しかしね。ぼくはぼくとしての平和に対しての意見を述べるべきだったと思うんですよ。しかし、ぼくはそれができなかった。ぼくは平和問題に口を挾《はさ》むことが恐ろしかったんですよ。生徒たちがどんな受取り方をするかわからない。家に帰って親たちに何というかわからないと思うと、うかつに口を開くことができなかったんですよ」

悠二は話しながら、またしても気が重くなっていた。

「それは先生、仕方がありませんわ。先生の考えている平和という問題を、生徒たちがまだじゅうぶん消化できないと思ったからでしょう。それは教育的配慮ですもの。卑怯《ひきよう》ということとはちがいますわ」

「どうも困るなあ。そう買いかぶられたんでは。ぼくはね、教師として生徒と共に平和を語ろうとする気持がなかったんです。一度公立校を追われて以来、ぼくはすぐに、自分のことばかり考える、保身のうまい教師になり下がったんですよ。くだらない男ですよ」

まったくそのとおりだと悠二は苦い思いで一ぱいだった。もっと生徒たちに平和運動の問題点や、戦争の起ってくるその根本的な人間の欲望やみにくさ、そして社会の仕組みなどを語って、共に怒るべきであったと思う。もし、誤解する生徒がいたとしても、あれだけ考え始めている生徒たちには、わかってもらえることも多いはずだった。大川松夫が、まだ帰り

たくないと、話し合いを希望したのに、自分は無理に生徒たちを帰らせてしまったのだ。

多分生徒たちは、自分の卑怯さに気がつかなかったのだろう。別段誰一人そのことで、自分に不信感を持ったものはいなかったことだろう。つまり自分は、生徒をうまくだましてしまったずるいおとなに過ぎなかったのだと、悠二は情けなくなった。

「くだらなくないわ。先生は良心的過ぎるのよ。そしてご自分には決して満足しようとはさらないのよ。少し完全主義だと思うの」

悠二は黙って敬子を見た。たとえこれ以上話をしても、敬子はまた同じ善意な言葉を返してくるだろう。何だかこの敬子に、ほめられたいために自分の気持を告白したような、後味の悪さが残った。

「わたしね、先生はいわゆるおりこうで、事なかれ主義じゃないかと思ったことがあるの。でも、この頃はそうじゃないと思うようになったわ。とても考えぶかいんだと思うの。すぐに自分を宣伝しようとする派手なことはなさらないでしょ。良心的だと思うわ」

見当はずれな言葉だと、悠二は苦笑した。何と、人間の心というものは、通じ合わないものだろうと悠二はふしぎな気がした。敬子と自分は、少なくとも嫌いあってはいない。むしろ、自分は敬子に好意を持っているし、敬子もどうやら自分に好意以上のものを持っているように見える。好意を持ち合っている者同士でも、こんなに理解し得ないのならば、まして、反撥《はんぱつ》し合っている人間が、どうして理解しあうことができるだろう。考えてみると、「好き」ということも、「嫌い」ということと同じだけ誤解の上に成り立つ感情のような気がする。

もし、何もかもありのままに自分の心が相手に映るとしたら、こんなつまらぬ人間を、好きになってくれるわけがない。とにかくこれでは自分も、生徒たちをどれほども理解していないのではないかと、悠二は思った。そして生徒たちも、自分をどのくらい理解できるだろうかと考えると、何か淋しい気持がした。

「寺西先生、人間と人間を結びつけるものって、いったい何でしょうね」

悠二の問いに、敬子は思いがけなくパッと顔を赤らめた。

「それは……愛だと思います」

その時悠二は、またしても敬子が自分の言葉を誤って受取ったことに気がついた。敬子はあるいは、いまの自分の言葉を、愛の言葉のように受取ったのではないだろうかと、悠二はあわてた。

「愛ですか。なるほどね」

気のきいた言葉は、とっさに浮ばなかった。敬子は黙ってプールの水を眺めている。

「帰りましょうか」

悠二はうながして歩き始めた。敬子は立ったまま動こうとはしない。

「じゃ、お先に」

悠二はわざと大きな声で、快活に言った。この間の当直の夜、佐々林みどりが言った言葉を悠二は思い出した。

「あの人よっぽど、先生にお熱を上げてるのね」

そんなみどりの言葉を思い出しながら、悠二は草を踏んで、校舎に戻って行った。

入道雲

七月も中旬の、日曜日であった。和夫はよどんだ川岸に腹ばいになって、いまやごを取ることに夢中になっている。和夫の友だちが二、三人、共に水の中に手を突っこんでいる。

「あっ、いたいた」

和夫の手の中には、細いやごがくねっている。七月の太陽が、和夫の水にぬれた小さな手を、まぶしく照り返している。

「おい、よこせ」

少し体の大きな男の子が、いきなり和夫の手からやごをひったくった。和夫は黙って相手の顔をみたが、

「そんなことしたら、やごが死ぬよ」

ゆっくりした口調で言った。

「死んだっていいよ」

男の子は乱暴に言った。

「そうだそうだ。やごなんか死んだっていいよ」

ほかの男の子たちも言った。和夫はつまらなくなって、川岸にねころんだまま空をみた。そしてつい口ぐせの駅の名前を、順に言い始めた。

「あさひがわ……ちかぶみ……いのう……かむいこたん……」

「なんだ、それ」

さっきの男の子が言った。

「うん、旭川から札幌までの駅の名前だよ」

和夫はそう言って次をつづけた。

「おさむない……ふかがわ……もせうし……えべおつ……」

和夫は無心に並べつづけた。

「何だ。でたらめ言ってる」

大きな男の子が笑った。

「そうだそうだ。和夫の奴、でたらめだ、でたらめ言ってらあ」

ほかの子供たちもはやしたてた。

「でたらめでないよ」

和夫は相変らずおっとりした口調だ。

「でたらめだよ。お前一年生でないか。一年生がそんなこと覚えているか」

「覚えてるよ。ぼく、何べんも練習したんだもん」

「うそ言ってらあ。一年生がそんなことわかるはずないぞ。なあみんな」

三年生ぐらいのその男の子は和夫をにらみつけた。

「でたらめでないんだけどなあ。そしたら五郎ちゃん知ってるかい」

五郎と呼ばれた子は、知ってるかと言われてムッとしたが、

「知ってるさ、言ってみるか。……あさひがわ、かむいこたん、たきかわ、さっぽろ、よこはま、とうきょう、なごや、おおさか、せんだい……」

思いつくままに都市の名を並べて、五郎は威張った。和夫はけげんな顔をして言った。

「五郎ちゃん、変だなあ。東京に行く前に仙台があるんだよ。それに、そんなに早く旭川から東京に行かないよ」

「いくよ。超特急だからすごく早く行くんだぞ。なあ、みんな……」

「超特急？　北海道に超特急なんかあったかなあ？」

和夫は考える顔になって、

「東京までいくのにね。旭川、近文、伊納、神居古潭……」

和夫はまたのんびりした調子で、言い始めた。

「でたらめやめれ！」

五郎が怒って、ねころんでいる和夫の足をけった。和夫は、相手が何で怒っているのかわからない。じっと自分の右手をみた。

（そうだ、ぼくの右手を五郎ちゃんにつけてやろう）

和夫は起きあがって、五郎の肩に右手をあてた。

「何だ、かかってくるのか」

五郎はいきりたった。

「ちがうよ。ぼくの右の手ね。五郎ちゃんにつけたら、五郎ちゃん怒らなくなるんだよ」

「何だって?」

和夫はまた、そのふっくらとした手を五郎の肩にあてようとした。

「うるさい」

五郎は和夫を突きとばした。和夫は草の上に仰向《あおむ》けに倒れた。腰が痛かった。和夫は顔をしかめながら、

(変だなあ。この手はきかなくなったんだろうか)

と思った。しばらくしてそっと目をあけると、五郎たちが、心配そうに和夫の顔をのぞきこんでいる。腰が痛くて和夫は再び眉をしかめた。そのとたん、五郎たちはワッと逃げて行った。和夫はひとり小川の岸に取り残された。和夫は何だか悲しい気持になった。和夫はじっと自分の右の手をみつめた。

(困ったなあ。この手のききめがなくなったら)

和夫は泣きたいような気持になった。

(ああそうだ。この手をぼくの肩につけたらいいんだ)

和夫は右手を自分の左肩においた。何かうれしいような気持がした。和夫はニッコリ笑った。

「ああ、やっぱりききめがあった」

和夫はひとりごとを言った。その時丘の小道をかけおりてくる小さな足音がした。

「なあんだ。和夫ちゃん。ここにいたの」

仲よしのマユミの声がした。

「どうしてねてるの?」

「うん、おきる」

和夫は快活に起きあがった。まだ少し腰は痛いが、もう大したことはない。

「和夫ちゃん、また新婚旅行ごっこしない」

マユミはハキハキとした言い方をする。色も浅黒く、向う気の強い女の子である。

「新婚旅行ごっこ? うん、してもいいよ」

二人は手をつないで、和夫の家の方に帰って行った。細い坂道の両側は熊笹《くまざさ》が生い茂り、エゾマツや白樺《しらかば》が豊かに枝を張っている。白いちょうが、二人の間をかろやかに舞って行った。

「あのね、マユミちゃん、天国ってどこにあるか知ってる?」

「知ってるわ」

マユミは無造作に言った。

「ほんと? マユミちゃん天国がどこにあるか知ってるの」

「知ってるわ」

めんどくさそうに答えて、マユミはかたわらの笹の葉を一枚ちぎった。

「へえ、マユミちゃんえらいんだなあ。誰に聞いても、天国ってどこにあるか知らないんだよ。マユミちゃん教えてくれないか」

「教えてもいいけどさ」

マユミは和夫の手をはなした。

「札幌の方にあるの?」

和夫は一心になって尋ねている。

「うん、札幌の方にもあるわ」

「札幌の方にも? それから……」

「東京のほうにもあるわ」

確信に満ちた返事である。

「札幌にも東京にもあるの? 旭川にはないの?」

坂を登りつめて、二人は神社の境内に出た。オーチャードや、チモシーが和夫たちの背よりも高く茂っている。

「旭川にもあるわよ。天国はどこにだってあるわよ」

「ふうん、どこにだってあるのか。そしたら、マユミちゃんは天国に行ったことあるの」

「あるわよ。ずっとせんに、あたし天国に行ってきたもの」

「へーえ、えらいな。マユミちゃんは天国に行ってきたの」

和夫は感心して言った。

「そうよ。二度も三度も行ってきたわ」

「どんな所だった？　楽しい所だった？」

「うん、楽しかったよ。あのね、ガムや、チョコレートや、パンや、アイスクリームや、キャラメルや、そんなのがたくさんあったわ」

マユミはいま食べたいと思うものをたくさん並べたてた。

「なあんだ。それならぼくのうちのお店みたいだね。ライオンや子供もいた？」

「いたいた。ライオンはおりの中で眠っていたわ」

「変だなあ。動物園みたいだなあ。天国のライオンは、子供を背中にのっけて、一緒に遊んでいるって聞いたんだけどなあ」

和夫は不審そうに首をかしげた。

「ああそうそう。あたし忘れていたわ。ライオンもニコニコ笑っていたんだわ。それから犬も猫も馬もキリンも象もカバも、みんなニコニコ笑っていたわ」

マユミは動物園でみた、それらの動物がほんとうに笑っているのをみたような気がした。

「いいなあ、ぼくも行ってみたいなあ」

「うん、連れてってあげる」

二人はまた手をつないで、境内の中を歩いて行った。境内の中には、子供たちが何人か虫取りに来ている。白や青の捕虫網を持った男の子が二、三人かけてきた。和夫とマユミをみ

ると、男の子たちは立ちどまった。

小学校四、五年生の少年たち三人は、捕虫網を和夫の前に突き出して言った。

「やい、先生に言ってやるぞ。およめさんごっこをしているんだろ」

「いいですよ。どうせあたしは和夫ちゃんのおよめさんですからね」

マユミはいささかも動じない。

「やあい、先生に言ってやる」

三人は和夫とマユミの肩を捕虫網でついて、ゲラゲラ笑いながら去って行った。

「いいですようだ。あたしだって先生に言ってやるから……」

マユミは口惜《くや》しそうに、つつかれた肩先に手をやった。

「いいよね。先生に言われてもいいよね」

マユミは和夫の顔をのぞきこんだ。

「それよりさ、マユミちゃんはほんとうに天国に行ってきたの」

和夫は、少年たちのからかいなどは気にならない。気になるのは、マユミがほんとうに天国に行ったかどうかということだけである。

「だから行って来たと言ったでしょう」

マユミは少しツンとした。

「ふーん。そしたら、どこを歩いて行ったの。知ってる？」

「うん、知ってる。いまつれてってあげる」

「だけどマユミちゃん、天国の地図を持ってるの」

「地図なんかなくたって、いけるわよ」

マユミは落着いて言った。二人は和夫の家の前を、何とはなしに手をつないでスッと走った。

「ああよかった。誰にも見つからなかった」

マユミが胸に手をおいた。

「ああよかった。誰にも見つからなかった」

和夫も真似て胸に手をおいた。

ポクポクと白く乾いた道である。二人の足もとから土埃《つちぼこり》が上がった。

「あのねえ、マユミちゃん、心のやさしい人でないと天国に行けないんだって」

和夫は、マユミがやさしい心だろうかと気になった。

「そうよ、やさしくない人は入れないのよ」

マユミは平然として答える。

「そしたら、マユミちゃんもやさしいんだねえ」

「子供だもの、そんなことどうだっていいよ。お金なんかいらないんだから」

マユミの心の中では、天国と映画館が一緒になってしまっている。学校に入るまで、映画に行っても、バスに乗っても汽車に乗っても、金はいらなかった。だからマユミは、天国にいくのに子供は何もいらないと思っている。やさしいかやさしくないかなんて、マユミには

何の心配もいらないことだった。二人はしっかりと手をつないで、急ぎ足で歩いて行った。白い入道雲が、旭川の街の空に高く昇っている。二人はその雲に背を向けて歩いて行った。和夫とマユミは、歌をうたいながら歩いていた。学校で習った唱歌や、テレビで覚えた歌など、次々とマユミがうたう。和夫は、マユミのうたう歌にあわせてうたっている。

「あのね、マユミちゃん」

うたの途中で、和夫は思いだしたように言った。

「何さ」

「天国では、どんなうたをうたってた？」

「なあんだ、イヤになっちゃうな。また天国か」

マユミはもう、天国のことなどどうでもよくなっていた。うたをうたって歩いているうちに、そんなことなどずっかり忘れてしまっていたのだ。

これから和夫を、天国に連れていかなければならないと思うと、気が重くなった。だが負けん気のマユミは、知らないといえないのだ。

「天国ではね。チューリップの歌や、象さんの歌や、それからバラが咲いたや、そんなのうたってたよ」

「ふーん。そしたらおんなじだね。旭川とさ」

「おんなじさ。旭川も天国も」

「なあんだ。おんなじならつまらないな。天国には、ぼくのおとうさんがいるっていったん

だけどなあ。マユミちゃん、あわなかったかい」

「ああ、あった、あった。和夫ちゃんのおとうさんにあったよ、あたし」

「ほんと！　マユミちゃん」

「ほんとだよ」

「どうしてぼくのおとうさんってわかった？」

和夫は真剣になって尋ねた。

「だってわかるよ。和夫ちゃんとおんなじ顔をして、和夫は元気かいって、言ってたもん」

マユミはうそをついているつもりはない。空想と現実の区別がつかないだけである。

「そしたら、つれてって。おとうさんの所へつれてって」

和夫は喜んで走りだした。

「ダメよ、そんなに走ったら。こわくて（疲れて）こわくて」

「うん」

和夫は素直に立ちどまった。一年生の二人には、道端の草が高すぎる。鷹栖《たかす》の山も見えなければ、丘の学校もみえない。丈よりも高いチモシーや、いたどりや、よもぎが両側につづく道を、二人は歩いていた。その二人を午後の太陽が照りつけている。

「まだまだいくの」

しばらくして和夫が聞いた。

「すぐそこさ」

マユミは汗をぬぐいながら、胸を張って歩いていく。二人はとうとう、鷹栖村に出る広い道に出た。

アスファルトの道をだらだらと下っていくと、青いたんぼがつづいていた。ここは鷹栖村である。和夫は、この村まできたことはなかった。鳶《とび》が二つ三つゆっくりと輪を描いている。この鷹栖村は、鷹《たか》が多くすんでいるというので、そう名づけられたが、どうやらそれは鷹ではなくて、鳶であったらしい。

「なあんだ、たんぼばかりだね。こんなほうに天国があるの」

いぶかしそうに和夫が言った。

「あるわよ。ないと思うんなら、和夫ちゃん一人で帰ればいいでしょう。あたし一人で天国にいってくるから」

二人はアスファルトの道を左に曲って、また歩いて行った。どこかで蛙《かえる》がひとつ鳴いた。

「あっ、カエルだ」

和夫が立ちどまって耳を傾けた。再びものうく、ひるの蛙が鳴いた。二人はたんぼの畦《あぜ》を通って歩いていく。畦には大豆が葉をひろげていた。たんぼの水の中に、空の青が映っている。かなり伸びた稲が、その青い水の中に並んでいた。

先に立って歩いていたマユミが、また歌をうたいだした。だが和夫は、もうくたびれはじめていた。既に二キロはたっぷり歩いているのだ。和夫は水が飲みたくなった。

「マユミちゃん。天国には水があるかい」

「あるわよ。水だって、アイスクリームだって、アイスキャンデーだって、どっさりあるわよ」

相変らず大きな声で歌をうたいながらマユミは歩いていく。やがて二人は堤防に出た。草が高くて右も左も見とおせない。

「マユミちゃん。川だよ、天国にいけないね」

川には、四、五人の子供たちが泳いでいる。堤防に立ったまま、和夫は川をみた。真夏の陽をはじいて流れる水は澄んでいた。

「いけるわよ。天国はこの川の向うにあるんだもん」

マユミは先に立って川原におりて行った。

「ふうん、向うが天国なの。だけど草ばっかりだなあ」

「草ばっかりじゃないわよ。草の向うに天国があるんだから」

マユミは怒って言った。

「だけど、橋がないよ」

和夫はあたりを見まわした。川上の方に、たき火を囲んだ裸の子供たちが五、六人見えた。

「橋なんかいらないよ。じゃぶじゃぶ歩いていけば、すぐ向うに着くんだから」

「歩いていくの？」

和夫は困惑したように流れをみた。いつも魚をすくって遊ぶ小川なら、歩いて渡るのは平気だ。だが、いま目の前にみる川は、深くて流れも早いようにみえる。

「そうだよ。じゃぶじゃぶって渡ったらすぐだよ」

「おっかないなあ」

「おっかないの？　なあんだ男のくせに」

マユミは笑って靴をぬいだ。

「だって、ふかいもんね」

「そしたら和夫ちゃんは渡らなくてもいいよ。あたし一人で天国にいくから」

マユミはそっけなく言った。

「うん」

天国と聞くと、和夫も靴をぬいだ。マユミはスカートを片手で胸までたくしあげ、靴を片手に持って、しっかりした足どりで水の中に入っていく。並んで和夫も靴を片手にそろそろと水に入った。水が二人の小さなくるぶしをかくし、ふくらはぎをひたした。

そしてひざがかくれるほどになった時、和夫はぬるりとした石に足をとられて、水の中にのめった。

「あっ！」

和夫はあわてて立上がった。そのはずみに、足はかえって深い方へ入ってしまった。一挙に水は和夫の腹まできた。その深さに驚いたとたん、足は再び水にすくわれ、和夫は体の重心を失った。

「あっ和夫ちゃん！」

マユミが叫んだ時は、既に和夫の小さな体は水に押し流されていた。

「和夫ちゃーん!」

マユミが泣き声をあげた。たき火をしていた子供たちが、マユミの大声にやっと気づいてかけてきた。

「なんだ、こんな浅い所で」

五年生ぐらいの男の子が、笑いながらマユミの手をひいて岸にあげた。

「和夫ちゃんが……」

マユミが指さす方をみて、子供たちはあわてた。和夫の白い服が、ゆっくりと流れていく。
二、三人の中学生がすぐに川の中にかけこんだ。
「深いんだぞ、あのへんは」

マユミを岸にあげた子が、そう言って川原を走りだした。マユミも川原の砂をけってついた。

川に入った少年たちが、一心にしぶきをあげながら和夫をめがけて泳いでいく。だが、和夫との距離はなかなかちぢまらない。

「だめだ。誰かおとなを呼んでこい」

岸を走っていた男の子が立ちどまって叫んだ。小さな男の子が、堤防をかけ登って行った。

「がんばれ、がんばれ」

誰かが川に向って叫んだ。川はゆるやかにカーブして、そこから急にふかくなる。砂原も

そこでとだえ、川原柳が行くてをさえぎっていた。和夫は川原柳のかげにかくれて、子供たちの立っている川原から見えなくなった。

「和夫ちゃーん！」

マユミが立ちどまって叫んだ。

「和夫ちゃーん！」

体をふたつに折って、マユミは腹の底から声をふりしぼった。


佐々林一郎は、自転車で丘のかげの川に釣りに来ていた。日曜日だと言っても、中学生らしい楽しみはなかった。一郎は釣《つ》り竿《ざお》を垂れたまま、思うともなく、またしても豪一と奈美恵のことを思っていた。

（犬か猫だ）

豪一に向って、一郎は悪態をついていた。心の中では何とでも罵《ののし》ることはできたが、面と向っては豪一に何ひとついうことのできない一郎だった。

川原の方で、子供たちのさわぐ声がした。だが、思いにふけっている一郎には何か遠い声にしか聞えなかった。

「二号なんか追いだしてくれ」

そう言えたら、さぞ胸がスッとするだろうと思う。一見、豪一はいかにも紳士に見える。だが豪一は口数が少なく、いつもムッツリと何かを考えている父親だった。言葉をかけるき

っかけが、一郎にはなかなかつかめないのだ。ただでさえ気づまりな豪一に、奈美恵のことなど口にだす勇気は一郎にはなかった。小さな青い靴が目の前を流れていく。

(いまにみていろ)

必ず豪一をのっぴきならない立場に追いつめてみせると、一郎は思う。いつもそう思っているのだ。それなのに一郎は何もできない。一郎はそれが歯がゆくてならなかった。

不意に一郎の思いが破られた。じっと見つめていた釣り糸の向うに、流れていく白いものが人間だと知るのに時間はかからなかった。

気がついた時、一郎は川の中にとびこんでいた。ぐったりと気を失っている子供が、和夫だと知ったのは、逆さにして水を吐かせ、土手の上に寝かせてからである。

学校で習った人工呼吸を、一郎はためらわず始めていた。こういうとっさの時には、小学校からずっと優秀だった一郎の真価が発揮されたようである。いま、一郎の判断力と、決断力と実行力が極度に働いていた。

かけつけた子供たちが、ぐるりとまわりをとり囲んだ。

「おい、お前とお前は、自分のシャツで、この子の手と足をこするんだ」

一郎は人工呼吸の手を休めずに、きびきびと命令をした。子供たちはあわてて、和夫の手と足をこすりはじめた。

(死ぬなよ、死ぬなよ)

青ざめた和夫の顔をみつめながら、一郎は一心に心の中でくり返した。

「ぼくの右の手がさわったら、やさしい心になるよ」

そう言った和夫の言葉を思いだしながら、人工呼吸をつづけていた。手が次第に疲れてくる。目の中に汗が入る。一郎は、首をぶるんとひとつ大きくふって、手に力をこめた。

「和夫ちゃーん」

マユミが大声で叫んだ。

（死ぬな、死んではだめだ）

一郎は、マユミの声に励まされたように、規則正しく、和夫の小さな胸をおしつづけた。

店の前にトラックがとまって、警笛を二、三度長く鳴らした。よくたばこを買う客などが、車をおりずに買うことがある。久代は店の外に出てみた。

トラックの荷台に、子供たちが五、六人乗っている。体格のいい運転手が和夫を抱いておりてきた。

「あ！」

久代は息をのんだ。和夫がトラックにひかれたのだと、とっさに思った。

「おばさん、鷹栖の川でおぼれたんだ」

身軽にとびおりてきた子供たちが口々に言った。

「えっ、川で？」

久代は、和夫を抱きとって顔をのぞきこんだ。死んでいるのかと思った。和夫がはにかん

だように目をあけた。運転手が首の汗を手拭いでふきながら言った。

「子供たちがワイワイ手をあげるんで、何かと思って車をとめたら、おぼれた子がいるっていうんでね。びっくりしたよ。いまくる途中、鷹栖の病院で診てもらってきた。注射もしてきたから、もう心配はないよ」

運転手はそういうとトラックに乗った。

「あの、お名前を……」

「名前は忘れた」

ぶっきら棒だが、笑った顔が人なつっこかった。

久代はやっと吾《われ》にかえって、和夫を家に運んだ。

「ぼく歩けるよ」

弱々しく和夫が言った。

「だめよ。おとなしくしてるのよ」

久代は、和夫を茶の間にねかせると、店の前にいる子供たちにパンとアイスクリームを手渡した。子供たちは無邪気に歓声をあげた。

「それで、和夫を助けてくださったのはどなた?」

久代は少年たちの顔を見まわした。子供たちはキョロキョロとあたりをみて言った。

「あれっ、あの中学生どこに行ったべか」

大きい子が言った。

「中学生でないよ、高校生だよ。背が高いもん」

子供たちのいうことは要領を得なかった。

「さっき、おれたちと一緒にトラックをおりたはずだぞ。自転車をおろしていたもん」

誰かが言った。

「自転車に乗った高校生ですか」

名前がわからなければ、礼の言いようもないと、久代はただ子供たちの顔を眺めていた。子供たちは、パンとアイスクリームを食べると、ちりぢりに帰ってしまった。

和夫のそばに戻った久代は、急に恐ろしくなった。

「和夫ちゃん。和夫ちゃんが死んだら……」

久代は涙をこらえた。もし和夫に死なれたら、自分はどうしただろうと思うだけで、体がふるえた。

折あしく日曜日で、甥《おい》の功は街の本屋に行って留守、敬子も水泳のコーチで、午後から学校に出たままだった。久代は和夫のそばに、つきっきりでいたかったが、時々店にも出なければならなかった。

和夫がトラックで運ばれてから、一時間ほどたったころ、店に人の気配がした。出てみると、佐々林一郎が黙って立っている。

「いらっしゃいませ。日曜日なのに学校ですか」

一郎は首をふった。みると、ズボンもワイシャツも、しわくちゃでしめっているようであ

る。久代はハッとして一郎をみた。髪もバサバサに乱れて、ひどく疲れた顔をしていた。

「あの、あなた、もしかしたら、うちの和夫を……」

言いかけると、一郎はうなずいた。

「あのマユミって子が、ぼくの顔を見知っているから、どうせわかっちゃうことなんです」

一郎はうつむいた。

「まあ、あなたが和夫を助けてくださったの」

久代は、何か不気味な思いがした。この頃しきりに感ずる、あの目に見えない糸のようなものを、またしても感じたのである。

「いや、そんなことは、どうだっていいんです。ぼく、おねがいがあるんです」

「いいわ、わたしでできることなら、さ、こちらに入ってお休みなさいな。一郎さん、とても疲れているようよ」

久代は、一郎の肩に手をかけたとたん、思わず胸が熱くなった。

（ああ、この子は和夫と血の通った兄弟なのだわ）

そう思うと、ふしぎに母性的な愛情すら感じた。一郎はすなおに茶の間にあがって、和夫のそばによった。

「よかったなあ」

和夫の寝顔をのぞきこんで、一郎がしみじみ言った。その声に真実なひびきがあった。久代は、一郎の前に、盆にのせたチョコレートとサイダーを静かに置いた。

「一郎さん、ほんとうにありがとう。早速お宅にもお礼に伺わなければ……」

と言いながら、あの豪一の家を訪ねなければならないことに気づくと、久代は急に困惑を覚えた。

「いや、おばさん、それは困る。おばさんが誰かから聞いて、ぼくのうちに電話をかけたり、お礼に来はしないかと、心配で心配でならなかったからぼく、きたんです。おばさん、たのむから秘密にしておいてください。ぼく困るんです」

一郎は熱心に言った。

「困ると言っても一郎さん……」

言いかけて、久代は口ごもった。もしかしたら、この少年は、自分と豪一のことを知っているのかも知れないと、久代はそれ以上聞くことを恐れた。その久代の表情を見て、一郎は一郎で不安になった。

一郎は、和夫を助けたことを、家人の誰にも知られたくなかった。和夫を救うその瞬間まで、一郎が考えていたのは、父を困らせることであった。豪一の地位も名誉も、一切ぶちこわしになることを一郎はしたかった。そう思っていたのに、流れていく和夫をみた瞬間、一郎は夢中で川に飛びこんでしまったのである。

そして一心に人工呼吸をつづけた結果、和夫は息を吹きかえしたのだ。その和夫を、トラックで運ぶ途中、一郎はしまったと思った。

「よく落ちついて人工呼吸ができたね。表彰もんだな」

運転手がしきりに感心して言った。その言葉がかえって一郎を後悔させた。一郎はいままでに、いく度か人命救助をした人の写真などを、テレビや新聞で見かけてきた。もしもきょうの自分の行為が誰かに知られて、新聞にでも出されたら、大変なことになると、一郎は不安でならなくなった。

そんなことになれば、誰よりも喜ぶのは豪一である。豪一は、自分のことはもちろん、関係している会社のどんなに小さな広告でも、新聞に出ていれば必ず切りとっておかせるのだ。何度新聞に出ても、飽き足りるということはないようである。もし、一郎のことが新聞に出たとしたら、はたで恥ずかしくなるほど、豪一は喜ぶにちがいないのだ。

（誰があいつを喜ばしてやるもんか）

一郎は、久代がいまにも電話をかけるのではないかと、心配でならなかった。一郎は、とっさに思いついたことを、久代に並べたてた。

「おばさん、おねがいです。ぼくが川に魚を釣りに行ったことは、ないしょなんです。ほんとうは、うちで勉強していなければならなかったんです。それなのにぼくは、そっとぬけだしてやってきたんです。それが知れたら、ぼくはおやじにもおふくろにも、こっぴどく叱られるんです。おねがいだから秘密にしておいてください」

「まあ……」

久代は思わず笑った。まだ一郎は何も知らないのだ。そう思っただけで、久代の心は軽くなった。久代としても、豪一の家に手をついて礼を言いにいくのはいやだった。言ってみれ

ば、兄が弟を助けたわけなのだ。自分の子ではあっても、和夫は豪一の子でもあるはずだった。そこに礼を言いにいくことは、妙な話でもあった。とにかく一郎の申し出は、久代を安心させた。

「わかりましたわ。だいじな和夫の恩人ですもの。あなたの困ることをおばさんはしませんわ。でも、そのかわりおねがいがあるの」

「なんですか」

一郎もホッとして、笑顔になった。黙っていてくれるのなら、どんな願いでも聞いてやろうという気になった。一郎は、久代をみた。美しいひとだと思った。

「なんですか、おねがいって？」

一郎は、おとなっぽい微笑を浮べた。自分より年上のおとなに「おねがいがある」などといわれたことはない。何となく自分が一人前の男のような気がした。

「あのね、ごめいわくかも知れませんけど、時々うちの和夫とも仲よくしてくださらない」

「え？」

意外な言葉に、一郎は少しがっかりした。仲よくしてくれといわれても、相手は小学校一年生である。

「そうね、一郎さんはもう高校に入るんだし、和夫はまだこんなに小さいんですから、仲よくしてくださいといっても、無理ですわね。でも、和夫の命はあなたが救ってくださったのだから、いわば命の親のようなものですものね。なんだか深い御縁があるようで、他人のよ

うに思われませんの」

久代は、やはり和夫の親であった。時々和夫の身の上を考えることがある。万一自分が死んだ時には、和夫は身寄りがなくなってしまうのだ。身寄りといえば功ぐらいしかいない。久代の姉が一人いるが、遠くに嫁いで、大勢の家族の中で複雑な苦労をしているらしかった。そんな所に和夫を頼めるはずもなかった。

しかも、もし自分が頭を下げて、豪一に和夫を認知してもらったなら、豪一の莫大な財産は、和夫にも分けられるはずである。そうまで望まないとしても、一郎とみどりというきょうだいは現実にいるわけだし、何はともあれ、豪一は和夫の実の父であった。

そんなことを考えるのは、口惜しいことだったが、しかし、時折ふっと思わないわけでもなかった。いまこうして、和夫が一郎に助けられた事実を目の前にすると、自分一人の意地で、和夫を自分だけの子にしていることが、何か悪いような気もした。たとえきょうだいと名乗らなくても、和夫と一郎は血のかよった兄弟にちがいないのだ。仲よくさせてやらなければいけないと、誰かが言っているような気がする。そしてまた、久代自身、一郎を豪一の子とは知っていても、もはや憎むことはできなかった。

「おばさん、ぼく時々遊びに来ます」

一郎は快活に言った。一郎もまた、久代親子が好きだった。特に久代の前に出ると、心が素直になるのだった。久代には、一郎の胸にじかに伝わるあたたかさがあった。

「そのワイシャツ、アイロンかけてあげましょうか」

久代が言った。

「おねがいします。助かっちゃうな」

一郎はワイシャツをぬぎ、ズボンもぬいだ。久代がアイロンをかける間、一郎は和夫のそばに横になり、チョコレートを食べていた。その姿を、久代はアイロンをかけながら、微笑して眺めた。

「ああ暑かった。きょうはほんとに暑かったわねえ」

夕方になって、寺西敬子が学校から帰ってきた。

「ご苦労さま、日曜日もお休みになれなくて、体育の先生は大変ね」

食事の用意をしていた久代が、ふり返ってねぎらった。

「あら、和夫君ネンネしてるの？」

茶の間の片隅のふとんにねている和夫の顔を、敬子はのぞきこんだ。血の気のない和夫がボンヤリと目をあけている。

「うん」

和夫は弱々しく微笑した。

「どうしたの、久代さん。食あたり？」

「いいえ、それがね……」

一郎と約束がある、久代は一郎から、敬子にも言ってはいけないと堅く約束させられたのだ。

「どうしたの」

「ぼくねえ、天国に行ってきたの」

和夫が言った。

「え？　何ですって」

「ぼくねえ、天国に行ってきたんだ」

和夫がくり返した。

「天国って？　天国ってどこよ」

「天国って、坂をおりてね、たんぼがあってさ、それから川があったんだ」

「それから？」

「それから、わかんない。だけど天国には、おとうさんがいなかったなあ」

「何を言っているのよ。久代さん、和夫君どうしたの？」

敬子は和夫のひたいに手をあてた。

「あら、少し熱があるみたいよ」

「きょう暑かったでしょう。きっとお陽さまにあたったのね」

「あら、日射病もこわいわよ。天国だなんて妙なこと言ってるわ。大丈夫かしら」

「ええ、大丈夫ですわ。和夫はいつも、天国の地図を教えてくれと言ったり、天国ってどんな所だって聞いたりしているでしょう」

久代はハラハラしながら、食卓に夕食を並べた。

「ああそうね、そういえば和夫君は、天国がいまや第一の関心事というところですものね」

敬子はアッサリと言った。

「功君は？」

「本屋に回ったあと、映画でも見てくるんじゃないかしら。先にいただきましょうよ」

「そう、あっ大変、ちょっと失礼」

敬子は、そう言って小走りに裏から出て行ったが、すぐに帰って来た。

「ごめんなさい、久代さん。お洗濯物入れてくださったの」

「あら、敬子さんのお洗濯物って、何だったかしら」

「ストッキングと、……いわくいいがたきものよ」

「あら、さっき取入れる時、ストッキングも何もなかったわ」

久代と敬子は顔をみあわせた。

「風でどこかに飛んだのかしら」

「きょうは、風なんかほとんどなかったわ。第一、洗濯バサミでとめてあるのに、とんでいくはずはないと思うの」

二人は再び顔を見あわせた。

「いやね、誰かがいたずらしたのね。仕方がないわ、なくなったものは」

ちょっと眉をひそめたが、敬子は元気よく食卓の前にすわった。

「ペコペコよ、久代さん」

食卓には、エンドウ豆の炊《た》きこまれたごはんが、洋ザラにたっぷりと盛られ、その上にちらした紅ショウガの赤が美しかった。食卓のまん中には、緑のレタスを敷いた焼肉が程よくこげ目をみせている。いつもながら、店の片手間に作ったものとは思えないほど、盛り方ひとつにも心がこめられている。

このごろ敬子は、食事のたびにふっとねたみに似た感情に襲われることがある。倒立や、鉄棒や、水泳なら自信はあった。しかし、キャベツひとつきざんでも、久代のそれは手際よくせん細な美しさがある。それなのに、敬子が刻むと、キャベツは決して細く行儀よく並んではくれないのだ。特に真似のできないのは、その味付けだった。

ここにくるまで、エンドウごはんを食べたことはいく度もある。だが久代の作ったエンドウ飯は、それだけですでに立派なごちそうであった。ただの塩味だけと思うのだが、その微妙なうまさは全くちがう。何か高級なダシでも使っているかのように、ふっくらと炊きこんであるのだ。

「ああ、おいしい」

ひと口頬ばってから、敬子は和夫をかえりみた。

「和夫ちゃん、食べないの」

「疲れているから、おまじりをいま煮ていますの」

久代は、なくなった敬子のストッキングや下着のことが、妙に気にかかった。

「ごめんなさいね。気がつかないで……」

「なあに？」

と言ってから、気づいて敬子は笑った。

「なあんだ。洗濯物のこと？　あなたのせいじゃないわ。だけど、こんな所まで変な男が来たのかと思うと、ちょっとざわざわするわねえ」

「そうね、きょうは日曜日で、生徒たちも少なかったし、みなれない人も通らなかったような気がするんだけれど……」

久代はガスにかけた土鍋《どなべ》を、ちょっとふりかえって言った。

「なんだか、ざらざらした泥の手で、体にさわられたような、いやな感じね」

言葉ほどでもなく、敬子はおいしそうに肉を食べている。その敬子の言葉に、久代は粟立《あわだ》つような寒気をおぼえた。

「いやよ、敬子さん」

その久代を見て、敬子は笑った。

乱反射

きょうで一学期は終った。あすから長い夏休みにはいる。悠二は玄関まで受持の生徒を送りに出た。ふだんは、教室で別れの挨拶をすると、生徒たちはたいていそれぞれの属するク

ラブ活動に入る。だがきょうは、一せいに下校することにきまっていた。せめてこんな日だけでも、悠二は生徒たちを玄関まで送ってやりたかった。しかし生徒たちは、その悠二の気持を敏感に感じとって照れている。

「先生、ぼくたち、もう小学生じゃありませんよ」

大川松夫が言った。

「いいだろう。一学期に一度ぐらい」

悠二が赴任してから三カ月とたっていないのに、生徒たちは一様にぐんと体が大きくなっているような気がした。丈の高い悠二と並んで、それほどちがわない生徒もいる。

「先生、見送っちゃいやよ。誰の足が一番太いかなんて、眺められるのつらいから」

「女史」というニックネームの小市君代が、その太い足をかくすように、わざとかがんでみせた。白いセーラー服の女生徒たちが笑い声をあげて、玄関をとび出した。二、三人ずつかたまって、悠二に手をふっていく。

くもり空の下に丘の緑が暗かった。白いセーラー服の女生徒たちや、黒い長ズボンの男生徒たちが去って行く。その姿は悠二にも覚えのある楽しい姿だった。その中に、一人だけポツンと離れていく男生徒がいた。佐々林一郎である。ふっと悠二の気持がかげった。夏休みの中の行事であるサマーキャンプに、佐々林一郎だけが参加しないのだ。

「中学時代の楽しい思い出になるじゃないか。どうしていかないんだ」

悠二はすすめたが、一郎は黙っていた。

みどりから聞いた佐々林家の事情を思い出しながら、悠二も強いてすすめることはできなかった。自分の想像もつかない重荷を負っている一郎を思うと、悠二は心が暗くなった。みんな、四人五人とかたまって帰っていくのに、一人だけのろのろと帰っていく一郎は、いかにもものうげに、憐《あわ》れにみえた。

職員室に戻ると、玉脇も戸沢千代も、平田も、机に向ってお茶を飲んでいた。

「あーあ、おれはあすから塾開きだ」

両手を思いきり伸ばして、あくびをしながら玉脇が言った。補習教育はしない申しあわせになっていた。だが玉脇は、そんなことにはおかまいなく、明日から自宅で補習教育をするつもりらしい。

「困るな、玉脇さん」

平田が不快そうに言った。

「何が?」

机の上の大きなふろしき包みを、指先ではじきながら、玉脇は平田をみた。

「申し合わせ事項は、守ってもらわないと困りますな」

「ああ、塾開きのことか。おれはただ、夏休みのアルバイトをするだけだよ。アルバイトぐらい自由だろう」

玉脇は、むしろ誇らしげに反ばくした。

「玉脇さん、ねえ、アルバイトというけれど、実際は補習授業だろう。おかげでおれの受持

の生徒たちに、ブウブウ言われたぜ」

いつもは人のことなどかまわない平田が、きょうはなぜか、玉脇に文句をつけていた。

「平田先生、玉脇先生には、どんな申しあわせ事項も無駄ですよ」

戸沢千代は、何を言っても口調がおだやかだ。

「戸沢さん、あんたひどいことをいうね。どんな申しあわせ事項も、おれには無駄だとはなんだ。いったいどういうことだ」

玉脇は、わざとおもしろそうに、戸沢千代に絡んだ。戸沢千代はニヤニヤして、

「きょうはムシムシするわねえ。先生、その大きな荷物は何ですの」

と、やんわりと受流した。玉脇には、何を言っても仕方がないのだ。二年間机を並べてきて、戸沢千代はそう思っている。

「ああ、これかね」

玉脇が機嫌のいい顔になった。ツイと平田が立った。

「じゃ、お先に。玉脇さん、あんたあんまりミミッチイことをしなさんなよ」

悠二と戸沢千代に、ニヤリと笑顔をみせると、平田は背広を肩にかけて職員室を出て行った。

「珍しいわね、平田先生があんなに怒るなんて」

戸沢千代は、悠二に向って言った。悠二は、怒れない自分が恥ずかしかった。玉脇を相手に怒るほど馬鹿ではないという、不遜《ふそん》な気持がどこかにあった。そのくせ玉脇のすることに

は、いつも腹を立てている悠二なのだ。

「なあに、平田君はけさ、奥さんとチャンチャンバラバラやって来たのさ」

玉脇は気にもとめないふうである。

「でもね、先生。先生はやっぱりもう少し教師らしくしていただかなくちゃあ、困るわよ。そのふろしきの中だって、何が入っているか知らない人はいないんですからね」

紺の大ぶろしきを、千代は情けなさそうにみた。

「しかしわからん人だねえ、あんたは。わたしはね、何も学校の先生になりたくて先生になったわけじゃないんだ。単に月給取りになったつもりなんだからねえ。教師としての自覚を持てったって、無理ですよ。第一、この職員室の中に、何人教師になろうと思って、この職についた者がいますかねえ」

「なるほどね、教師になるつもりじゃなかったが、なってしまったという先生は多いわ。でもね玉脇先生、先生のように、いつも生徒の贈り物を平気で職員室に持ちこむ先生は、いらっしゃらないと思うわ」

言いながら千代は苦笑した。いままで何べんもくり返したことだ。今更何もいうことはなかったはずだと思いながらも、こうして憎まれ役を買って出る自分の人の好さに、戸沢千代は苦笑したのだ。

「しかし何ですな、杉浦君。きょうはこれだけの収穫がありましたよ。楽しみなもんですな」

玉脇は戸沢千代を無視して、自分の大きなふろしき包みをわざと開いてみた。

「ほら、これがワイシャツ、これが夏ズボン、これがシーツ。次はちょっとしけてて靴下ですよ」

悠二は黙って玉脇の顔をみた。

「あんたは新任だから、さぞもらったことだろうな」

「玉脇先生、ぼくは生徒からもらうのは、あまり好きじゃありませんね」

悠二はつとめて静かに答えた。

「どうしてですかね。わたしはこれが唯一の楽しみでしてね。もらうことは好きですな。くれるものなら木のこっぱでももらっておきますよ」

それならゲンコツでもくれてやろうかと、悠二は思った。

「わたしはねえ、なるべく生徒に、学校に持ってこさすようにしてるんですよ」

「なぜです」

「宿題の提出とおんなじですわ、持ってこないのは、誰と誰だと生徒同士すぐにわかりますからねえ。しかし、まだまだわたしのうちにこそこそやってくる方が多くてねえ」

もう何をいっても無駄だと悠二は思った。

「わたしだって、教師ですからねえ。こうして生徒から学校で受取る以上、考えがあってやっているわけです。世話になっている人には、盆暮にこのようにするもんだという、まあ言ってみれば、これもひとつの道徳教育ですな」

悠二はもう少しで、お茶にむせるところだった。

「玉脇先生、笑わせないでくださいよ」

二年の受持の若い河部が、大きな声で言った。戸沢千代はもうとうに席を立って、どこかに姿を消していた。

「何か言いましたか」

玉脇は河部をじろりとみた。

「とんだ道徳教育ですよ、玉脇先生。悪いけどぼくは、先生みたいな乞食《こじき》根性は大きらいです」

若い河部は、遠慮会釈がなかった。

「おい河ちゃん、少しは口をつつしめよ。乞食根性とは何だい」

玉脇は気色ばんで、椅子ごと河部の方に向きなおった。

「おや、言い過ぎましたか。しかし、もらい過ぎよりはいいでしょう、さっき先生は、もらうものならこっぱでもいいって言ったじゃありませんか。そんなに人からもらうのが好きなら、デパートの玄関の横にでもすわって、もらっていりゃあいいんだ」

「何を！」

玉脇は立ちあがった。

「おんなじことをまた言えというんですか」

まだ帰らなかった教師たちは、おもしろそうに二人のやりとりを眺めていた。ふだん自分たちが思っていることを、若い河部がずけずけと言ってくれることも小気味よかった。

「おい、若僧のくせに生意気だぞ。デパートの横にすわっていろとは何ごとだ。おれは、日頃生徒の世話を君たちよりよくするから、たくさんもらうんだ。生徒が先生の所に物を持ってくるのが何が悪い」

玉脇は立ったまま、河部をねめつけた。

「玉脇先生、持ってくるものをもらうんならまだいいですよ。しかし先生は、持ってこいって生徒にいうそうじゃありませんか」

「ああそうだよ。一人からもらって、一人からもらわんのは不公平だからな。それに、いまも言ったとおり、恩や義理のある所には、贈り物を持っていくというのは、日本古来の美風じゃないか」

失笑が起った。

「みんな笑ったけどねえ。この中に生徒から一ぺんも物をもらわなかった人がいるかね。もらう時は、結構ニヤニヤしてもらうじゃないか。もらうのが好きじゃないなんて、善人ぶったことをいう奴もいるがね。しかし何だろうが、父兄から物をもらって悪い気はしないだろうが。おれはただ正直に、率直に喜んでいるだけだよ」

一瞬教師たちは黙った。誰にも言い返すことのできない事実を、玉脇は言いあてていた。

「河ちゃん、あんまり正義漢ぶった面をするなよ。お前さんだって、カアちゃんをもらって、安い給料をぐちられりゃ、結構うす汚い先生様になるんだ。そんなに威張るなら、いいか、一生生徒の親から、紙一枚もらうなよ」

玉脇は大きなふろしき包みを「どっこいしょ」と、わざとかけ声をかけて持上げ、悠々と職員室を出て行った。

「河ちゃん、よく言ってくれたな。胸がセイセイしたよ」

誰かが声をかけたが、河部は黙って自分の机に向っていた。

「河ちゃん、元気を出せよ」

同学年の赤井が、河部を励ました。

「いやあ、ああなると敵ながら見事なもんだよ。悪いなどとは全く思っていないんだからなあ。しかしそれにしても教師をしていて紙一枚父兄からもらわないなんて、キレイなことはぼくらにだって言えないんだからなあ。なんだか淋しくなっちゃったなあ」

「そんな弱気な……。河ちゃんらしくありませんよ」

美術の加藤が、ていねいな物腰で言った。

「そうだよ、そんなに極端に考えなくたって……。常識という線があるじゃないですか」

赤井も言った。

「しかしねえ、教師もうす汚れていくしょうばいなんだと思うと、やっぱりぼくも淋しくなっちゃった」

悠二は職員室を出て、教室に行った。くもった空が、重くおしかぶさってくるようである。

悠二は、いまの河部と玉脇のやりとりを思っていた。悠二にしても、七年間の間に心ならずもいく度となく父兄から贈り物をもらっていた。ただ玉脇のように、それをひけらかさない

だけではなかったかと思うと、自分は玉脇を責める資格がないような気がした。

廊下に足音がして、教室の前でとまった。

「あら、先生ここにいらしたんですか」

敬子の明るい声がした。

「やあ、何かご用ですか」

「というほどじゃないんですけれど、久代さんがきょう何か先生にごちそうしようかって、おっしゃってたもんだから」

敬子は教室に入らずに、入口に体をもたせたまま言った。

「ごちそう？　それはありがたいですね」

言ってから、玉脇もこれと同じ気持かも知れないと、悠二は苦笑した。ただ、久代は生徒の親ではないというだけである。

「ところで、何のためにごちそうにならなきゃあならないんです？」

言いながら、どうもおかしかった。玉脇のことに、自分はまだこだわっているのだと悠二は思った。

「和夫ちゃんの全快祝いですって」

和夫は川に落ちた後、少し熱がつづいて学校を休んだ。その時悠二はメロンを買って持って行ったのだった。

「メロンのひとつやふたつで、ごちそうになるなんて悪いなあ」

「そんなことないわ。久代さんは、人にごちそうするだけが楽しみなんですもの。特に杉浦先生には……」

あわてたように首をすくめて、口をおさえた。悠二は聞えなかったような顔をして、

「サマーキャンプは天気がいいといいんですがねえ」

と、話題をそらした。

毎年この学校では、クラスごとに二泊三日の予定で、サマーキャンプをする。スクールバスに乗り、父兄と教師が付添っていくのだ。父兄と言っても、中学三年になると、四、五人の母親がついていくだけで、受持の教師の家族や親戚《しんせき》が便乗するのが例であった。担任のない教師は、自分の好きなクラスについていくことも認められていた。悠二のクラスには、寺西敬子と掛居がついていくことになっていた。

「わたしなんかが、杉浦先生のクラスについて行っては、ご迷惑じゃないかしら」

珍しく敬子が遠慮がちに言った。

「いや、どうしてどうして、あなたが来てくだされば水泳の指導もしてもらえるし、ゲームのアイデアも貸して頂ける。大助かりですよ」

ふと、悠二は、久代も一緒にいく気はないだろうかと思ったが、それは黙っていた。敬子も、同じことを思いながら、なぜか口には出せなかった。

悠二は玄関で靴をはいていた。そこへ掛居がMボタンをはめながら、ガニ股《また》で歩いて来た。

たしか職員室には、日直の戸沢千代のほか誰もいなかったはずである。

「やあ、杉浦君、いまお帰りかね」

「はあ、先生もいまお帰りですか」

悠二はちょっと当惑した。久代の家によることは、別段悪いこととは思わない。しかし、掛居と連れだっていき、久代の店の前で別れるのはやはり何となく工合が悪かった。

「いや、例の病みつきでね。連中と宿直室でやっているんですよ」

掛居は、青筋の浮いた手で、パチリと碁石を置く真似をしてみせた。

「それはお楽しみですね」

ホッとして、悠二は思わずニコリとした。そんな自分に内心照れた。

「だってねえ、こうむし暑くっちゃあ、ひるまから帰る気にはなれませんよ。うちに帰ったって、おもしろいこともありませんからねえ。ところで、話はちがいますがねえ、杉浦君。ことしのサマーキャンプは楽しみですなあ」

掛居はニヤニヤした。

「ああ、阿寒《あかん》の砂湯は生徒たちも初めてですからねえ」

「その阿寒の砂湯も楽しみだがねえ、君のクラスの付添いだからいっそう楽しみですよ」

「え？　ぼくのクラスがそんなにお気にいりですか、ありがたいですね」

「いや、まあ、それは何だがね……」

掛居はあいまいな笑顔になって言葉をにごしたが、

「杉浦君、ぼくはねえ、教師をしていて一番いやなのは、夏休みなんですよ。ホラ、ふだんピチピチした生徒たちをみているでしょう。そのせいか休みになると、ワイフの顔がヤケに水気のない婆さんにみえましてねえ。その上、うちのガキたちが三人共、休みなもんだからうるさいのなんのって、まあ二日でも三日でも生徒たちとキャンプにいけるのは、全くの話ぞくぞくするほど楽しくってねえ」

掛居はそう言って宿直室に戻って行った。頭のうすくなったそのうしろ姿をちょっとみて、悠二は玄関を出た。

久代の店の前で、功と和夫と、そして思いがけないことに、佐々林一郎が何か楽しそうに話し合っているのを、悠二は五十メートルほど近づいてから気がついた。さっき校門を出ていく時の、佐々林一郎の孤独なうしろ姿を思いだしながら、悠二はホッとした。しかしまた、一郎は誰にも心を閉ざしていると思っていたのに、あれから二時間近くも久代の店で遊んでいたのだろうかと、悠二は意外にも思った。自分の受持の一郎が、教師の自分には心を開かずに、他の人間に心を開いていることに、悠二は妬《ねた》みに似た痛みを感じた。

和夫が一郎の背に飛びついて、一郎がその和夫を身を屈《かが》めて負うのがみえた。一郎が和夫を背負ったまま境内の方にかけだし、その後を功が追って行った。悠二はのろのろと歩きながら、自分は何とくだらない男だろうと思った。和夫がなついているのは自分だけだと思っていたのに、あの一郎にも結構なついているようである。そのことにも悠二は、大げさにい

えば裏切られたような感じがした。あの一郎が和夫を背負って、喜々としてかけていく姿を、なぜ自分は心から喜べなかったのかと、悠二は淋しかった。誰でもいい、とにかく一郎に愛する対象があるということは、心から喜ぶべきであった。

(教師失格だな)

久代の店に来た時、悠二は境内のほうを見た。遠くでうれしそうに笑う和夫の声が聞えたが、三人の姿は見えなかった。

「あら、ようこそ。お待ちしておりました」

店にいた久代が、ていねいに頭をさげた。

「あーら、ずいぶんおそかったのね先生。和夫ちゃんたちはおなかがペコペコで、お先にいただいてしまいましたわよ」

玉のれんをかきわけて、紺の浴衣姿の敬子が顔を出した。

「やあ、どうも。何だか悪いですね。ほんのぽっちりのお見舞で、ごちそうになるなんて」

悠二はそう言いながらも、遠慮をせずに茶の間に上がった。窓の風鈴が短く鳴った。テーブルの上には、ちらしずしの皿が並べられ、どの皿の上にも赤い三角の旗が立てられている。

「ホウ、これはお子さまずしですね」

悠二は、いまのこだわりに似た気分が、ほぐれたような気がした。

「ごめんなさい。和夫がどうしてもちらしに赤い旗を立てるんだって、自分で作ったんですの」

よくみると、不器用に作られた旗には何か書いてある。思わず悠二は手にとってみた。

「おじさん。どうもありがとう。和夫」

と、書いてある。悠二はほのぼのと胸のあたたまるのを感じた。

「ねえ、杉浦先生、和夫ちゃんは誰にも教えられないでも、こんなことを考えつく子供なのよ。久代さんの感化力って、すごいでしょ」

じっと旗をみつめている悠二の顔を眺めながら、敬子が言った。

「まあ、またそんな……」

はじらって久代は、ビールの栓《せん》を抜いた。

「とにかく、わたしもおなかがペコペコなの。もう一時を過ぎているんですもの」

敬子はコップのビールを一気に飲み干して言った。それは、悠二を待たずに食事をした和夫たちをかばう言葉でもあった。

「ごめんなさい。旗は作っても、ご一緒にいただかないんですもの。まったく困った感化力ですわ」

わびた久代と、敬子を半々に悠二は見ながら、旗を作って待っていた和夫と共に食べることができなかったのを、かわいそうに思った。

ビールを一本でやめて、悠二たちはちらしずしを食べはじめたが、和夫たちはまだ帰ってこない。

「久代さんはビールをおあがりにならないんですね」

悠二のこの言葉をひきとるように敬子が言った。

「そうよ、久代さんは現代稀《まれ》にみるおしとやかな女性ですもの。わたしたちとはちがうわ」

他の女が言ったなら、何か底意のありそうな言葉だったが、敬子の快活なものの言い方は、ほんとうに心から久代を讃美《さんび》しているように聞えた。久代は微笑しながら言った。

「敬子さんと一緒にいると、わたしいつもほめられてばかり……。わたしこそ、敬子さんのように率直で明るくて、きれいな気持の人になりたいと思っているんですのに……」

久代らしい謙遜《けんそん》な言葉だった。

「いま、帰りぎわに、玄関で掛居先生に会いましてね。サマーキャンプをだいぶ楽しみにしているようでしたよ」

悠二は、敬子と久代のほめあう言葉をわざと聞き流して、話題を変えた。どちらにどう答えても、何か悪いような気がしたからである。

「ああ憂鬱。どうして掛居先生が、杉浦先生のクラスを希望したかおわかりにならないの」

敬子はとがめるように悠二をみた。敬子の皿は既にきれいに平らげられている。すごい食欲だと、悠二は思わず微笑した。

「あら、わかっていらしたの」

敬子は、悠二が微笑したのは、掛居のことかと思って尋ねた。

「ああ、何だかとてもぼくのクラスがお気にいりなんだそうですよ」

悠二は再び微笑した。

「まあ、いやね。先生のクラスがお気にいりじゃないのよ。いつかも申しあげたでしょう。掛居先生は津島百合がお気にいりなのよ」

敬子は眉をひそめた。

「そうですか」

あたりさわりのない返事をする悠二に、敬子がいらいらしたように言った。

「そうですかなんて、のんきねえ先生。津島百合がプールに入っていると必ずあの先生がやってくるのよ。あたし、掛居先生があの娘をみる時のギラギラした眼をみると、胸がムカムカするわ」

「まさか」

悠二の返事を、敬子は切り返すようにつづけた。

「先生、あたし何も、あの先生のありもしない悪口を言ってるんじゃないのですわ。かりそめにも掛居先生も教師ですよ。教師が生徒をあんな目で眺めるなんて、不潔よ。杉浦先生はあの子の受持として、もう少し憤慨なさるべきよ。ねえ久代さん」

久代もハッキリとうなずいた。その顔がややこわばっていた。

その久代のこわばった顔に悠二は気がついたが、バタピーナツにしきりに手を出している敬子には、気がつかないようであった。

「あたしね、保健衛生で体のことを教えているでしょう。体操の号令もかけるけれど……。そのせいで特に感ずるのかも知れないけれど、男の先生の中には、時々どうも気になるのが

いるのよ。あたし、教師と情欲なんていう題で、書いてみようと思うことがあるのよ」

久代はさりげなく店に立って行った。

「なかなか手ごわい先生ですね。寺西先生は」

悠二は苦笑した。悠二にだって覚えがある。初めて教師になった頃、どうも女生徒が気になって仕方がなかった。特に放課後など、生徒に誘われて一緒にピンポンやバレーボールやバスケットボールなどをする時、悠二は自分が変に調子外れな気分になっていることに気づいたものであった。トレーニングパンツをはいた女生徒の、腰から足にかけてのはちきれそうな線や、はじき返すほどに実の入った丸い肩、そしてボタンのはじけそうな胸の隆起などが、ひどく気になったものだった。時には、思いがけなく生徒の一人を抱いた夢などをみたものである。

「あら、そうかしら。でもね、あの掛居先生は、じっとみていると、単に情欲だけではなさそうなのよ。何かこう少年の恋のような、一途《いちず》なところもあって、それであたしプールにくるあの先生を、三度に一度は大目にみてあげるのよ」

「えっ？　あなたは、プールのそばに行ったら追立てるんですか。こわいなあ」

「そりゃあ。先生によりけりですわ。先生たちだって暑けりゃ泳ぐでしょうし、それはいいと思うの。でも、掛居先生は見物なのよ。でもね、あたしがあの先生に、見物料を取りますよ、なんて追立てると、それはそれは悲しい目をして、黙ってすごすごと帰っていくのよ。いつもの掛居先生みたいではないの。何だか憐れになっちゃって。いやだわあたし」

敬子は肩をすくめて笑った。

「ねえ先生、人間って悲しいものですわねえ。あの先生、阿寒にキャンプに行くのも、津島百合が行くからなんだけど、ああやって毎年好きな生徒に一途に恋をして、そうして年を取っていくのね。あの先生、もう五十を過ぎているんでしょう」

「そうなんだろうねえ。年を取って肉体が衰えて行っても、気持はそれに正比例するわけじゃないでしょうからねえ。七十、八十の人の恋をこっけいだと笑うのは、若い人の残酷さだと思うな。自分でどうしようもない、そんな思いを、若い吾々《われわれ》もいつかするんだろうと思うんですよ」

その時、店でにぎやかな声がして、和夫が走って来た。

「おじさん、いつきたの。ぼくちっとも知らなかった」

「やあ、和夫君の赤い旗を立てたちらしずしは、とってもおいしかったよ」

あぐらの中に小さな腰をおろした和夫を抱いて、悠二は言った。

「そう、おいしかった？　あの旗ね、へただよね」

「いやいや、すごくじょうずだったよ。おじさん、赤い旗がうれしかったなあ」

悠二の言葉に、和夫はうれしそうに笑った。

「まあ、和夫ったら、すっかり甘えてしまって」

久代もうれしそうであった。その時一郎が店の方で言った。

「おばさん、ぼく帰ります。ごちそうさんでした」

どこか、すねたような語調に驚いて、久代が店に顔を出した。

「あら、どうして？　もっとゆっくりしていらっしゃいよ」

その久代をちらとみて、一郎は、

「さよなら」

と背を向けた。

「なあんだ、おにいちゃんもう帰るの、つまんないな」

和夫も店に出て来た。しかし一郎はふり返りもせずに、さっさと店を出て行った。

「杉浦先生がいらっしってるから、けむたいのよ」

敬子は気にもとめぬふうである。

「そうかしら」

釈然としないような久代の表情だった。店の前で、和夫が大きな声で「さよなら」を言っている。悠二は、自分が引きとめればよかっただろうか、いや、あれでよかったのだ、へたに引きとめたら、かえって気持をこじらせたかも知れないなどと考えていた。

「でも、あの子、このごろ和夫ちゃんとすっかり仲がよくなって、久代さんにもうちとけているようね。いい傾向よ」

「そうですか、いろいろお世話になって、ありがたいですねえ」

悠二も頭をさげた。

「あら、だってうちのお店のお客さんですもの。仲よくしていただかなくちゃ、商売があが

ったりですわ」

　久代は複雑な思いだった。

「それはそうと、久代さん、あなたもサマーキャンプについていかない。夏休みにはいると、お店もひまでしょ。功君に二、三日留守番を頼みましょうよ」

「だって敬子さん、わたしは生徒の父兄じゃないんですもの。学校のキャンプについていくわけにはいかないわ」

「かまわないのよ。このサマーキャンプは、教師の家族同伴は許されているんだし、いわば、久代さんはあたしの家族じゃないこと？　それに、佐々林君だけがキャンプに参加しないらしいの。あなたと和夫君がいけば、あの子もいく気になると思うんだけれど。ね、杉浦先生」

「そうですね。ごめいわくでなければ……」

　久代と和夫をサマーキャンプに同伴したいとねがっていた気持を、寺西敬子はいちはやく見とおしていたのではなかろうかと、悠二は思った。それが自然語尾を濁すことになった。

「あら、めいわくなんてことないわね、久代さん。いきましょうよ。阿寒の砂湯は、和夫ちゃんだってきっと喜ぶと思うの。景色はもちろんいいし、なにしろ湖のそばの砂を掘ったら、それがちょうどいい湯加減のおふろになるんですもの。喜ぶわよ。ね、和夫君」

　敬子は、自分がなぜこんなにも熱心に、久代の同行をすすめているのか、吾ながらふしぎだった。たしかに久代親子を喜ばせてやりたいという気持はある。しかし、悠二のクラスのキャンプについていく自分の心の底を敬子はまだ、自分自身でも気づきたくなかったのだ。

ほんとうは、悠二と二人っきりで屈斜路湖《くっしゃろ》にボートを浮べ、あの人けのない湖の畔《ほとり》を二人だけで歩きたいのだ。だがその気持を、敬子は悠二にも久代にも知られたくなかった。大垣夫人に、悠二とのことを言われた言葉も心にひっかかっている。久代を誘う自分の言葉が熱心であればあるほど、敬子は自分がうそを言っているような気がしてならなかった。それに、久代を誘うことによって、悠二と久代の気持を敬子は探ろうとしているのかも知れなかった。

「うん、ぼくいく。アカンて、ぼく地図でなんべんもみたよ。帯広や釧路《くしろ》や美幌《びほろ》からもいけるんだって」

和夫は、部屋隅の机に地図をとりに立った。そしてそのまま地図をひろげて、何かブツブツ独りごとを言いながら、熱心に地図に見入っている。三人は顔を見合わせて微笑した。

「さあこれで、キャンプ行きはきまったわ」

敬子が快活に言った。

「でも、なんだか悪いような気がしますけど」

まだ思いまどっている久代に敬子は言った。

「久代さん。あなたもうソロソロその引っこみ思案は卒業しなければいけないわ。あなたは自分の幸福を、がむしゃらに自分の手でつかみとるぐらいの勇気がなくちゃいけないわ。もっと何にでも積極的になるのよ」

ハッとしたように久代は敬子をみた。

「敬子さん、わたし、しあわせよ。これ以上何も望みませんわ」

地図を開いて、何か一心に口の中で言っている和夫に、久代は目をやった。

「そりゃあ、和夫ちゃんさえいればしあわせだって思ってらっしゃるかも知れないけれど、でもあたし、みていて久代さんが痛々しいと思うの。女ってやはり、男の人が……」

敬子は言い過ぎだろうかとためらったが、再び言葉をついだ。

「あたし、久代さんのようにはなれないと思うの。あたしにはやはり、一生の伴侶《はんりょ》が必要だと思うの」

何も杉浦悠二の前で、こんなことを言わなくてもいいではないかと、言ってしまってから敬子は自分の言葉が無神経に思われもしたが、だが悠二の前だからこそ、自分はこう言いたかったのだとも思った。もし悠二が本気で久代を愛しているなら、いまの言葉は、悠二に行動することを強いるだろう。しかし、もし悠二が自分を愛しているならば、いまの言葉をやはりおろそかには聞かないだろうと、敬子は思った。

「失礼ですが、久代さんのご主人はおいくつでなくなったんですか」

悠二は自分の言葉が久代を傷つけようとは思わなかった。ただ、敬子の言葉の中にひそむ激しさを感じて、話題を転じたつもりだった。久代は黙って微笑した。いく度も店の客にも聞かれた言葉である。何の病気で死んだのかとか、夫はどんな仕事をしていたのかとか、数えきれないほど聞かれてきた。その中で敬子だけが、ほとんど久代の過去についてふれなかった。だが、ふれられないことで、久代は自分がいたわられているのを感じないわけにはいかなかった。何ひとつふれられないということも、久代には大きな痛みだった。

「いや、これは悪いことを聞いてしまったかな」

答えのない久代の微笑に、悠二はろうばいして言った。

「いいえ、ちっとも……でもわたし、和夫の父のことは誰にもお話をしたことがないものですから……」

久代は目を伏せた。

「杉浦先生、ほんとうに愛した人のことは、あまり人には言いたくないものなのよね、久代さん」

久代はちらりと敬子を見、さりげなくポットの湯を急須《きゅうす》に注いだ。

「キャンプから帰って来ますとねえ、おふくろがくにからやってくるんですよ」

どちらへともなく悠二が言った。

「あら、おくにって、先生は札幌じゃなかったの」

敬子は快活に調子を合わせた。

「いや、ぼくは札幌生れの札幌育ちですがね。おやじが定年になってから、おやじとおふくろは郷里の福島にひきあげて行ったんですよ。人間も鮭《さけ》のように、生れた所に帰りたいものなんですかねえ」

「あら、福島って、水蜜《すいみつ》がおいしいんでしょう」

「ええ、水蜜も柿も梨もあるし、何しろおやじのおやじが生れた家がまだあるんですよ。その家が魅力で帰ったのかも知れませんね」

「先生、おかあさんはお一人でこちらへいらっしゃいますの」

　黙っていた久代が、ふと顔をあげて悠二をみた。悠二は思わずドキリとした。鋭い勘である。母は遠縁の娘を連れてくるはずであった。

　悠二が、久代と敬子と和夫に見送られて店を出た時、北栄高校の女子学生が七、八人店の方に向って来た。

「あら、杉浦先生！」

　あたりはばからぬ大きな声で叫んだのは、佐々林みどりであった。

「何だ君か」

　久代は客を迎えてすぐ店に入ったが、敬子がまだそばにいる。

「何だ君かじゃないわよ。先生こんどの当直はいつなの。あたしまた遊びに行くわ」

　みどりは敬子を無視して言った。悠二は苦笑した。

「先生いままで、この店にいらしたのね。美人のマダムと美人の同僚がいるんじゃ、さぞ楽しかったでしょ」

　敬子は黙って店に入ってしまった。

「ふん、何が美人なものか。まあここのマダムはちょっとした美人だけれど。先生、いったいどちらがお目当てなの」

　みどりはニコリともせずに言った。

「どっちもお目当てだよ。しかし君も案外つまらないことをいうんだなあ」

「そうよ。そのつまらないところが男の人はかわいいんじゃないの。とにかくあたし凄《すご》いやきもちやきなのよ。嫉妬《しっと》という字は女偏だけど、〃みどり偏〃にするとよかったのよ。あたし、先生に近よる女は、誰であろうとただではおかないわ」

みどりは男の子のように笑った。

「みどり、何をしてるの、早くいらっしゃいよ。みどりが来なきゃ、ことがきまらないじゃないの」

店の中で誰かが呼んだ。

「ちょっと待ってよ。いまデートの打合わせ中よ。気がきかないわねえ」

店の方に大きく答えて、

「先生、ちょっと境内で待っててくださらない。先に帰ったら、あとがこわいわよ。あたしこの頃おどしやらゆすりの方も研究してるんだから」

ちらりと赤い舌を出して、みどりは店の中へ入っていった。ドライな口をきいてはいても、みどりの気持はわかっている。多分一郎のことについて、相談したがっているのだろうと、悠二はぶらぶらと境内の中に入って行った。木立の中で、いくつもセミの声がしている。悠二は、敬子が久代をキャンプに誘った気持を推しはかりかねていた。久代と敬子と二人並べて、どちらがどうと考えたことはなかったが、久代に対して持っている感情は、明らかに女性に対するあの波立つような気持であった。それだけに、その自分の気持を見透しているか

のように、いつも久代をほめ、またきょうのようにキャンプに誘いだそうとする敬子の気持は、いくぶん重荷でもあった。

「先生、お待ちどおさま」

ふいに耳もとで、みどりの声がした。

「驚かすじゃないか」

悠二はほんとうに驚いて、くわえていたたばこを取りおとした。

「そりゃ驚いてくださらなきゃ、つまらないわ。ぬき足、さし足、しのび足で、先生のすぐうしろへ来て声をかけたんですもの」

みどりはすまして言ってから、チョコレートを半分さしだした。

「やあ、ごちそうさん」

悠二はチョコレートを口に入れた。

「先生、いま誰のことを考えていたか、あたしわかってるわ。あのお店の体操の先生と、マダムのことでしょう」

「いやだなあ君は」

「いやでしょうとも。図星なんですもの。ね」

悠二の鼻の先で、パチパチと手をたたいてみせた。

「さて、どっちを選ぼうかな。体操の先生は若くて体がはじけそうで、あれもちょっとした魅力である。だが、あのマダムの母性的な優しさも捨てがたい。しかし、こぶつきで再婚と

いうのはいささか考えるなあ……なんていうところでしょう」

悠二におかまいなしに、みどりはつづけて言った。

「男性って、初物がお好きなんですってね。その点では、あの体操の先生がグッとリードしてるわけだけど、どっちがうまいみそ汁を食べさせてくれるかな。毎日暮してみて居心地のいいのはどっちかなと考えると、こぶつきでも彼女の方に軍配があがる、というわけでしょう」

悠二は黙って、かたわらの熊笹《くまざさ》をちぎって笹笛を鳴らした。

「しかし、教師という職業柄、人の口は気になるし、こぶつきの未亡人より、体操の先生が無難かな。あるいは、さしさわりのないところで、札幌あたりから別のお嫁さんを連れてくるとしようかな……というところでしょ」

みどりは一人くすくすと笑った。

「いくら明日から夏休みだと言っても、君はつまらないことを、よくもまあそう考えるもんだね」

「あら、夏休みだって結構忙しいのよ。秋には手芸の展覧会があるんですって。だからいま、川上商店のマダムに、日本人形や刺しゅうの講習をしてくれって、頼んできたのよ」

「ほう、あの人手芸うまいのか」

「そりゃあ、手芸材料を売るんですもの、ひととおりの心得はあるわよ。クラス全員で高い材料を買うんだもの。一日ぐらい講習してくれるでしょう」

「それはそうと、一郎君はこのごろ勉強しているかね」

「だめだめ。あの子は男じゃないわ。全くの意気地なしなんですもの」

一郎の話になると、みどりは眉をひそめた。

「あの子この頃、前よりも何だかおかしくなったような気がするの。ドアの鍵《かぎ》をかけたまま、ノックしても知らんふりをしているし、食堂で顔を合わせても、ほとんどだんまりなのよ」

「そうかなあ。そこの川上商店の子供なんかとは、さっきも仲よく走り回っていたけどなあ」

一郎が暗いのは、学校の中だけかと悠二は思っていた。

「川上商店ですって？　あそこの男の子って、あの夜学に通っている店員のこと？」

なるほど、高校生のみどりには、和夫よりも功の方が意識の中にあるらしいと、悠二は思わず微笑した。

「いや、あの子も、そしてあの一年生の小さな子も一郎君と仲よしのようだよ。特にあの母親とは仲がいいんじゃないのかな」

「あの母親って、あのきれいな人？　いやだわあたし。あんな人となんか、仲よくしてもらいたくないわ」

みどりは急に不機嫌になった。

「どうして？　あの人たちはなかなかいい人たちだよ」

悠二は、楢《なら》の大樹の下で立ちどまった。足もとに、アリの巣があった。

「いい人か、どうか知らないけど、あの人少しきれい過ぎるわ。危険だわ」

「危険？　君、あの人と、一郎君とは十以上も年がちがうんだよ」

「あら、男と女の間で、十や二十の年のちがいは、大した安全弁にはならないわ」

みどりは鼻の先で笑った。

「君、そんな想像は、失敬だよ」

悠二は、このこましゃくれたみどりの言葉に腹が立った。

「だって、うちの一郎って、そんな子よ。うちのあの二号をみる目は、男が女をみる目だわ」

「しかしね、それは特殊な事情によるわけだろう。君のおとうさんとの微妙な問題があるだろう。だけど川上商店のあの人は、一郎君をそんな目にあわせる人ではないと、ぼくは断言できるよ」

怒ったように悠二は言いながらも、訪問した日の、一郎と奈美恵のふしぎなふんいきを思い出した。

「あら、先生ずい分あのマダムに力こぶをいれてるのね」

みどりは低く笑った。内心悠二はろうばいした。

「だってね君、あの人は全く母性的なんだ。一郎君は、その母性的なものに飢えているんじゃないのか」

「なるほどね。うちの母は着物ばかり買っては、一人喜んでいるだけで、一郎なんかかまい

つけやしないものね」

みどりは、爪先《つまさき》で足もとのアリの巣を踏みつぶした。

文字づかいについて

新潮文庫の日本文学の文字表記については、原文を尊重するという見地に立ち、次のように方針を定めた。

一、口語文の作品は、旧仮名づかいで書かれているものは新仮名づかいに改める。
二、文語文の作品は旧仮名づかいのままとする。
三、常用漢字表、人名用漢字別表に掲げられている漢字は、原則として新字体を使用する。
四、年少の読者をも考慮し、難読と思われる漢字や固有名詞・専門語等にはなるべく振仮名をつける。

積《つみ》木《き》の箱《はこ》(上)

新潮文庫 み-8-10

昭和五十九年十月二十五日 発行
平成九年二月二十日 二十九刷

著者 三《み》浦《うら》綾《あや》子《こ》

発行者 佐藤隆信
発行所 株式会社 新潮社
郵便番号 一六二
東京都新宿区矢来町七一
電話 編集部(〇三)三二六六—五四四〇
読者係(〇三)三二六六—五一一一
振替 〇〇一四〇—五—八〇八

価格はカバーに表示してあります。

乱丁・落丁本は、ご面倒ですが小社読者係宛ご送付ください。送料小社負担にてお取替えいたします。

印刷・二光印刷株式会社 製本・株式会社植木製本所

ISBN4-10-116210-7 C0193